《中国家庭基本藏书》

新闻出版总署优秀畅销书奖
全国优秀古籍图书普及读物奖
第十七届山西省优秀图书一等奖
第二届山西出版政府奖
山西出版集团2008年度十种好书

全套藏书累计销售500万册

中国家庭基本藏书（修订版）

诸子百家卷

《诗经》　《楚辞》　《论语·大学·中庸》　《孟子》　《老子》
《庄子》　《荀子》　《韩非子》　《孙子兵法·尉缭子·鬼谷子》
《墨子》　《周易》　《山海经》　《吕氏春秋》　《三十六计》

名家选集卷

《三曹诗集》《陶渊明集》《王勃集》《孟浩然集》《高适集》
《王维集》《李白集》《杜甫集》《岑参集》《韩愈集》
《白居易集》《刘禹锡集》《柳宗元集》《元稹集》《李贺集》
《杜牧集》《李商隐集》《李煜集》《柳永集》《欧阳修集》
《王安石集》《苏轼集》《黄庭坚集》《秦观集》《周邦彦集》
《李清照集》《陆游集》《范成大集》《杨万里集》《辛弃疾集》
《姜夔集》《元好问集》《文天祥集》《唐伯虎集》《李贽集》
《三袁集》《张岱集》《傅山集》《纳兰性德集》《郑板桥集》
《袁枚集》《龚自珍集》

史著选集卷

《左传》《国语》《战国策》《史记》《汉书》《后汉书》《三国志》
《资治通鉴》

综合选集卷

《唐诗三百首》《宋词三百首》《元曲三百首》《千家诗》《古文观止》
《汉魏六朝小赋骈文选》《唐宋八大家文选》《明清小品文选》

笔记杂著卷

《蒙学六种——三字经·百家姓·千字文·增广贤文·幼学琼林·格言联璧》
《颜氏家训·朱子家训》《世说新语》《曾国藩家书》《金刚经·坛经》
《菜根谭·小窗幽记·幽梦影》《浮生六记》《闲情偶寄》《近思录》
《徐霞客游记》《古代书信精选》

戏曲小说卷

《元杂剧精选》《西厢记》《牡丹亭》《长生殿》《桃花扇》《今古奇观》
《三国演义》《水浒传》《西游记》《红楼梦》《聊斋志异》《儒林外史》
《封神演义》《话本小说选》《文言小说选》

中国家庭基本藏书
名家选集卷

王安石集

［宋］王安石 著
魏晓虹 解评

山西出版集团
三晋出版社

博学工作室

·山西大学教授姚奠中先生为《中国家庭基本藏书》题词

前言

王安石是北宋伟大的政治家、思想家和文学家。他本着“天变不足畏，祖宗不足法，人言不足恤”的精神，在宋神宗的支持下，改革政治，推行新法，取得了一定的成效。王安石认为：“文者，务为有补于世而已矣。”（《上人书》）王安石的诗文与他的政治生涯息息相关。

王安石是一位杰出的诗人，一生作诗1500多首，有许多广为流传的名句。“不畏浮云遮望眼，自缘身在最高层”（《登飞来峰》），表现出政治家广阔的视野。王安石早年写了不少反映社会现实的政治诗，如《河北民》、《收盐》等，诗人身为地方官，有感而发，同情民生疾苦。也有抒发政治家个人怀抱的政治诗，如《众人》、《孤桐》等，面对众多保守派官员的攻击，他像孤桐一样刚劲挺拔，呈现出独特的个性风貌。王安石的政治理想深沉而坚定，但在文学创作方面，却缺少一般文人的风流潇洒之气，经常发思古之幽情。王安石的咏史诗表现出卓然特立的胸襟和疑古精神，或借题发挥，或借古喻今，经常是古为今用，为实行变法服务。如《孟子》、《韩子》、《商鞅》、《贾生》,立论新颖,表现出诗人的政治理想。王安石的边塞诗,写于嘉祐四年冬季。王安石送辽使亲临宋与契丹的交界之地,对宋朝的边防感慨万分,深表忧虑。在《白沟行》、《出塞》、《入塞》等诗篇中,描绘了边地风光和习俗,抒发了边地人民思恋祖国之情,表现出强烈的爱国主义精神。王安石晚年第二次辞去相位,居钟山过着悠闲的隐居生活,此时写的诗讲究技巧,雅丽精绝,世人称之为"半山体"。一些名句广为流传,如"茅檐相对坐终日,一鸟不啼山更幽"(《钟山即事》),"一水护田将绿绕,两山排闼送青来"(《书湖阴先生壁二首》)。这些描绘自然风光的作品,丰神远韵,向唐诗复归,在诗坛上享有盛誉。王安石的词创作数量不多,《桂枝香·金陵怀古》意境壮阔高远,是千古流传的名篇。

王安石主张"文章合用世"(《送董传》),王安石的散文与其政治生涯密切相关。散文中占多数的是以论说见长的政论文,很少有显示文学才思、表现个人情趣的作品。王安石关心民生疾苦,如《上杜学士言开河书》、《上运使孙司谏书》等都是任地方官时写给上级官吏的上书,有感而发,兴利除弊,为民请命。一些奏疏体文章多与变法有关。被梁启超称为"秦汉以后第一大文"的《上仁宗皇帝言事书》,陈述了北宋中叶社会政治、科举、吏制等多方面问题,要求对宋初以来的法度进行全面改革,扭转积贫积弱的社会局面。《上时政疏》、《乞制置三司条例》等多论述变法革新的主张,文笔冷峻峭拔。即使是一些《读孟尝君传》、《伤仲永》之类的小品文,也是立意超然、思想深刻的文章。

本书选择了王安石的诗歌 83 首、词 5 首、散文 35 篇,均选自《临川集》(四部丛刊本)。个别字句参考他本校改,注文中未一一说明。选注之时着重选取那些与王安石变法革新的思想、言论及主张有关的诗文,同时兼顾题材、内容和艺术表现的多样性。诗文编序大致以时间为经,以内容为纬,综合排次。题解中的诗文创作年代主要参考清人蔡上翔《王荆公年谱考略》和李壁的《王荆文公诗笺注》。为方便读者使用本书,末附"王安石年谱简编"、"王安石研究主要文献"及"《王安石集》名言警句"(正文中用着重号标出)。王安石学养深厚,诗文涉及历史、政治、经济、文化等广阔的领域,由于笔者自身学识能力和写作时间所限,对诗文中的有些问题未能进行深入的涵咏和琢磨,粗糙和疏漏在所难免,唯望读者匡其不逮,惠予指正。

魏晓虹

2003 年 11 月 8 日

2008 年 6 月修订

论荆公诗词（代序）

梁启超

世人之尊荆公诗，不如其文。虽然，荆公之诗，实导江西派之先河，而开有宋一代之风气，在中国文学史中，其绩尤伟且大，是又不可不尸祝也。

千年来言诗者，无不知尊少陵，然少陵之在当时及其没世，尊之者固不众也。昌黎诗云："李杜文章在，光焰万丈长。不知群儒愚，何用多毁伤？"中晚唔人之所以目少陵者，可想见矣。其特提少陵而尊之，实自荆公始。公有题杜甫画像一诗云：

吾观少陵诗，谓与元气侔。力能排天斡九地，壮颜毅色不可求。浩荡八极中，生物岂不稠？丑妍巨细千万殊，竟莫见以何雕锼。惜哉命之穷，颠倒不见收。青衫老更斥，饿走半九州。瘦妻僵前子仆后，攘攘盗贼森戈矛。吟哦当此时，不废朝廷忧。常愿天子圣，大臣各伊周。宁令吾庐独破受冻死，不忍四海寒飕飕。伤屯悼屈止一身，嗟时之人我所羞。所以见公像，再拜涕泗流。推公之心古亦少，愿起公死从之游。

公又续得杜诗二百余首，编为《老杜诗后集》，而为之序，言甫之诗其完见于今者，自余得之。又曰："世之学者，至乎甫然后能为诗，不能至，要之不知诗焉尔。"向往之诚，至于如此，此公之诗所以名家也。

宋初承晚唐之陋，西昆体盛行，起而矫之者，欧公与梅圣俞也。由是而自辟门户卓然成家者，荆公与东坡、山谷也。公少年有《张刑部诗序》云：

> 君并杨、刘。杨、刘以其文词染当世，学者迷其端原，靡靡然穷日力以摹之。粉墨青朱，颠错丛庞，无文章黼黻之序；其属情藉事，不可考据也。方此时，自守不污者少矣。

昆体披靡一世，率天下之人盘旋于温、李肘下，而无以发其性灵，诗道之敝极是矣，其不得不破坏之而别有所建设，时势使然也。首破坏之者实惟欧、梅。荆公与欧、梅为友（梅有《送介甫知毗陵》诗，公有《哭梅圣俞》诗），然非闻欧、梅之风而始兴者也，自其少年而门户已立矣。欧、梅以冲夷淡远之致，一洗浓纤绮冶之旧，至荆公更加以一种瘦硬雄直之气，为欧、梅所未有。故欧、梅仅能破坏，荆公则破坏而复能建设者也。

宋诗伟观，必推苏、黄。以荆公比东坡，则东坡之千门万户，天骨开张，诚非荆公所及。而荆公逋峭谨严，予学者以模范之迹，又似比东坡有一日长。山谷为江西派之祖，其特色在拗硬深窈生气远出，然此体实开自荆公，山谷则尽其所长而光大之耳。祖山谷者必当以荆公为祖之所自出。以此言之，则虽谓荆公开宋诗一代风气，亦不必过。

荆公古体，与其谓之学杜，毋宁谓之学韩，今举示数首。

《游土山示蔡天启秘校》：

> 定林瞰土山，近乃在眉睫。谁谓秦淮广，正可藏一艓。朝予欲独往，扶惫强登涉。蔡侯闻之喜，喜色见两颊。呼鞍追我马，亦以两黥挟。敛书付衣囊，裹饭随药笈。……

此乃公晚作，结构气格，章法句法，皆肖昌黎。入韩集中，几乱楮叶，惜其未能化耳。

《思王逢原》：

> 自吾失逢原，触事辄愁思。岂独为故人，抚心良自悲。我善熟相我，孰知我瑕疵。我思谁能谋，我语听者谁。朝出一马驱，暝归一马驰。驰驱不自得，谈笑强追随。仰屋卧太息，起行涕淋漓。念子冢上土，草茅已纷披。婉婉妇且少，茕茕一女婺。高义动闾里，尚闻致财赀。嗟我衣冠朝，略能具饘糜。葬祭无所助，哀颜亦何施。闻妇欲北

返，践予常望之。寒汴已闭口，此行又参差。又说当产子，产子知何时。贤者宜有后，固当梦熊罴。天方不可恃，我愿适在兹。我疲学更误，与世不相宜。夙昔心已许，同冈结茅茨。此事今已矣，已矣尚谁知。渺渺江与潭，茫茫山与陂。安能久窃食，终负故人期。

《董伯懿示裴晋公平淮右题名碑诗用其韵和酬》：

元和伐蔡何危哉，朝廷百口无一谐。盗伤中丞偶不死，利剑白日投天街。裹疮入相议军旅，国火一再更檀槐。上前慷慨语发涕，誓出按抚除睽乖。指挥光颜战洄曲，嘲如怒虎搏虺豺。诉能捕虏取肝高，护送密乞完形骸。笞兵夜半投死地，雪湿不敢然薪藉。空城竖子已可缚，中使尚作啼儿哇。退之道此尤俊伟，当镂玉牒东燔柴。欲编诗书播后嗣，笔墨虽巧终类俳。……

以上诸篇，皆用刻入之思，练奇娇之语，斗逼仄之韵，缒幽击险，曲尽昌黎之技者也。

《葛蕴作巫山高爱其飘逸因亦作两篇》：

巫山高，十二峰，上有往来飘忽之猿猱，下有出没瀺灂之蛟龙，中有倚薄缥缈之神宫。神人处子冰雪容，吸风饮露虚无中。千岁寂寞无人逢，邂逅乃与襄王通。丹崖碧嶂深重重，白月如日明房栊。象床玉几来自从，锦屏翠幔金芙蓉。阳台美人多楚语，只有纤腰能楚舞，争吹凤管鸣鼍鼓。那知襄王梦时事，但见朝朝暮暮长云雨。巫山高，偃薄江水之滔滔。水于天下实至险，山亦起伏为波涛。其巅冥冥不可见，崖岸斗绝悲猿猱。赤枫青栎生满谷，山鬼白日樵人遭。窈窕阳台彼神女，朝朝暮暮能云雨。以云为衣月为褚，乘光服暗无留阻。昆仑曾城道可取，方丈蓬莱多伴侣。块独守此嗟何求，况乃低回梦中语。

此类之诗，乃学杜而自辟蹊径者，公集中上乘也。山谷之七古，颇从此脱胎得来。又如《对棋与道源至草堂寺》：

北风吹人不可出，清坐且可与君棋。明朝投局日未晚，从此亦复不吟诗。

此等涩拙之作，其导启山谷之迹，尤显而易寻者也。

公复有拟寒山拾得二十首，于集中为别体。寄吴氏女子诗所谓“末有拟寒山，觉汝耳目荧”者是也。今录二首以见面目。

我曾为牛马，见草豆欢喜。又曾为女人，欢喜见男子。我若真是我，只合长如此。若好恶不定，应知为物使。堂堂大丈夫，莫认物为己。

风吹瓦堕屋，正打破我头。瓦亦自破碎，岂但我血流。我终不嗔渠，此瓦不自由。众生造罪恶，亦有一机抽。渠不知此机，故自认愆尤。此但可哀怜，劝令真正修。岂可自迷闷，与渠作冤仇。

此虽非诗之正宗，然自东坡后，熔佛典语以入诗者颇多，此体亦自公导之也。若其悟道自得之妙，使学者读之脩然意远，此又公之学养，不得以诗论之矣。

荆公之诗，其独开生面者，不在古体而在近体。遒峭雄直之气，以入古体易，以入近体难。公之近体，纯以此名家者也。

曾文正论近体诗，谓当以排偶之句，运单行之气。荆公七律，最能导人以此法门。

荆公七律，多学少陵晚年之作，后此山谷更遵此道而极其妙，遂为江西之宗。

公有题张司业诗绝句云："看似寻常最奇崛，成如容易却艰辛。"读公诗皆当以此求之，而近体其尤也。集中名作至多，不能广录，举数章见其面目而已。

《次韵酬朱昌叔五首》(录一)：

去年音问隔淮州，百谪难知亦我忧。前日杯盘共江渚，一欢相属岂人谋。山蟠直渎输淮口，水抱长干转石头。乘兴舟舆无不可，春风从此与公游。

《次韵送程给事知越州》：

千骑东方占上头，如何误到北山游。清明若睹兰亭月，暖热因忘蕙帐秋。投老始知欢可惜，通宵豫以别为忧。西归定有诗千首，想肯重来贲一丘。

《登宝公塔》：

倦童疲马放松门，自把长筇倚石根。江月转空为白昼，岭云分暝与黄昏。鼠摇岑寂声随起，鸦矫荒寒影对翻。当此不知谁客主，道人忘我我忘言。

《雨花台》：

盘亘长干有绝陉，并包佳丽入江亭。新霜浦溆绵绵净，薄晚林峦往往青。南上欲穷牛渚怪，北寻难忘草堂灵。便舆却走垂杨陌，已戴寒云一两星。

《寄题程公辟物华楼》：

吴楚东南最上游，江山多在物华楼。遥瞻旌节临尊俎，独卧柴荆阻献酬。想有新诗传素壁，怪无余墨到沧洲。濡浯南望重重绿，章

水还能向此流。

《酬俞秀老》：

洒扫东庵置一床，于君独觉故情长。有言未必输摩诘，无法何曾泥饮光。天壤此身知共弊，江湖他日要相忘。犹贪半偈归思索，却恐提柏妄揣量。

《送李质夫之陕府》：

平世求才漫至公，悠悠羁旅事多穷。十年见子尚短褐，千里随人今北风。户外屦贫虚自满，尊中酒贱亦常空。共怜欲老无机械，心事还能与我同。

《贵州虞部使君访及道旧窃有感恻因成小诗》：

韶山秀拔江清写，气象还能出搢绅。当我垂髫初识字，看君挥翰独惊人。邮笺忽报旌麾入，斋阁遥瞻组绶新。握手更谁知往事，同时诸彦略成尘。

《思王逢原三首》(录一)：

蓬蒿今日想纷披，冢上秋风又一吹。妙质不为平世得，微言惟有故人知。庐山南堕当书案，湓水东来入酒卮。陈迹可怜随手尽，欲欢无复似当时。

《送裴如晦宰吴江》：

青发朱颜各少年，幅巾谈笑两欢然。柴桑别后余三径，天禄归来尽一廛。邂逅都门谁载酒，萧然江县去鸣弦。犹疑甫里英灵在，到日凭君为舣船。

《送僧无惑归鄱阳》：

晚扶衰惫寄人间，应接纷纷只强颜。挂席每谙东汇水，采芝多梦旧游山。故人独往今为乐，何日相随我亦闲。归见江东诸父老，为言飞鸟会知还。

《落星寺在南康军江中》：

岸云台殿起崔嵬，万里长江一酒杯。坐见山川吞日月，杳无车马送尘埃。雁飞云路声低过，客近天门梦易回。胜概惟诗可收拾，不才羞作等闲来。

《送李太保知仪州》：

北平上谷当时守，气略人推李广优。还见子孙持汉节，欲临关塞抚羌酋。云边鼓吹应先喜，日下旌旗更少留。五字亦君家世事，一吟何以称来求。

《将次相州》：

青山如浪入漳州，铜雀台西八九丘。蝼蚁往还空垄亩，麒麟埋没几春秋。功名盖世知谁是，气力迴天到此休。何必地中余故物，魏公诸子分衣裘。

《和王微之秋浦望齐山感李太白杜牧之》：

齐山置酒菊花开，秋浦闻猿江上哀。此地流传空笔墨，昔人埋没已蒿莱。平生志业无高论，末世篇章有逸才。尚得使君驱五马，与寻陈迹久徘徊。

《次韵平甫金山会宿寄亲友》：

天末海门横北固，烟中沙岸似西兴。已无船舫犹闻笛，远有楼台只见灯。山月入松金破碎，江风吹水雪崩腾。飘然欲作乘桴计，一到扶桑恨未能。

《送赵学士陕西提刑》：

遥知彼俗经兵后，应望名公走马来。陛下东求今日始，胸中包畜此时开。山西豪杰归囊牍，渭北风光入酒杯。堪笑陋儒昏鄙甚，略无谋术赞行台。

《金陵怀古四首》(录一)：

霸祖孤身取二江，子孙多以百城降。豪华尽出成功后，逸乐安知与祸双。东府旧基留佛刹，《后庭》余唱落船窗。《黍离》《麦秀》从来事，且置兴亡近酒缸。

《除夜寄舍弟》：

一尊聊有天涯忆，百感翻然醉里眠。酒醒灯前犹是客，梦回江北已经年。佳时流落真何得，胜事蹉跎只可怜。唯有到家寒食在，春风因泛预溪船。

《送西京签判王著作》：

儿曹曾上洛城头，尚记清波绕驿流。却想山川常在梦，可怜颜发已经秋。辟书今日看君去，著籍长年叹我留。三十六峰应好在，寄声多谢欲来游。

《南浦》：

南浦东冈二月时，物华撩我有新诗。含风鸭绿粼粼起，弄日鹅黄袅袅垂。

《木末》：

木末北山烟冉冉，草根南涧水泠泠。缲成白雪桑重绿，割尽黄云稻正青。

《初夏即事》：

石梁茅屋有弯碕，流水溅溅度两陂。清日暖风生多气，绿阴幽草胜花时。

《中年》：

中年许国邯郸梦，晚岁还家圹埌游。南望青山知不远，五湖春草入扁舟。

《入瓜步望扬州》：

落日平林一水边，芜城掩映只苍然。白头追想当时事，幕府青衫最少年。

《州桥》：

州桥踏月想山椒，回首哀湍未觉遥。今夜重闻旧呜咽，却看山月话州桥。

《壬子偶题》：

黄尘投老倦匆匆，故绕盆池种水红。落日欹眠何所忆，江湖秋梦橹声中。

《送僧游天台》：

天台一万八千丈，岁晏老僧携锡归。前程好景解吟否，密雪乱云缄翠微。

集句之体，实创自荆公。宋人笔记，多言荆公集句诗，信口冲出，此固游戏余事，无所不可，亦足征其记诵之博也。今录数章。

《金陵怀古》：

六代豪华空处所，金陵王气黯然收。烟浓草远望不尽，物换星移几度秋。至竟江山谁是主，却因歌舞破除休。我来不见当时事，上尽重城更上楼。

《沈坦之将归溧阳值雨留吾庐久之》：

天雨萧萧滞茅屋，冷猿秋雁不胜悲。床床屋漏无干处，独立苍茫自咏诗。

《胡笳十八拍十八首》（录二）：

自断此生休问天，生得胡儿拟弃捐。一始扶床一初生，抱携抚视皆可怜。宁知远使问名姓，引袖拭泪悲且庆。悲莫悲兮生别离，悲在君家留两儿。（其十三）

春风似旧花仍笑，人生岂得长年少。我与儿兮各一方，憔悴看成两鬓霜。如今岂无腰褭与骅骝，安得送我置汝傍？胡尘暗天道路长，坐令再往之计堕眇茫。胡笳本出自胡中，此曲哀怨何时终？笳一会兮琴一拍，此心炯炯君应识。（其十八）

信手拈来，天衣无缝，后此效颦者，未或能及也。

前人评荆公诗者颇多，随所见杂录一二。

《漫叟诗话》云：荆公定林后诗，精深华妙，非少作之比，尝作《岁晚》诗云："月映林塘澹，风涵笑语凉。俯窥怜绿净，小立伫幽香。携幼寻新药，扶衰坐野航。延缘久未已，岁晚惜流光。"自以比谢灵运，识者亦以为然。

《后山诗话》云：鲁直谓荆公之诗，暮年方妙。如云："似闻青秧底，复作龟兆坼。"乃前人所未道。又云："扶舆度阳焰，窈窕一川花。"包含数个意，然学三谢失于巧耳。

《石林诗语》云：蔡天启言荆公每称老杜"钩帘宿鹭起，丸药流莺啭"之句，以为用意高峭，五言之模范。他日公作诗，得"青山扪虱坐，黄鸟挟书眠"，自谓不减杜诗。

《冷斋夜话》云：造语之工，至荆公、东坡、山谷，尽古今之变矣。荆公诗云："江月转空为白昼，岭云分暝作黄昏。"又云："一水护田将绿绕，两山排闼送青来……"此山谷所谓句中眼，学者不知此妙，韵终不胜。

《石林诗话》云：荆公少以意气自许，故诗语为其所向，不复更为涵蓄。如"天下苍生待霖雨，不知龙向此中蟠"。又"浓绿万枝红一点，动人春色不须多"。又"平治险秽非无力，润泽焦枯是有才"之类，皆直道其胸中事。后为群牧判官，从宋次师尽假唐人诗集，博观约取，晚年始尽深婉不迫之趣，乃知文字虽工拙有定限，然必视其幼壮，虽公，方其未至，亦不能力强而遽至也。

《苕溪渔隐丛话》云：山谷称荆公暮年作小诗，雅丽精绝，脱去流俗，每讽咏之，便觉沆瀣生牙颊间。今案荆公小诗，如："南浦随花去，回舟路已迷。暗香无觅处，日落画桥西。""染云为柳叶，剪水作梨花。不是春风巧，何缘见岁华。""檐日阴阴转，床风细细吹。翛然残午梦，何许一黄鹂。""蒲叶清浅水，杏花和暖风 。地偏缘底绿，人老为谁红。""爱此江边好，留连至日斜。眼分黄犊草，坐占白鸥沙。""水净山如染，风暄草欲薰。梅残数点雪，麦涨一川云。"观此数诗，真可一唱三叹也。

《西清诗话》云：荆公在蒋山时，以近制示东坡，坡曰："若积李兮缟夜，崇桃兮炫昼。自屈宋没后，旷千余年，无复《离骚》句法，乃今见之。"荆公曰："非子瞻见谀，自负亦如此，然未尝为俗子道也。"

《三山老人语录》云：荆公诗云："细数落花因坐久，缓寻芳草得归迟。"六一居士诗云："静爱竹时来野寺，独寻春偶过溪桥。"二公皆状闲

适，荆公之句尤工。

《石林诗话》云：荆公晚年，诗律尤精严，造语用字，间不容发。然意与言会，言随意遣，浑然天成，殆不见有牵率排比处。如“含风鸭绿粼粼起，弄日鹅黄袅袅垂”，初不觉有对偶，至“细数落花因坐久，缓寻芳草得归迟”，但见舒闲容与之态耳。而字字细考之，皆经隐括权衡者，其用意亦深刻矣。

《唐子西语录》云：荆公五言诗，得子美句法，如云：“地蟠三楚大，天入五湖低。”

《冷斋夜话》云：用事琢句，妙在言其用而不言其名，此法惟荆公、东坡、山谷三老知之。荆公曰：“含风鸭绿粼粼起，弄日鹅黄袅袅垂。”鸭绿，水也；鹅黄，柳也。《苕溪渔隐》曰：公诗又云：“缫成白雪桑重绿，割尽黄云稻正青。”白雪，丝也；黄云，麦也。

《碧溪诗话》云：“萧萧出屋千寻玉，霭霭当窗一炷云。”皆不名其物。

《蔡宽夫诗话》云：荆公尝云：“诗家病使事太多，盖皆取其与题合者类之，如此乃是编事，虽工何益？若能自出己意，借事以相发明，情态毕出，则用事虽多，亦何所妨？”故公诗如“董生只为公羊感，岂肯损书一语真。桔槔俯仰何妨事，抱瓮区区老此身”之类，皆意与本题不类，此真能使事者也。

《后斋漫录》云：介甫善下字。如“荒埭暗鸡催月晓，空场老雉挟春骄”，下得“挟”字最好。

《遁斋闲览》云：荆公集句诗，虽累数十韵，皆顷刻而就，词意相属，如出诸己，他人极力效之，终不及也。

《沧浪诗话》云：集句惟荆公最长，胡笳十八拍，浑然天成，绝无痕迹，如蔡文姬肺肝间流出。

荆公词不能名家，然亦有绝佳者。李易安谓王介甫、曾子固文章似西汉，若作小词则人必绝倒不可议。此自过刻之论。易安于二晏、欧阳、东坡、耆卿、子野、方回、少游之词，无一许可，况荆公哉？今录二首。

《桂枝香·金陵怀古》：

登临纵目，正故国晚秋，天气初肃。千里澄江如练，翠峰如簇。征帆去棹残阳里，背西风酒旗斜矗。彩舟云淡，星河鹭起，图画难足。　念往昔，繁华竞逐。叹门外楼头，悲恨相续。千古凭高，对此漫嗟荣辱。六朝旧事随流水，但寒烟衰草凝绿。至今商女，时时犹唱，《后庭》遗曲。

《浣溪沙》：

百亩中庭半是苔，门前白道水萦回。爱闲能有几人来。

小院回廊春寂寂，山桃溪杏两三栽。为谁零落为谁开？

《南乡子·金陵怀古》

自古帝王州，郁郁葱葱佳气浮。四百年来成一梦，堪愁！晋代衣冠成古丘。　　绕水恣行游，上尽层城更上楼。往事悠悠君莫问，回头。槛外长江空自流。

其《浣溪沙》、《南乡子》二首，盖集句也，开蕃锦集之先声矣。荆公之词，其流亦为山谷一派，非词家正宗。

荆公又每以文为游戏，有诗云："老景春可惜，无花可留得。莫嫌柳浑青，终恨李太白。"以四古人姓名藏于句中云。《石林诗话》称之。又荆公尝作一诗谜云："佳人佯醉索人扶，露出胸前白雪肤。走入绣帏寻不见，任他风雨满江湖。"藏四诗人名乃贾岛、李白、罗隐、潘阆也，见《遁斋闲览》。《苕溪渔隐丛话》又言有霞头隐语为半山老人作云。

公尝有《唐百家诗选》，自序云：

余与宋次道同为三司判官时，次道出其家藏唐诗百馀编，诿余择其精者，次道因名曰《百家诗选》，废日力于此，良可悔也。虽然，欲知唐诗者，观此足矣。

是书本朝宋牧仲（荦）尝有重刻本，今绝少见。

梁启超（1873—1929），字卓如，号任公，又号饮冰室主人，广东新会人。中国近代维新派领导人之一。和其师康有为一起，倡导变法维新，并称"康梁"。戊戌政变后逃亡日本，初编《清议报》，继编《新民丛报》，坚持立宪保皇，受到民主革命派的批判。但介绍西方资产阶级社会、政治、经济学说，对当时知识界有较大影响。曾倡导文体改良的"诗界革命"和"小说界革命"。早年所作政论文，流利畅达，感情奔放，颇有特色。晚年在清华学校讲学。其著作编为《饮冰室合集》。

以上"代序"选自《饮冰室合集》专集之二十七《王荆公》，略有删节。

目录

◎诗

郊　行

题解

这首诗是王安石早年在郊外访问农民家庭，深入了解农民苦难生活时所写。王安石早年诗歌创作学习杜甫，关心政治，同情民生疾苦，体现出现实主义的诗风。

柔桑采尽绿荫稀，芦箔蚕成密茧肥。
聊向村家问风俗，如何勤苦尚凶饥？

新解

柔桑采尽绿荫稀，芦箔蚕成密茧肥——柔嫩的桑叶被农民采尽，绿荫也因此变得稀疏。用芦苇或竹子编成的箔上，蚕茧结得很肥大，春蚕就要成熟。农民经过辛勤劳动，获得回报。

聊向村家问风俗，如何勤苦尚凶饥——姑且去农民家中问问年景收成，为什么如此辛劳日子过得还像凶年饥岁一样呢？这种反常的社会现象，发人深省，饶有馀味。

新评

王安石是一位著名政治家，他非常了解农民的贫苦生活。后来大力推行新法，极力改变农村的经济状况，就是以这种社会现实为出发点的。

出　郊

题解

王安石写过不少描写农村景物的小诗，《出郊》写郊外乡村的初夏，一片生机勃勃的景象。

川原一片绿交加，深树冥冥不见花。
风日有情无处着，初回光景到桑麻。

新解

川原一片绿交加，深树冥冥不见花——郊外平原上一片绿色掩映，浓密的树丛一片葱郁，花都被浓浓的绿色遮掩得看不见了。交加:交错。冥冥:深暗色。

风日有情无处着，初回光景到桑麻——和风丽日在这浓浓的绿色原野上也无处着色落脚，只好把和风和阳光移到桑麻上。风日有情:和风丽日。初回光景:刚刚实行新法后，农业生产初见成效。

诗人描绘了初夏的郊外一片生机勃勃的景象，字里行间洋溢着喜悦之情。刚刚实行新法后，看到农村丰收在望，王安石万分欣喜。

河北民

题解

这首诗写于宋仁宗庆历六年(1046)，这年黄河以北大旱。王安石早年的诗歌创作学习杜甫，同情人民疾苦，这首诗是王安石早期诗歌的代表作。诗中反映了黄河以北人民遭遇天灾人祸的苦难生活，并流露出诗人沉痛而焦虑的心情。酷似杜甫“沉郁顿挫”的诗风。

河北民，生近二边长苦辛。
家家养子学耕织，输与官家事夷狄。
今年大旱千里赤，州县仍催给河役。
老少相携来就南，南人丰年自无食。
悲愁白日天地昏，路旁过者无颜色。
汝生不及贞观中，斗粟数钱无兵戎。

河北民，生近二边长苦辛——黄河以北地区的人民，邻近辽国与西夏的边界地区。当时北宋王朝用屈辱的妥协换来苟安的局面，给这个地区的人民带来沉重的负担。

家家养子学耕织，输与官家事夷狄——这个地区的人民男耕女织，辛勤劳动，但劳动成果都交给了朝廷，朝廷再送给辽国与西夏。宋真宗时，宋辽在澶州(今河南濮阳)议和，宋每年输辽银十万两、绢二十万匹，史称“澶渊之盟”。宋王朝每年均向辽和西夏统治者奉送银、绢。输与:交给。

今年大旱千里赤,州县仍催给河役——大旱之年,赤地千里。官府理应开仓赈济,但州县两级官吏,不但没有救济灾民,反而抽壮丁去治理黄河。黄河以北地区的人民,生活艰辛,只好背井离乡。赤:空,尽。这里指寸草不生。

老少相携来就南,南人丰年自无食——因为壮年去治理黄河,老弱妇孺相携而行,到黄河以南地区去谋生。他们历经千辛万苦到了黄河以南地区,竟然发现黄河以南的人民丰收之年也没有粮食吃。北宋王朝的屈辱妥协给人民带来了深重的灾难。就:凑近。自:且。

悲愁白日天地昏,路旁过者无颜色——人们悲愁已极,觉得天昏地暗,白日无光,过路的人面色惨淡,神色沮丧。

汝生不及贞观中,斗粟数钱无兵戎——《资治通鉴》卷一九六记载:贞观十五年(641),唐太宗曾对侍臣谈到自己有二喜,"比年丰稔,长安斗粟直三四钱,一喜也;北虏久服,边鄙无虞,二喜也"。这里用对比的手法批评时政。河北民,可惜你们没有生在贞观时代,那时一斗米只值几文钱,又没有战争的苦难。王安石对贞观盛世充满了向往,对现实弊政进行了有力的抨击,表达了作者的政治理想,希望能出现国富兵强的太平盛世。

新评

王安石的诗歌,具有充实的政治内容。王安石长期做地方官,表现出对现实的关心,对人民的同情,对社会问题的忧虑。《河北民》写统治阶级剥夺了人民的劳动成果,输送敌国,以求苟安。年成无论丰歉,地域不分南北,人民都陷入了流离转徙和"无食"的境地。这首诗把宋代统治者的投降政策和民不聊生的惨状如实描绘出来,字里行间流露出诗人忧国忧民的心情。

诗歌采用了乐府民歌的表现手法,语言质朴自然,生动地描绘了宋辽交界地区人民的悲苦生活景象。

收盐

题解

这首诗大约写于庆历九年(1049)左右,此时王安石在鄞县(今浙江宁波)任知县,他深入社会,关心民生疾苦,了解到大官僚残酷压榨沿海盐民的情况。这首诗就是有感于这种社会现实而写的。

州家飞符来比栉,海中收盐今复密。

穷囚破屋正嗟唏,吏兵操舟去复出。
海中诸岛古不毛,岛夷为生今独劳。
不煎海水饿死耳,谁肯坐守无亡逃?
尔来盗贼往往有,劫杀贾客沉其艘。
一民之生重天下,君子忍与争秋毫?

新解

州家飞符来比栉,海中收盐今复密——州官的紧急公文接连不断地往下发,到海岛上缉拿私盐的差役如今更加频繁。飞符:紧急公文,这里指收盐、缉拿私盐的文告。比栉(zhì):像梳子齿那样密密地排着。

穷囚破屋正嗟唏,吏兵操舟去复出——贫穷的盐民像囚犯一样被困在破屋里哀叹,官兵们驾着船在海岛上出出入入,严密巡察。

海中诸岛古不毛,岛夷为生今独劳——海中的小岛自古以来就是不毛之地,住在岛屿上的盐民只能以煮盐为生。夷:古代称我国东方的少数民族为夷,有时也泛指周边少数民族。东南沿海海岛上的盐民,其中可能有一些少数民族。

不煎海水饿死耳,谁肯坐守无亡逃——盐民不煮海盐卖就要饿死,有谁肯坐守等死而不去逃亡呢?无论如何严密防范和搜捕,也不能禁绝私盐。

尔来盗贼往往有,劫杀贾客沉其艘——贫穷的盐民被饥饿所驱使,铤而走险,近来盗贼经常出现,劫杀商人,沉毁船只。

一民之生重天下,君子忍与争秋毫——《孟子·公孙丑上》中曾说过,如果杀死一个无罪的人,即使能得到天下,古代圣人也是不干的。孟子认为一个人的生命比天下还要重要,君子们怎么忍心同盐民们争夺微薄小利,而使那些无辜的商人失去生命呢?秋毫:本指鸟兽在秋天新长出的细毛,比喻十分微小。忍:怎能忍心。

《收盐》直接反映社会问题。宋朝对食盐采取政府专卖和官营商销两种办法。官僚和商人相互勾结,对盐民进行剥削,对煮私盐的盐民进行缉拿和压制。王安石敢于正视官逼民反的事实:一方面写官船穿梭往来,缉拿私盐;另一方面写盐民反抗,劫杀商人,沉毁船只。表现出王安石关心民生疾苦,主张改革弊政的进步思想。王安石就此事还写了《上运使孙司谏书》,向地方长官孙司谏上书,以小小县官的身份,慷慨陈词,为民请命。

这首诗直陈其事,发表议论,语言质朴无华。王安石认为:"文者,务为有补于世用而已矣。"这首诗充分体现了他的文学主张。

登飞来峰

题解

皇祐二年(1050),作者知鄞县(今浙江宁波)期满,返回故乡,途经杭州,在游飞来峰时写下了这首诗。飞来峰在杭州的灵隐山上,这首诗描写了诗人登上飞来峰所见到的壮丽景象。说明只有站得高,有开阔的视野,才能看得远。诗中含蓄地表达了诗人远大的政治抱负。

飞来峰上千寻塔,闻说鸡鸣见日升。
不畏浮云遮望眼,自缘身在最高层。

新解

飞来峰上千寻塔——飞来峰上耸立着高塔。飞来峰:又名灵鹫峰,在今浙江省杭州市西湖灵隐山东南。千寻塔:形容塔很高。寻是古代的长度单位,古以八尺为一寻。南宋李壁《王荆文公诗笺注》:“灵隐飞来峰,初无塔,兼所见亦不至甚远,恐别指一处也。”无论塔是否位于飞来峰上,此处作者都是极力渲染自己的立足点之高,表现出作者对变法革新前景的向往。

闻说鸡鸣见日升——孟浩然《天台诗》有“鸡鸣见日出”的诗句。诗人站在飞来峰高高的塔上,听说每天黎明鸡叫的时候,在这里就能看到日出,想象着鸡鸣日出的壮丽景象。

不畏浮云遮望眼——化用文史典故和前代诗句而成。西汉陆贾《新语·慎微篇》:“故邪臣之蔽贤,犹浮云之障日月也。”李白被权贵迫害离开长安时作诗说:“总为浮云能蔽日,长安不见使人愁。”(《登金陵凤凰台》)《古诗十九首》中也有“浮云蔽白日,游子不顾返”之句。“浮云”在古代诗歌中常指嫉贤蔽美、播弄是非的小人,王安石在此表达了政治家的自信和对反对变法者的蔑视。立足点高便不怕浮云遮蔽,只有高瞻远瞩,才能把握全局。

自缘身在最高层——同样是语义双关,我不怕飘浮的云彩挡住视线,因为我站在塔的最高层。在政治上我能高瞻远瞩,认清历史发展的趋势,所以我实行改革不怕奸邪的阻碍。他坚信变法的正确性,对保守派的阻挠和反对毫不畏惧。缘:因为。

新评

这首诗看似一首记游诗,实则是一首政治抒情诗,富有深刻的哲理性,表达

了王安石高瞻远瞩的广阔胸襟。

作者借景抒怀，表现了对变法的前景充满信心的豪情和立志变法的政治抱负。

王安石在立志改革的同时，也看到了保守派的反对和阻挠，在诗中王安石把保守力量比作“浮云”，认为他们虽然一时可以遮掩人的眼目，但最终将会在历史的天空中消失。

葛溪驿

题解

葛溪在今江西弋阳，宋代官府在此处设有驿站。皇祐二年(1050)，王安石从临川去钱塘，路经葛溪驿，这首诗是诗人旅途中所作。

缺月昏昏漏未央，一灯明灭照秋床。
病身最觉风露早，归梦不知山水长。
坐感岁时歌慷慨，起看天地色凄凉。
鸣蝉更乱行人耳，正抱疏桐叶半黄。

新解

缺月昏昏漏未央，一灯明灭照秋床——首联写景，诗人在旅舍仰视窗外，半轮缺月昏暗惨淡，漏钟的滴水声越来越响，一盏忽明忽暗的灯使独卧客舍的诗人夜不能寐。漏:漏壶，古代的计时器。

病身最觉风露早，归梦不知山水长——颔联直接写诗人的羁旅之愁和思乡之情。病体行役，秋风萧瑟，使诗人的身心感到透骨的寒意，恍惚的梦境中回到了温暖的家，梦醒后才知家乡远隔着千山万水，引发了诗人无限的惆怅。

坐感岁时歌慷慨，起看天地色凄凉——颈联写忧国之思。王安石一想到时势的艰难，就情不自禁地慷慨悲歌。起身下床，徘徊沉思，凝望窗外，天地间一片凄凉。王安石是一位杰出的政治家，人民的贫困，国力的空虚，政治的腐败，常常引发他的忧国之思，他希望通过变法来解决社会危机。

鸣蝉更乱行人耳，正抱疏桐叶半黄——尾联写王安石的孤独之感。天明登程，在茫茫的路途上，只有一阵鸣蝉之声聒噪耳际，秋蝉正抱着稀疏枯黄的梧桐叶渐渐走向生命的尽头。

这首诗在秋天的羁旅之思中，饱含着诗人思家忧国的深沉感情，其中隐含着诗人变法中的矛盾心情。“病身”一联道出了诗人的敏感，“坐感”一联道出了诗人对社会现实的悲哀，“鸣蝉”一联道出了政治家的孤独。诗人已隐隐约约地预感到变法的前途曲折，心情凄凉而低落，感情深沉而悲凉。

壬辰寒食

壬辰，即宋仁宗皇祐四年(1052)，王安石任舒州(今安徽省潜山县)通判。皇祐三年(1051)，王安石的长兄宣州司户王安仁病逝，次年葬于金陵。这首诗就是王安石在金陵料理长兄丧事时所作的。

客思似杨柳，春风千万条。
更倾寒食泪，欲涨冶城潮。
巾发雪争出，镜颜朱早凋。
未知轩冕乐，但欲老渔樵。

客思似杨柳，春风千万条——首联写时间及诗人的心情。二月的江南一派春光，郊外原野上春风吹拂，杨柳依依，牵动了王安石他乡作客的伤感。

更倾寒食泪，欲涨冶城潮——颔联抒发作者痛苦的内心。这一联用的是“两句道一意”的流水对。“冶城”在今江苏南京市朝天宫一带，西临大江，相传春秋时吴王夫差曾冶铸于此。在寒食节，王安石悲痛的泪水倾泻，仿佛使大江的潮水都上涨了。“更倾寒食泪，欲涨冶城潮”，通过比喻和夸张的修辞手法，把王安石痛苦的感情表达得生动而形象，哀感动人。

巾发雪争出，镜颜朱早凋——颈联抒发人生易老的惆怅之情。白发从头巾中露出来，揽镜自照才发现面色苍老，已不再红润。长兄逝去使王安石自己也感到流光易逝、盛时难再的惆怅。

未知轩冕乐，但欲老渔樵——尾联流露出诗人向往清静退隐的情绪。轩冕：轩是指古代一种有帷幕而前顶较高的车。冕是指天子、诸侯、卿、大夫所戴的礼帽。轩冕代指官位爵禄。渔樵代指隐居山林。为官多年没有感受到官场的快乐，只想隐居山林颐养天年。

王安石是北宋杰出的政治家，同封建社会的其他政治家一样，思想上经常产生出仕与归隐的矛盾。王安石写这首诗时才32岁，诗中所流露出的消极退隐的情绪，可能是受长兄王安仁去世的影响。王安仁病逝时年方37岁。对长兄的英年早逝，王安石心中万分悲痛。

兼　并

题解

这首诗写于宋仁宗皇祐五年（1053）王安石任舒州（今安徽省潜山县）通判时，是一首政治诗。这首诗集中表现了王安石反对兼并的政治主张，指出宋王朝纵容兼并造成严重的社会危机，怒斥那些反对抑制兼并的官僚大地主是“俗儒”、“俗吏”。王安石坚决主张抑制和打击兼并势力。

三代子百姓，公私无异财。
人主擅操柄，如天持斗魁。
赋予皆自我，兼并乃奸回。
奸回法有诛，势亦无自来。
后世始倒持，黔首遂难裁。
秦王不知此，更筑怀清台。
礼义日已偷，圣经久堙埃。
法尚有存者，欲言时所咍。
俗吏不知方，掊克乃为材；
俗儒不知变，兼并可无摧。
利孔至百出，小人私阖开。
有司与之争，民愈可怜哉！

新解

三代子百姓，公私无异财——夏、商、周三代的君主像对待儿子一样对待百姓，公家和私人的财产都由君主统一支配，除此之外没有额外的财物。对三代的赞美，实际上是对现实的批判。子：作动词，当作儿子一样对待。

人主擅操柄，如天持斗魁——君主独揽大权，好像众多的星体环绕着北极星运行一样。据《史记·天官书》注，天指北极星，古代天文学家把北极星当作天上的大帝。北斗七星中的第一颗到第四颗星叫“斗魁”，第五颗到第七颗叫“斗柄”。在不同的时间北斗星出现在不同的方位，看起来像是围绕着北极星转动。擅：独占。操柄：掌权。

赋予皆自我，兼并乃奸回——国家财政的收入和支出都由君主掌握，兼并被认为是奸邪的行为。赋予：征收与给予，代指国家的财政收入和支出的政策。我：指君王。奸回：奸邪。回，曲。

奸回法有诛，势亦无自来——奸邪的兼并行为若受到国家法律的制裁，兼并的社会现象就无从产生。《周礼·秋官》记载，周王朝对富户的囤积居奇、高利盘剥都有禁令，违反要受处罚。

后世始倒持，黔首遂难裁——到如今君主应该掌握的财政大权反而被豪强势力所操纵，老百姓就难以控制了。倒持：成语有“太阿倒持，授人以柄”，太阿是宝剑名，把宝剑的柄倒过来让别人拿着，比喻大权旁落。裁：裁决，控制。

秦王不知此，更筑怀清台——秦始皇也不懂这个道理，还修筑怀清台来鼓励当时的兼并。《史记·货殖列传》记载，巴地（今四川省东部）有个寡妇叫怀清，她的祖上是生产经营朱砂的工商业主。秦始皇认为怀清能够保全先辈留下的产业，以财自卫，所以修筑怀清台表彰她。秦始皇表彰怀清并非鼓励兼并，此处王安石的矛头指向最高统治者，反对他们只顾大地主、大商人的利益。

礼义日已偷，圣经久堙埃——如今礼义已日渐淡薄，儒家圣人的经典已被人漠视，埋没于尘埃之中。偷：淡薄。圣经：指《尚书》、《周礼》、《诗经》等儒家经典。堙（yīn）埃：埋没于尘埃之中。王安石认为兼并是奸邪行为，应该受到法律的制裁，因为兼并不仅违反了礼义的准则，而且也违背了儒家经典。在变法期间，王安石主持撰写了《三经新义》，以法家变革思想为指导，对《尚书》、《周礼》、《诗经》进行了新的阐释，所以王安石诗中谈的“礼义”、“圣经”已不是原本的儒家思想。

法尚有存者，欲言时所咍——抑制兼并的古法虽然还保存在历史记载中，但要提倡就会受到人们的讥笑。咍（hāi）：讥笑。

俗吏不知方，掊克乃为材——庸俗的官吏不知道治国的方略，以为善于搜刮民财就是才能。掊（póu）克：善于搜刮。

俗儒不知变，兼并可无摧——庸俗的儒生墨守成规不知变法，以为兼并可以不受制裁。

利孔至百出，小人私阖开——获得财利的窍门很多，奸商、豪强就可以投机取巧，谋取私利。私阖（hé）开：私自紧缩和放宽，指利用职务之便，营私舞弊。

有司与之争，民愈可怜哉——官吏与奸商、豪强争利，老百姓的生活就越来越可怜了。有司：指官吏。

这首诗最早体现了王安石反兼并的思想，所以后来保守派在攻击新法时也攻击这首诗。据李壁《王荆文公诗笺注》题下所引苏辙云:“能使富民安其富而不横,贫民安其贫而不匮,贫富相持以为久,而天下定矣。王介甫,小丈夫也。不忍贫民,而深疾富民以惠贫民,不知其不可也。方其未得志也,为兼并之诗,及其得志,专以此为事。……源其祸,出于此诗,盖昔之诗病,未有若此酷也。”可见这首诗与他的政治成败密切相关。这首诗写出了王安石推行新法的依据,也成为保守派攻击的目标。

《兼并》是一首战斗性很强的作品,它抨击官僚地主抢夺民田的残暴行为。他们把实物地租和高利贷结合起来巧取豪夺，残酷地剥削农民。这首诗直发其论,质朴无华,充分体现了王安石以“适用为本”,“以文为饰”的文学主张。

白日不照物

至和二年(1055)，流经北宋首都汴京(今河南省开封市)的蔡河、闵河发大水。嘉祐三年(1058)洪水又至,北宋统治者为了防止大水威胁汴京,竟挖开河堤泄洪,冲毁了农田和村庄,给人民带来深重的灾难。王安石目睹惨状,揭露统治者只顾自身安全、不顾人民死活的卑鄙行径,并为实施农田水利法制造舆论。

白日不照物,浮云在寥廓。
风涛吹黄昏,屋瓦更纷泊。
行观蔡河上,负土知力弱。
隋堤散万家,乱若春蚕箔。
仍闻决数道,且用宽城郭。
妇子夜号呼,西南漫为壑。

白日不照物，浮云在寥廓——太阳不能普照万物，乌云在辽阔的天空上翻滚。这两句既写灾区乌云蔽日的景象,又暗示出政治黑暗的社会状况。寥廓:广阔的天空。

风涛吹黄昏,屋瓦更纷泊——狂风怒号,洪水汹涌,天昏地暗,房屋顶上的瓦都纷纷漂走了。泊:漂泊。

行观蔡河上，负土知力弱——我在蔡河上行走观察，看到人们在拼命地挑土，加固河堤，但洪水涛涛，人们已经累得疲惫不堪了。

隋堤散万家，乱若春蚕箔——千家万户只好转移到隋堤上避水灾，人们像箔上的春蚕一样乱哄哄的。隋堤：蔡河流经汴京的一段是隋炀帝时开的，所以这段河堤称为隋堤。

仍闻决数道，且用宽城郭——惊闻官府仍然要再挖开数处决口，来缓解洪水对京城的威胁。宽：缓解。城郭：指汴京。

妇子夜号呼，西南漫为壑——挣扎在洪水中的妇女和孩子在黑夜中惊恐地哭喊，京城的西南面洪水漫流，变成了茫茫泽国。

《白日不照物》暗示当时政治的黑暗，反映了民生疾苦和社会矛盾。诗歌通过对洪灾的形象描绘，表现出百姓的恐惧和痛苦挣扎，批评官府只顾京城安全、不顾百姓死活的卑鄙行为，体现了诗人诗歌要“有补于世”的文学主张。

思王逢原三首（其二）

王令字逢原，才华横溢却英年早逝，但他在诗歌创作上取得了一定的成就。王令的诗以抨击时弊，抒写自己远大抱负为主要内容，风格豪放，语言奇崛。王安石非常器重王令，至和元年（1054），王安石由舒州通判被召入京，路过高邮，王令赋《南山之田》诗拜访王安石，王安石大异其才，遂成莫逆之交，并将妻子的从妹嫁与逢原。王安石的揄扬使王令的作品广泛流传。然而，嘉祐四年（1059）秋，王令以 28 岁的青春年华早逝，王安石悲痛万分。第二年秋天，赋诗三首，悼念亡友。

蓬蒿今日想纷披，冢上秋风又一吹。
妙质不为平世得，微言惟有故人知。
庐山南堕当书案，湓水东来入酒卮。
陈迹可怜随手尽，欲欢无复似当时。

蓬蒿今日想纷披，冢上秋风又一吹——王安石身在汴京，想到千里之遥的常州，王令的坟墓已是野草丛生，秋风萧瑟，王令去世已经一年了。

妙质不为平世得，微言惟有故人知——这里用《庄子》匠石运斤成风的典故，

"质"指的是质的、箭靶,用以比喻心投意合的知己。世人不能像匠石深知郢人那样理解王令。王令为人清高孤傲,不愿结交庸俗之辈,门上写道:"纷纷闾巷士,看我复何为?来即令我烦,去即我不思。"他孤傲的性格,使他不为世人所重,只有我才是王令唯一的知音。《汉书·艺文志》中有"仲尼没而微言绝"之句,"微言"指精辟深刻的思想言论。王令高洁孤傲的人品,使他怀才不遇,知音甚稀。

庐山南堕当书案,湓水东来入酒巵——回忆当年与王令一起读书饮酒的雅兴。嘉祐三年(1058),王安石提点江东刑狱,按临鄱阳,王令六月中便去鄱阳与王安石相聚。向南倾斜的庐山就像我们的书案,向东流去的湓水仿佛流入了我们的酒杯。这两句构思奇特,想象丰富,是王安石诗歌中的名联。雄奇美丽的大自然和朋友间真挚的友谊融为一体,庐山为凭,湓水为证,友谊天长地久。巵(zhī):古代酒器。

陈迹可怜随手尽,欲欢无复似当时——一切美好的往事随你的辞世烟消云散了,往日的相聚已一去不复返了。全诗在令人悲伤的回忆中戛然而止。

这首诗是王安石诗歌中的名作,诗中倾注了王安石真挚的情感。对朋友的深切怀念,对知音难觅的感叹,对怀才不遇的同情,对美好往事的回忆,读来令人黯然神伤。

示长安君

这首诗写于宋仁宗嘉祐五年(1060),王安石当时40岁,已由江南东路提点刑狱调任三司度支判官。"长安君"是王安石的大妹王文淑,她是工部侍郎张奎之妻,封长安县君。她"工诗善书,强记博文"(王安石《长安县太君墓表》)。宋王朝与辽订立了屈辱的"澶渊之盟",按盟约规定,宋王朝除每年向辽国纳银输绢外,还要互派使臣进行外交礼节性的拜贺。王安石奉命出使辽国,妹妹闻讯前来探望。王安石在临行前,写下这首诗,表达兄妹之间朴实真挚的情谊。

少年离别意非轻,老去相逢亦怆情。
草草杯盘供笑语,昏昏灯火话平生。
自怜湖海三年隔,又作尘沙万里行。
欲问后期何日是,寄收应见雁南征。

少年离别意非轻，老去相逢亦怆情——江淹《别赋》："黯然销魂者，唯别而已矣！"兄妹少年时离别心情是十分沉重的，多年后兄妹都容颜衰老，再度相逢难免乐极生悲。怆情：悲伤之情。40 岁的王安石历经仕途坎坷，见到亲人自然是感慨良多，悲喜交加。

草草杯盘供笑语，昏昏灯火话平生——颔联是广为传诵的名句。随便准备一些酒菜，席间就充满了欢笑，昏暗的灯光下促膝谈心，述说离情别绪。诗人营造出一种欢乐温馨的气氛。"供"、"话"二字用得精炼准确，吴可《藏海诗话》中说："七律一篇中必有剩语，一句之中必有剩字，如'草草杯盘供笑语，昏昏灯火话平生'，如此句无剩字。"就是说这一联用字精当。

自怜湖海三年隔，又作尘沙万里行——过去我们兄妹被湖海所阻隔，多年难得相见，令人伤感；今日相逢，我却要冒着尘沙去万里之外的辽国。"三年"和"万里"都是虚数。

欲问后期何日是，寄收应见雁南征——到了大雁南飞的秋天，我就会寄回书信，告诉你我们重逢的日期。这是对妹妹的安慰之语：你不要太伤感，我会顺利地完成出使的使命，我们后会有期。

这首诗属对工巧。一般律诗是中间二联对仗，此诗的首联以"少年"对"老去"，似对非对；颔联从内容、词性和音调看，为工对；颈联又改为流水对。全诗在形式上既工稳又富有变化。

写兄妹离别之情，语淡情深，十分感人。诗人进入老境，还在风尘仆仆的宦游之中，备感羁旅之苦，回忆往事，倍感亲切。从这首诗中可看到，王安石一方面是一位机智勇敢万里使辽的外交家，另一方面又是一位亲切温和的兄长。

全诗以情动人，不尚夸饰，不争奇巧，真情出好诗是这首诗的突出特点。

白沟行

白沟是河名，在今河北省新城、霸县至天津市境内的拒马河。北宋时宋辽分界于此，故亦称界河。宋仁宗嘉祐五年(1060)春，王安石伴送契丹使至塞上，目睹边境防务情况，有感而赋此诗。

白沟河边蕃塞地，送迎蕃使年年事。
蕃使常来射狐兔，汉兵不道传烽燧。
万里锄耰接塞垣，幽燕桑叶暗川原。
棘门灞上徒儿戏，李牧廉颇莫更论。

新解

白沟河边蕃塞地，送迎蕃使年年事——白沟是宋辽的界河，宋真宗时，宋辽在澶州(今河南省濮阳市)议和，宋每年输辽银十万两、绢二十万匹，史称“澶渊之盟”。宋朝每年把大量的银两、绢帛奉送给辽，但辽仍然不断地侵扰北宋的边境。

蕃使常来射狐兔，汉兵不道传烽燧——“射狐兔”不是一般的射猎，而是一种军事挑衅。南宋李壁《王荆文公诗笺注》中注曰：“自五代以来，契丹岁压境，及中国征发，即引去。遣问之，曰：‘吾校猎尔。’”面对辽的军事侵扰，北宋的军队却不知道通过烽火台报警，可见北宋边防松懈，守军麻痹的程度。

万里锄耰接塞垣，幽燕桑叶暗川原——锄：锄头，一种手工农具。耰(yōu)：无齿的耙。锄耰本指农具，这里代指可耕种的农田。从北宋的都城到幽燕大地，沃野千里，庄稼茁壮，桑树繁茂，郁郁葱葱，把广袤的大地遮盖得阴暗起来。祖国的大好河山，是决不能听任“蕃使常来射狐兔”的。

棘门灞上徒儿戏，李牧廉颇莫更论——棘门、灞上驻守的边防军队防卫松懈。李牧、廉颇是战国时赵国的良将，李牧曾多年驻边防御匈奴，使匈奴不敢侵犯赵国。《史记·绛侯周勃世家》记载，汉文帝为了防止匈奴入侵，曾派徐厉驻军棘门，刘礼驻军灞上。一次文帝劳军，见棘门、灞上军中松懈，批评道：“曩者棘门、灞上军，若儿戏耳，其将固可袭而虏也。”王安石批评北宋王朝的边将像徐厉、刘礼那样视边防如儿戏，无法与李牧、廉颇这些名将相提并论。守边无人，不是没有良将，而是宋朝妥协退让的政策造成的。王安石在这里批评北宋王朝用人不当，忽视边防，靠输银纳绢苟且求安的政策。

王安石不仅是一位文学家，也是一位杰出的政治家。他以政治家的眼光，借用史实，揭示现实问题，对北宋边防松懈，靠输银纳绢来苟且偷安的政策提出了批评。

北客置酒

嘉祐五年(1060)春,王安石奉命送辽使北归至白沟,北方民族好客,置酒宴请王安石,王安石写下了这首诗。诗中所写的宴会有浓郁的北国特点,诗人为我们描绘了一幅生动的北国风俗图。

紫衣操鼎置客前,巾鞲稻饭随粱饘。
引刀取肉割啖客,银盘擘臑薨与鲜。
殷勤劝侑邀一饱,卷牲归馆觞更传。
山蔬野果杂饴蜜,獾脯豕腊加炰煎。
酒酣众吏稍欲起,小胡捽耳争留连。
为胡止饮且少安,一杯相属非偶然。

紫衣操鼎置客前,巾鞲稻饭随粱饘——“紫衣”本特指贵官的公服,可见主人一定是北国的官吏。主人亲自端上盛满佳肴的鼎放在客人面前。巾鞲(gōu)指巾帻和单衣,交际时穿的盛装,仅次于朝服。主人的家人们穿着巾帻和单衣,端上了稻米饭和诱人的稠米粥。饘(zhān):稠粥。

引刀取肉割啖客,银盘擘臑薨与鲜——主人热情招待贵宾,操刀为客人割肉,热情地送到贵客面前,银盘里有煮烂的鲜肉,还有切成片的干肉,散发着香味。擘(bò):剖开。臑(nào):煮烂。薨(kǎo):干的食物。

殷勤劝侑邀一饱,卷牲归馆觞更传——侑(yòu):劝人(吃喝)。主人殷勤劝酒热情上菜,还要把宴席上的美味佳肴送回客馆,让客人再次持觞小饮。可见主人待客之热情。

山蔬野果杂饴蜜,獾脯豕腊加炰煎——宴会上接下来又摆上山蔬野果还有蜂蜜,更具北方特色的是烧獾脯和煎猪肉。宴会的菜肴真丰富呀!炰(páo):烹煮。

酒酣众吏稍欲起,小胡捽耳争留连——众官吏已酒酣饭足想起身告辞,主人家的孩子们调皮地拉住客人的耳朵,挽留客人。据李壁《王荆文公诗笺注》,捽耳乃胡人所施大礼。捽(zuó):揪住。

为胡止饮且少安,一杯相属非偶然——主人全家这样热情好客,盛情难却,也只好留下来再饮几杯酒，这样心里才感到几分安慰，如果坚持要走，是不是有点不近人情？属(shǔ)：聚会。能有如此热情的聚会也不是偶然之事，北方人的热情好客早有所闻。

这首诗写丰盛的宴会，具有浓郁的北方特色。菜肴是北方的獾脯豕腊，还有北地的山蔬野果，热情的主人割肉啖客，表现出北方民族的豪爽和热情。

漆侠先生在《王安石变法》一书中说："尽管王安石如实地记述了胡人礼仪、契丹人的生活习惯，但把契丹使臣们'留连'酒肉，贪饕和粗野，淋漓尽致地表现出来，从而表现了王安石从内心里对契丹使臣不够尊重。澶渊之盟已订立五十年，两国使臣虽频频交往，但民族间的隔阂，特别是长期的敌对状态并不能够从人们的思想感情上清除出去。这首诗反映了王安石民族观的狭隘性，但与这种狭隘的民族观念紧密联系的则是王安石的深厚的爱国主义思想。"(漆侠《王安石变法》，河北人民出版社，2001年版，354页。)这位史学家的观点，是很有参考价值的。

出塞

王安石于宋仁宗嘉祐五年(1060)，曾奉命陪送契丹使臣到过塞外，《出塞》是写诗人进入辽统治的区域后的感受。

涿州沙上饮盘桓，看舞《春风小契丹》。
塞雨巧催燕泪落，濛濛吹湿汉衣冠。

涿州沙上饮盘桓，看舞《春风小契丹》——涿州在今河北省涿县。盘桓：逗留。在涿州的沙滩上饮酒逗留，看到的歌舞是异族的《春风小契丹》。

塞雨巧催燕泪落，濛濛吹湿汉衣冠——塞外一片凄风苦雨，燕地的汉族人民想到北宋政权的屈辱处境，他们失望痛苦，借濛濛的细雨来掩饰他们满面的泪痕。那濛濛的细雨，不仅催落了燕地人民痛苦的眼泪，凄风苦雨和痛苦的泪水也沾湿了北宋使臣的衣冠。

这首诗用对比的手法写了辽人的欢乐，汉人的悲伤。强烈的对比写出燕地汉

人苦难深重。作者以冷峻的笔调，记录了历史上北宋王朝屈辱的一页。诗中流露出王安石对北宋王朝无力收复燕云十六州的失望与痛苦，表现了燕云人民对祖国的无限眷恋。

入　塞

王安石于宋仁宗嘉祐五年(1060)，曾奉命陪送契丹使臣到过塞外，这是王安石送辽使期间写的诗。诗中通过描绘边疆地区屡遭侵扰的荒凉景象和燕云地区人民盼望统一的心情，批评北宋朝廷的投降政策。

五代时，石敬瑭为了充当“儿皇帝”，把燕云地区(今北京至山西大同一带)割让给契丹统治者，但却难以割断燕云人民与中原地区血肉相连的情谊。

荒云凉雨水悠悠，鞍马东西鼓吹休。
尚有燕人数行泪，回身却望塞南流!

荒云凉雨水悠悠，鞍马东西鼓吹休——边塞地区一片凄苦的景象，满目荒凉，凄风苦雨，白沟河水流向远方。鞍马东西，分手告别，舞尽歌歇，演奏和表演都停止了。

尚有燕人数行泪，回身却望塞南流——燕地的汉族人民因北宋王朝无力收复燕云十六州而流下了失望痛苦的眼泪，向南目送着故国的官员离去，洒下了一行热泪。燕地汉人对北宋王朝的眷恋和对北宋政权无能的失望，表现在南望故国、抛洒热泪这个细节之中。这细节像一个特写镜头，深深地印在读者心中。

前两句写离别之时，气氛十分凄苦。后两句用形象化的语言，描绘出燕地汉人回首南望泪流满面的故国之思。形象生动，催人泪下。

阴山画虎图

阴山是我国北方的要塞，在今内蒙古自治区的中部。秦汉时期，匈奴经常从这里入侵，汉武帝击败匈奴，屯兵防守阴山下，边防得以安宁。从五代到北宋，阴山要塞落在契丹人手里，使中原地区失去了屏障，长期处于契丹统治者的威胁之下。王安石这首诗已经超越了艺术欣赏的境界，从阴山健儿的射虎，联想到古代将士曾在这里击退入侵之敌，使边疆安宁，批判北宋统治者不修边备，在辽和西夏的威胁下苟且偷安的行径。表现了王安石对国家前途命运的忧虑。

阴山健儿鞭鞚急，走势能追北风及。
逶迤一虎出马前，白羽横穿更人立。
回旗倒戟四边动，抽矢当前放蹄入。
爪牙蹭蹬不得施，碛上流丹看来湿。
胡天朔漠杀气高，烟云万里埋弓刀。
穹庐无工可貌比，汉使自解丹青包。
堂上绢素开欲裂，一见犹能动毛发。
低徊使我思古人，此地抟兵走戎羯。
禽逃兽遁亦萧然，岂若封疆今晏眠？
契丹弋猎汉耕作，飞将自老南山边，
还能射虎随少年？

阴山健儿鞭鞚急，走势能追北风及——阴山健儿快马加鞭，飞速前进，他的速度能赶上北风。鞭：马鞭。鞚(kòng)：马笼头。这里都作动词，一手鞭策马，一手拉着马笼头。

逶迤一虎出马前，白羽横穿更人立——猛虎从侧面突然出现在马前，马上的健儿立即举弓放箭，中箭的猛虎像人一样站立起来，准备反扑。逶迤(wēiyí)：形容屈曲斜行。白羽：箭。

回旗倒戟四边动，抽矢当前放蹄入——吓得士兵掉转旗枪，向四面逃散，勇士又拔出一支箭对准猛虎，骑马冲了过去。当：对着。蹄：指战马。这两句诗通过士兵们的胆怯烘托健儿的勇敢。

爪牙蹭蹬不得施，碛上流丹看来湿——猛虎的爪牙都不能施展了，沙堆上血迹斑斑。蹭蹬(cèngdèng)：遭遇挫折，失势的样子。碛(qì)：指沙堆。流丹：指老虎流的血。

胡天朔漠杀气高，烟云万里埋弓刀——北方沙漠地区杀气腾腾，在万里云雾中埋藏着强弓大刀。北宋的边防受到了契丹的严重威胁。胡：古代对北方少数民族的称谓，这里指契丹。朔漠：北方的沙漠地带。

穹庐无工可貌比，汉使自解丹青包——契丹没有画家能描绘出如此惊险的场面，这幅画是由汉使画出来的。穹庐：古代称游牧民族居住的毡帐，这里指契丹族。工：原指从事各种手工艺劳动的工匠，此处指画家。貌：描绘。比：形象近似。丹青：指画家使用的各种颜料。

堂上绢素开欲裂，一见犹能动毛发——形容画面猛虎栩栩如生，像要裂开画绢从画中跳出来似的，使人一见毛骨悚然。诗人用猛虎隐喻入侵者。绢素：古代作画用的白绢。

低徊使我思古人，此地抟兵走戎羯——诗人在画幅前徘徊，怀念古代的英雄豪杰，他们率领军队在阴山英勇作战赶跑了敌人。低徊：徘徊，指来回地走、边走边思索的样子。抟(zhuān)兵：率军。抟，同“专”。走：驱逐。戎羯(jié)：指入侵的外族。

禽逃兽遁亦萧然，岂若封疆今晏眠——古代将士，英勇善战，使阴山一带的入侵者像禽兽一样逃跑了，怎么会像今天的边疆将领高枕无忧、安然入梦，全无戒备呢？在此诗人通过古今对比，讽刺北宋王朝对入侵者妥协投降、放松边备的麻痹思想。封疆：这里指边疆的将领。

契丹弋猎汉耕作，飞将自老南山边，还能射虎随少年——契丹人天天弋猎，汉人却埋头耕作，把边防武备丢在一边，宋朝虽然也有像汉代飞将军李广那样的良将，但在投降妥协的路线支配下，这些难得的人才只能老死南山，英雄无用武之地，怎么可能跟青年战士一起去射杀猛虎呢？弋(yì)：用绳子系在箭上射。飞将：汉代名将李广，他英勇善战，屡次击败匈奴的入侵，匈奴人称他为飞将军。后因得罪权贵，闲居蓝田(今陕西蓝田县)，曾在南山射猎。

这首诗生动地描绘了阴山健儿飞马射虎，猛虎中箭反扑，战士胆怯逃跑，健儿勇往直前补射猛虎，猛虎倒地毙命，血溅沙滩的生动场面，在描绘画面的同时，表现出作者对边防松懈的忧虑，在“契丹弋猎汉耕作”的表面现象背后，隐藏着“烟云万里埋弓刀”的隐患。我国古代的将士们英勇善战，在阴山一带曾使入侵者“禽逃兽遁”，而北宋王朝对外实行妥协投降政策，边防松懈，英勇的将士们英雄无用武之地，丧失了当年射虎的雄风。封疆大吏不以国事为重，立志报国的志士只能终老南山。

详定试卷二首(其二)

这首诗是嘉祐六年(1061)王安石担任进士考试详定(即审查、评定)官时，读

了另一位考试官的诗后写给对方的。诗中提出了考试制度严重脱离实际的弊病，建议改革科举考试内容，选拔真正的人才。表现出王安石的革新精神。

童子常夸作赋工，暮年羞悔有扬雄。
当时赐帛倡优等，今日论才将相中。
细甚客卿因笔墨，卑于《尔雅》注鱼虫。
汉家故事真当改，新咏知君胜弱翁。

童子常夸作赋工，暮年羞悔有扬雄——汉朝扬雄少年时经常夸耀自己善于作赋，到晚年时才感到懊悔，认为赋是雕虫小技，壮夫不为。(见扬雄《法言·吾子》篇)

当时赐帛倡优等，今日论才将相中——当时汉皇帝把作赋的文人同演戏的艺人一样看待，能歌善舞的和吟诗作赋的人不过是赐给几匹丝绸，现在却要凭借诗赋这种雕虫小技来选拔宰相、大将等国家高级人才。王安石在这里对诗赋取士的考试内容提出怀疑。帛：绸绢一类的丝织品。倡优：古代指擅长乐舞、戏谑的艺人。

细甚客卿因笔墨，卑于《尔雅》注鱼虫——当年扬雄写《长杨赋》，把笔和墨比作主人和客人，互相对答。他给笔取名为“翰林主人”，给墨取名为“子墨客卿”，《长杨赋》只是一种笔墨游戏，没有什么实际内容。用诗赋取士没有实际意义。宋代科举考试中的经义，比《尔雅》中的虫鱼注释更卑下、更无聊。《尔雅》：我国最早解释词义的专著，由汉初学者缀辑周汉诸书旧闻，递相增益而成。分类解释物名、字义，后世经学家常用以解说儒家经义。

汉家故事真当改，新咏知君胜弱翁——弱翁：即魏相，汉宣帝时著名宰相。他曾把西汉以来的 23 件事汇编上报给汉宣帝，认为只要按这些先例办事就可以了。王安石认为汉朝的这种奉行先例处理政事的守旧方法应当改变，读了主考官写的新诗，看来这位主考官的思想观念比汉朝的魏弱翁强多了。故事：指后人遵循奉行的旧时的先例和制度。

王安石从自身的体会感受到不合理的科举制度使无数有志青年把大好的青春年华消磨在诗赋中，学习声调、对偶和布局这些对现实毫无用处的内容。诗赋取士已无法满足朝廷选拔人才的客观需求，王安石废止了考诗赋，改考经义，通过对儒家经典及其注释的记忆和理解，借以发表政治见解的时务策论作为考试的主要内容，选拔一些通经致用的人才，为变法服务。诗中援引历史事例，政论与诗歌结合，感慨至深，表现出宋诗以学问为诗、以议论为诗的特点。

夜 直

“夜直”就是值夜班。据宋代沈括《梦溪笔谈》记载，宋代翰林学士有宫中值宿的制度。每晚一人，以备差遣。此时王安石已由江宁（今南京市）知事荐为翰林学士，于熙宁元年（1068）四月始至京师（今河南开封），而本诗写的是初春夜直，故可推断为熙宁二年（1069）写此诗。这时宋神宗已决定采纳王安石的意见，实行新法。

金炉香烬漏声残，翦翦轻风阵阵寒。
春色恼人眠不得，月移花影上栏杆。

金炉香烬漏声残——金炉：金属制成的香炉。漏声：古代滴水计时的器具。在铜漏壶中插入有刻度的漏箭，以水位减少的程度来计时。诗人因国事萦怀，夜不能寐，沉思中眼看着香炉燃尽，聆听着漏钟声逐渐低弱。从视觉和听觉两方面描写。

翦翦轻风阵阵寒——翦翦：亦作剪剪，形容阵风。晚唐诗人韩偓有“恻恻轻寒翦翦风”（《深夜》）之句。黎明之前，诗人开门踱步庭院，早春晓寒，一阵阵微风拂面，寒气随着轻风阵阵袭来。

春色恼人眠不得——美好的春色使我难以入睡。“春色恼人”是说初春之际自己终于得到了宋神宗的重用，将推行新法，一展宏图，想到自己的政治理想将要实现，诗人激动得难以入睡。

月移花影上栏杆——这句诗极为生动，是广为流传的千古名句。南宋李壁在《王荆文公诗笺注》中认为：此句化自两位晚唐诗人的诗句，一为温庭筠的“风飏檀烟消篆印，日移松影过禅床”；一为晚唐姚合的“月移花影横幽砌，风揭松声上半天”，构思有相似之处。王安石置身于皇家的禁宫之中，月色下栏杆旁花影婆娑，景色令人赏心悦目，写出奇妙的诗句自在情理之中。

吴汝煜先生在《宋诗鉴赏辞典》（上海辞书出版社出版）中认为：“‘春色’一词，有时含有政治意义。……《宋史·乐志》：‘回龙驭，升丹阙，布皇泽，春色满人间。’本诗也是如此。王安石久蓄改革之志，曾向仁宗皇帝上《万言书》，倡言改革，未被采纳。神宗即位,才使他获得了实现抱负的机会,又时值初春,所以他更觉得'春色'的美好。诗中把政治上的际遇与自然界的春色融为一体,感情含而不露,意思也特别深至,以致宋代周紫芝、沈彦述等人误把它当作艳诗来读,以为'非荆公诗'(《竹坡诗话》)。后来,何文焕虽然把他们斥之为'学究腐儒',认为这首诗的著作权仍应归王安石(《历代诗话考索》),但他的意思,不过是说艳诗未必可非。可见他们都没有真正读懂这首诗。"这首诗确实不是艳诗,而是抒发诗人政治理想得以实现时的兴奋之情。

元 日

元日指农历正月初一,古时又称元旦、元正、正旦。元日为一年之首,所以自古以来被认为是重大的节日。这一天人们要燃放爆竹,换桃符,辞旧迎新。这首诗描写的就是元日的习俗。这首诗可能作于神宗熙宁三年(1070)元日。

爆竹声中一岁除,春风送暖入屠苏。
千门万户曈曈日,总把新桃换旧符。

爆竹声中一岁除——爆竹声中,人们送走了过去的一年,迎来了新的一年。宗懔《荆楚岁时记》中说,元日这一天,"鸡鸣而起,先于庭前爆竹,以辟山臊恶魔"。爆竹最初是为了辟疫驱魔,后来逐渐产生了辞旧迎新之意。

春风送暖入屠苏——春风给人们送来了温暖,家家户户欢聚一堂,喜气洋洋地喝屠苏酒。饮屠苏酒的习俗来源很早,据南朝梁沈约《俗说》中记载:"昔有人住草庵中,每岁除夕遗闾里药一剂,令井中浸之,至元日取水置于酒尊,合家饮之,不病瘟疫。今人有得其方者,亦不知其人姓名,但名'屠苏'而已。"

千门万户曈曈日——初升的太阳普照千家万户。曈曈(tóngtóng):形容太阳刚刚升起,照耀大地的样子。诗人把万户更新的气象写得生机勃勃。

总把新桃换旧符——当一轮初升的太阳照耀千家万户的时候,家家门上都换上了新桃符。桃符:古人在桃木板上画门神或写上门神的姓名,挂在大门两旁,用来镇压鬼魅,这是一种旧的风俗习惯。汉蔡邕《独断》中记载:"海中有度朔之山,上有桃木,蟠曲三千里,卑枝。东北有鬼门,万鬼所出入,神荼和郁垒居其门,阅领诸鬼。其恶害之鬼,执以苇索,食虎。故十二月竟,画荼、垒并悬苇索于门户,以御凶也。"桃符上画的就是神荼(shū)与郁垒二神之像。这句诗暗示新法胜过旧制，改革才是大势所趋。

这首小诗，写得清新明快，生动活泼，字里行间都洋溢着辞旧迎新的热烈气氛和作者的喜悦心情。

明人王相在《七言千家诗注》中说："此诗自况其初拜相时，得君行政，除旧布新，而施行己之政令也。"王安石变法始于宋神宗熙宁二年（1069）二月，由此推断这首诗创作于熙宁三年（1070）元日。诗中描绘的辞旧迎新的欢乐景象蕴含着作者变法革新的欣喜。一切陈腐的观念都在爆竹声中消失了，变法革新的明天是多么美好。全诗热情洋溢，烘托出万象更新的欢乐气氛。

从民俗学来看，这也是一首好诗。诗人选取了节日的典型细节：燃放爆竹、喝屠苏酒、换新桃符，具有浓郁的生活气息。

泊船瓜洲

这首诗写于熙宁八年（1075）二月。当时王安石第二次拜相，奉诏进京，舟次瓜洲（今江苏邗江县南）。诗中有"春风又绿江南岸"之句，相传一个"绿"字，王安石改了十几次才炼定，成为文坛上一段佳话。

京口瓜洲一水间，钟山只隔数重山。
春风又绿江南岸，明月何时照我还？

京口瓜洲一水间，钟山只隔数重山——京口，今江苏镇江。瓜洲，今江苏邗江县南，在长江北岸。京口与瓜洲隔江相望，王安石从京口渡江，船行迅速，很快就到了瓜洲。钟山：即紫金山，在今江苏省南京市。作者家住之处。王安石于景祐四年（1037）随父王益定居江宁（今江苏南京），第一次罢相后就寓居江宁钟山。在奉诏进京途中，王安石以依恋的心情回望钟山，但钟山已被数重山所挡。诗人的目光又转向了江岸。

春风又绿江南岸，明月何时照我还——唐人丘为《题农父庐舍》诗"春风何时至，已绿湖上山"或为作者所本。王安石这句诗中的"绿"字是经过反复推敲、几经锤炼才定下来的。洪迈《容斋续笔》卷八云："吴中士人家藏其草。初云'又到江南岸'。圈去'到'字，注曰'不好'，改为'过'字。复圈去而改为'入'。旋改为'满'。

凡如是十许字，始定为‘绿’。”王安石试用了“到”、“过”、“入”、“满”等字，都觉得不能尽意，最后选定“绿”。一个“绿”字，把春风吹来使万物复苏的情态都表现出来了，成了炼字的典范。绿：这里作动词用，是“使……绿”的意思。春风吹来，又把江南吹绿了。回望钟山，已是皓月初上，今日离家，何时才能回来？表现出诗人对钟山的依恋之情。

新评

我国古代诗词非常重视字句的锤炼。《彦周诗话》对这首诗有极高的赞誉：“超然迈伦，能追逐李杜陶谢。”

歌元丰五首（其五）

元丰是宋神宗的年号（1078—1084）。元丰初年社会安定，农业丰收。王安石于元丰四年（1081）写了一组诗，热情歌颂新法的成就。这是第五首。

豚栅鸡埘晻霭间，暮林摇落献南山。
丰年处处人家好，随意飘然得往还。

新解

豚栅鸡埘晻霭间，暮林摇落献南山——这两句描绘了乡村深秋傍晚的景色，农家的猪圈和鸡窝都笼罩在苍茫的暮色之中。树林中树叶纷纷摇落，剩下了光秃秃的枝条，钟山就在这枝条间显露出来。诗人漫步在暮色之中。

丰年处处人家好，随意飘然得往还——丰收之年家家户户安居乐业，看到一派丰收的景象，诗人满心欢喜地踏上归程。

这首诗是歌颂元丰丰收主题的第五首，是这一组诗的收笔。诗人以“往”的见闻开始写，最终以“还”来结束全诗，这就是这首诗的章法。

元丰行示德逢

这首诗写于元丰四年（1081）。德逢就是杨骥，字德逢，因隐居湖之南岸自号

湖阴先生，居金陵蒋山。熙宁九年(1076)王安石第二次辞去相位，退居到金陵半山闲居，与杨德逢是邻居和朋友，曾写过《书湖阴先生壁》二首。这首诗描绘了丰年盛世景象，歌颂了支持新法的宋神宗，表现了王安石希望新法能继续实行下去的美好愿望。

四山翛翛映赤日，田背坼如龟兆出。
湖阴先生坐草室，看踏沟车望秋实。
雷蟠电掣云滔滔，夜半载雨输亭皋。
旱禾秀发埋牛尻，豆死更苏以荚毛。
倒持龙骨挂屋敖，买酒浇客追前劳。
三年五谷贱如水，今年西成复如此。
元丰圣人与天通，千秋万岁与此同。
先生在野固不穷，击壤至老歌元丰。

四山翛翛映赤日，田背坼如龟兆出——诗人描绘了严重的旱情。四山的草木在赤日炎炎之下显得枯焦凋零，毫无生气。水田的水蒸干了，露出了干裂的地面，犹如龟背一样。翛翛(xiāo)：鸟儿羽毛残破的样子。“龟兆”有双重含意，一是用龟背上的纹理形容干裂的土地；二是用典，《左传》中有“龟兆告吉”，预示了久旱逢甘霖的吉兆。

湖阴先生坐草室，看踏沟车望秋实——湖阴先生在茅草屋里，看着不停地踏着水车的农人，盼望秋后能有所收获。湖阴先生望着忙碌的人们，心中焦急地盼望着降雨。

雷蟠电掣云滔滔，夜半载雨输亭皋——电闪雷鸣，乌云翻滚，半夜时滂沱大雨由乌云运载而来，倾泻到干旱的田野。蟠：遍及。亭皋：指沃野。司马相如《上林赋》中有“亭皋千里”之语。

旱禾秀发埋牛尻，豆死更苏以荚毛——旱禾得雨，拔节猛长，田野里一片丰茂，牛走在田间，不见其臀。已经快要枯死的豆苗在雨露的滋润下重现生机，肥硕的豆荚毛茸茸的，长势喜人。尻(kāo)：臀部。

倒持龙骨挂屋敖，买酒浇客追前劳——面对这场及时雨，湖阴先生从前的焦虑早已烟消云散，把水车倒挂在屋角，买酒请客，追忆从前的辛劳，心中感到十分高兴。敖：米仓。

三年五谷贱如水，今年西成复如此——元丰年间连续三年的丰收使得粮食格外的便宜，民无饥馑，今年秋天又是丰收在望。西成：最早见于《尚书·尧典》："平秩西成。"传曰："秋，西方万物成，平序其政助成物。"指政治措施得当，能助成万物，获得丰收。元丰年间连年丰收，与实施新法有关。

元丰圣人与天通，千秋万岁与此同——歌颂宋神宗支持新法，由于政治措施得当，知晓天意，天助其成，愿千秋万代都有这样的圣君，给人民带来幸福。

先生在野固不穷，击壤至老歌元丰——《论语·卫灵公篇》中记载，孔子在陈绝粮，曾经感慨"君子固穷"。此处典故反用，是说湖阴先生生逢元丰盛世，在野隐居也无贫困之忧。晋皇甫谧《帝王世纪》记载，帝尧之世，天下太平，百姓无事，有八十老人击壤而歌。壤是一种木制戏具。诗末以"击壤至老歌元丰"结束全篇，这是对元丰之世的高度评价，认为元丰可与唐尧圣代相提并论，赞美了宋神宗推行新法给人民带来了幸福，人们歌颂元丰盛世。

新评

诗歌开始生动描绘了烈日炎炎，庄稼枯焦的景象，极力渲染久旱不雨的焦虑心情。接着电闪雷鸣，大雨骤至，充满了丰收在望的喜悦。极度的焦虑，万分的喜悦，一忧一喜相对比，很富有戏剧性。

王安石曾说："若能自出己意，借事以相发明，情态毕出，则用事虽多，亦何所妨。"(《苕溪渔隐丛话后集》卷二十五)王安石喜欢"以才学为诗"，使事用典。诗中用了《左传》、《尚书》、《论语》中的典故，渊博的学问纵横使役在字里行间，自然贴切，显示出纯熟的用典技巧。

这首诗是歌颂元丰天子宋神宗的，"元丰圣人与天通"一语，歌颂神宗皇帝实施新法与天意相合，借此坚定宋神宗继续实施新法的决心。

后元丰行

题解

元丰是宋神宗的年号(1078—1084)。以年号为诗题，或许是受到韩愈《永贞行》的启发。北宋时期王安石变法受到了保守派的反对。苏轼就写诗反对变法，王安石也针锋相对地回应，先后写了《元丰行》、《歌元丰五首》等诗，歌颂变法成就。这首《后元丰行》写于元丰四年(1081)，王安石描绘了变法后江宁郊区农村连续丰收后的欢乐景象。

歌元丰，十日五日一雨风。
麦行千里不见土，连山没云皆种黍。

水秧绵绵复多稌，龙骨长干挂梁梠。
鲥鱼出网蔽洲渚，荻笋肥甘胜牛乳。
百钱可得酒斗许，虽非社日长闻鼓。
吴儿踏歌女起舞，但道快乐无所苦。
老翁堑水西南流，杨柳中间杙小舟。
乘兴敧眠过白下，逢人欢笑得无愁。

新解

歌元丰，十日五日一雨风——歌颂元丰年间风调雨顺，十日五日就有一场风雨。古人认为政有德就会阴阳调，风雨顺。新法的实施，如东风浩荡，时雨润物。

麦行千里不见土，连山没云皆种黍——辽阔的田野上麦子长得很茂盛，遮得连泥土都看不到，连绵不断的山高耸入云，山上都种满了庄稼。没云：没作动词，即被云遮住。

水秧绵绵复多稌，龙骨长干挂梁梠——水稻和糯稻连绵不断，因为风调雨顺，所以灌溉用的龙骨水车也被挂在梁上檐下，用不着了。稌(tú)：糯稻，产量较低，一般用于酿造美酒。因为连年丰收，粮食有余，所以才能种糯稻。龙骨：水车。梠(lǚ)：屋檐。

鲥鱼出网蔽洲渚，荻笋肥甘胜牛乳——鲥鱼被鱼网打捞出来，堆满了水中的沙洲，生长在水中的荻笋味道甜美，比牛奶还要好。欧阳修《离峡州后回寄元珍表臣》诗云："荻笋鲥鱼方有味，恨无佳客共杯盘。"鲥鱼：江南名贵鱼类，多脂肪，肉味鲜美。生活在海洋中，春夏之交湖江产卵，南方各大河流中都有，以长江下游所产最有名。荻笋：荻是多年生草本植物，生长在水边，茎嫩时可吃。

百钱可得酒斗许，虽非社日长闻鼓——由于连年丰收，酒非常便宜，虽然不是社日，但农民们经常聚会欢饮，击鼓歌舞。社日：古代春秋两次祭土神的节日。

吴儿踏歌女起舞，但道快乐无所苦——吴地的青年男女载歌载舞，无忧无虑，尽享生活的欢乐。

老翁堑水西南流，杨柳中间杙小舟——老翁开掘水道，引水向西南流去，在杨柳丛中把小船系在木桩上。堑：挖掘。杙(yì)：木桩，这里作动词用，把小船系在木桩上。

乘兴敧眠过白下，逢人欢笑得无愁——老人斜躺在小船上顺流飘到了白下城，满怀丰收的喜悦，遇到的人都眉开眼笑，表现出对幸福生活的满足。敧(qī)：同"攲"，斜躺着。白下：古时南京城的别称。

由于新法的推行，吴地兴建了农田水利设施，促进了农业生产的发展。再加上元丰年间风调雨顺，所以连年获得丰收，农民的生活有所改善。王安石的这首诗主要宣传实施新法颇有成效，这是一首变法改革的颂歌，也是一篇富有理想色彩的史诗。

这首诗看似一首歌颂神宗皇帝的颂歌，实则是一曲赞美变法革新的赞歌。宋神宗实施新法，元丰朝国泰民安，好似唐虞盛世再现，新法完全符合尧舜的治国安民之道。王安石对元丰朝的歌颂赞美，不仅借皇帝的灵光肯定了自己变法革新的正确性，而且用事实回击了保守派反对变法的言论。

登宝公塔

题解

宝公塔是南朝高僧宝公墓葬处所建之塔。宝公塔的原址在今明孝陵附近，朱元璋建陵时被拆走。王安石这首诗记叙了当时登塔的情景。

倦童疲马放松门，自把长筇倚石根。
江月转空为白昼，岭云分暝与黄昏。
鼠摇岑寂声随起，鸦矫荒寒影对翻。
当此不知谁客主，道人忘我我忘言。

倦童疲马放松门，自把长筇倚石根——登塔前一路艰辛，到达宝公塔，倦童疲马留在植有青松的寺门边，诗人拄着竹杖登上宝公塔。首联通过倦童疲马反衬诗人有很高的登临兴致。松门：寺门植松，谓之松门。筇(qióng)：竹杖。

江月转空为白昼，岭云分暝与黄昏——颔联写登楼所见的景色：一轮皓月从江中升起，天空如同白昼一般，岭间飘浮的云彩增添了黄昏的暝色，描绘出黄昏转入月夜时光影的微妙变化。此联是荆公诗中的名句，《冷斋夜话》引黄庭坚评语曰："此诗谓之句中眼，学者不知此妙，韵终不胜。"后来江西诗派论诗标榜句眼、诗眼，就是强调这种铸语精警的艺术手法，如联中的"转空"、"分暝"，都是荆公戛戛独造之词。

鼠摇岑寂声随起，鸦矫荒寒影对翻——颈联写登塔之见闻，蝙蝠翻飞打破了四周的寂静，乌鸦在荒寒的高空中对影翻飞。鼠：指蝙蝠。摇：翻飞。矫：飞翔。

当此不知谁客主，道人忘我我忘言——尾联写诗人登塔的感受：由于宁静美丽的景色令人陶醉，诗人达到了物我两忘的境界，几乎忘了自己只是这里的游客。道人：宝公塔侍奉香火的僧人。忘言：陶渊明《饮酒诗》："此中有真意，欲辨已忘言。"

王安石这首诗记叙了登宝公塔的情景，鼠摇鸦矫，不免有几分荒凉；江月转空，岭云分暝，又显得很开阔。

《庄子·外物篇》中说："言者所以在意也，得意而忘言。"这首诗的尾联就有这种意思。僧人忘记了我的存在，我也难以用语言表达自己的感受，僧人和我都沉浸在物我两忘、不可言传的境界中。这首诗是王安石诗歌中广为传诵的名篇，尤其是诗人的写景之笔，达到了出神入化的地步。

重登宝公塔复用前韵

宝公是南朝的高僧，法名宝志。一称宝公、志公。据《南史·陶弘景传》说，宝公自宋时知名，出入钟山，来往都邑，披发徒跣，时显灵迹。到了梁武帝时尤受敬重，迎入宫内，甚见崇礼。梁天监十三年(514)卒，葬于钟山南麓定林寺前冈独龙阜，永定公主建塔于上，名宝公塔。王安石经常登临此塔，曾写过七律《登宝公塔》。这首诗系重登此塔，步其前韵，缅怀宝公往事，抒发自己的感慨之作。

空见方坟涌半霄，难将生死问参寥。
应身东返知何国，瑞像西归自本朝。
遗寺有门非辇路，故池无钵但僧瓢。
独龙下视皆陈迹，追数齐梁亦未遥。

空见方坟涌半霄，难将生死问参寥——首联写宝公塔的外形和地势。"方坟"是我国古代传统的方形四门的墓塔。宝公已去，空留孤塔，墓塔高耸入云，气势雄伟。"参寥"是《庄子·大宗师》中虚拟的人名，《释文》解释说："高邈寥旷，不可名也。"就是高远寥廓，不可名状的意思。据《庄了》记载，女偶从参寥那里听到了"古之真人,不知悦生,不知恶死”,“无今古而后能入于不生不死”等许多有关生死的道理。“难将生死问参寥”有三种理解:第一种是说宝公是高僧,无所谓生,无所谓死,目前虽留下躯体而去,生死还是难以断定;第二种认为王安石年事已高,想要向高人请教有关生死的问题,可惜深知参寥之理的宝公已不在了;第三种是既然进入“无古今”的境界,就能不生不死,王安石也会产生这种希望,追寻历史和今天,同宝公一起坐禅听法,参悟佛道。

应身东返知何国,瑞像西归自本朝——颔联写诗人面对宝公塔,追述有关宝公的神奇往事。“应身”指佛为度脱世间众生,可以显现为多种形象不同的佛身。诗人登上宝公塔,不禁产生了疑问,这佛身自西方返回东土,究竟是从哪国而来呢?原来的佛像在宋朝已被移入了东都开封,王安石又命令工匠重新塑了宝公像。

遗寺有门非辇路,故池无钵但僧瓢——颈联写塔寺荒凉冷落的景象。宝公已去,寺院荒凉冷落,没有皇家的车马出入,没有昔日的车水马龙,放生池犹在,但连钵盂这些普通的餐具都没有了,只剩下简陋的僧瓢。昔日香火旺盛的宝公寺,今日门庭冷落,今昔对比,令人伤感。

独龙下视皆陈迹,追数齐梁亦未遥——王安石登上独龙冈居高临下,鸟瞰宝公诸多遗迹,追溯宝公在齐梁间的往事,觉得并不遥远。

王安石晚年,也思考一些佛理。“难将生死问参寥”,就是参佛悟道的思考。

题西太一宫壁二首

六言诗始见于东汉末年孔融、曹丕之作,到宋朝颇为流行。王安石此诗,欧阳修、苏轼、黄庭坚均有和韵。陈衍《宋诗精华录》卷二录此诗,评为“压卷”之作。据《宋史·礼志》记载,东太一宫在汴京东南苏村;西太一宫在汴京西南八角镇。这二首六言绝句是王安石重游西太一宫时即兴挥毫,题在墙壁上的题壁诗。王安石于景祐三年(1036)随其父王益到汴京,初游西太一宫,他当时16岁。熙宁元年(1068),王安石奉神宗之诏入京,准备变法,重游西太一宫,此时他已经48岁了。岁月流逝,世事变化,使诗人感慨万千。这首诗苏轼和黄庭坚等一时名流都有和作,可见很受当时诗坛的重视。

柳叶鸣蜩绿暗，荷花落日红酣。
三十六陂春水，白头想见江南。

三十年前此地，父兄持我东西。
今日重来白首，欲寻陈迹都迷。

先读第一首：

柳叶鸣蜩绿暗，荷花落日红酣——蜩：蝉。蝉在浓密的绿柳丛中鸣叫，在落日的余晖中荷花是那样娇艳醉人。从听觉和视觉方面来描绘景物。属对工整而流利自然。

三十六陂春水，白头想见江南——三十六陂：汴京附近的蓄水塘。《续资治通鉴长编》卷二九七载，神宗元丰二年（1079）三月，"引古索河为源，注房家、黄家、孟王陂及三十六陂高仰处，潴水为塘以备。"看到眼前春水荡漾、波光明艳的水塘，令人想起了江南水乡的景色，多想回到那美丽的江南。表现出诗人抚今追昔，思念亲人的感情，也有春不长驻，人老当归之感。

再读第二首：

三十年前此地，父兄持我东西——追忆初游西太一宫的情景：三十多年前初游西太一宫，在父亲（王益）和哥哥（王安仁）的陪伴下携手同游，从东游到西，那时是多么快乐啊！

今日重来白首，欲寻陈迹都迷——时光飞逝，白首重游，物是人非，宫殿依旧，但父亲、哥哥都已去世，想找回昔日与父兄同游之快乐，但眼前却是一片迷茫。

这两首诗写家、亲情，是诗人真实感情的自然流露。重游西太一宫时，触景生情，想到家，想到亲人，想到初游时的欢乐。岁月流逝，物是人非，世事变化，家庭多故，诗人感慨颇深。

蔡絛《西清诗话》云："元祐间，东坡奉祠西太一宫，见公旧题两绝，注目久之，曰：'此老野狐精也。'遂次其韵。""野狐精"是苏轼对王安石构思巧妙的赞叹。后来陈衍还说："绝代销魂，荆公诗当以此二首压卷。"这首诗的意境和艺术技巧为人们所激赏，其风格的妩媚已近乎于词。

纯甫出释惠崇画要予作诗

题解

纯甫是王安石的七弟王安上，字纯甫。惠崇是宋代著名画家，建阳僧人。郭若虚《图画见闻志》称其“工画鹅、雁、鹭鹚，尤工小景，善为寒汀远渚、潇洒虚旷之象。”王安上拿出惠崇的画请王安石作诗，王安石写下了这首诗，对惠崇的艺术表现力作了高度的赞扬。

画史纷纷何足数？惠崇晚出吾最许。
旱云六月涨林莽，移我翛然堕洲渚。
黄芦低摧雪翳土，凫雁静立将俦侣。
往时所历今在眼，沙平水澹西江浦。
暮气沉舟暗鱼罟，欹眠呕轧如鸣橹。
颇疑道人三昧力，异域山川能断取。
方诸承水调幻药，洒落生绡变寒暑。
金坡巨然山数堵，粉墨空多真漫与。
濠梁崔白亦善画，曾见桃花净初吐。
酒酣弄笔起春风，便恐飘零作红雨。
流莺探枝婉欲语，蜜蜂掇蕊随翅股。
一时二子皆绝艺，裘马穿羸久羁旅。
华堂岂惜万黄金，苦道今人不如古。

画史纷纷何足数？惠崇晚出吾最许——绘画史上有无数知名的画家，惠崇晚出但我却非常赞许他的画作。这两句肯定了惠崇在美术史上的地位，表达了诗人对惠崇的仰慕之情。

旱云六月涨林莽，移我翛然堕洲渚——描述惠崇画面的景象。六月的旱云飘浮在茂密的林木和草丛之上，欣赏者身临其境，仿佛置身于水中的沙洲上。翛（xiāo）然：形容无拘无束、自由自在的样子。

黄芦低摧雪翳土，凫雁静立将俦侣——黄色的芦苇低垂，雪白的芦花飘落，遮蔽了沙土，野鸭和大雁成双成对地立在芦苇丛中。翳（yì）：遮蔽。俦侣（chóu lǚ):伴侣。俦,同类。

往时所历今在眼,沙平水澹西江浦——昔日所见过的美景如今历历在目,西江浦沙滩平旷,水波宁静。澹(dàn):宁静。

暮气沉舟暗鱼罟,欹眠呕轧如鸣橹——暮色苍茫,渔舟和鱼网都笼罩在暮色中,显得很暗淡,渔人的身影依稀可见,有的斜欹而眠,有的手摇着橹,仿佛听到了呕呕轧轧的声音。

颇疑道人三昧力,异域山川能断取——用佛典形容画技的高超。佛典中说解脱菩萨断取三千大千世界,在掌中转动,就像陶工转轮一样。比喻惠崇画山水,能将异域山川巧妙地撷取到画中。“三昧”是佛家语,指达到了神明的境界,这里指惠崇掌握了绘画艺术的奥秘。

方诸承水调幻药,洒落生绡变寒暑——形容惠崇绘画着色如同在方诸中调和了神奇的药水,洒落在画绢上能使冬夏易节。方诸:古代月下承露取水之器。绡(xiāo):生丝织成的绸子,这里指绘画用的绢帛。

金坡巨然山数堵,粉墨空多真漫与——这两句用巨然来映衬惠崇高超的画艺。巨然是五代、北宋初的杰出画家,开元寺僧,江宁人,师法董源,与董源并称为“董巨”。惠崇画的山与巨然画的山都很知名,其他画家作品虽多,也得到了世俗的赞许,但是无法与惠崇、巨然相比。与:赞许。

濠梁崔白亦善画,曾见桃花净初吐——崔白也是宋代著名画家,字子西,濠梁(今安徽凤阳)人,山水人物画无不精绝,擅长花鸟,画鹅最为著名。崔白的花鸟画栩栩如生,诗人曾见过崔白笔下桃花吐蕊,纯洁可爱。

酒酣弄笔起春风,便恐飘零作红雨——好像是在酒醉之时画笔顿起春风,吹开了桃花,又恐春风吹落桃花。

流莺探枝婉欲语,蜜蜂掇蕊随翅股——崔白的工笔花鸟美丽而传神。流莺从枝头探出头来,好像是想要鸣叫,蜜蜂在花蕊中采集花蜜,翅膀和腿上沾满了点点花粉。

一时二子皆绝艺,裘马穿羸久羁旅——诗人大发感叹,宋代的惠崇和崔白都身怀绝技,本应该穿裘衣骑肥马享受豪华生活,但却穿破衣骑瘦马长久地在江湖上漂泊。裘马:《论语·雍也》:“子曰:‘赤之适齐也,乘肥马,衣轻裘。”后人以“裘马”形容生活豪华。穿:破,有洞。羸:瘦弱。

华堂岂惜万黄金,苦道今人不如古——这两句表达了诗人对朝廷不重视人才的不满。朝廷难道是吝惜金钱吗?令人叹息的是,今人远不如古人重视人才。

新评

上海辞书出版社《宋诗鉴赏辞典》中刘文忠先生文章认为，这首诗结构严谨，层次分明，全诗可分为四个层次，方东树概括为“一点，一写，一衬，一双收”（《昭昧詹言》卷十二）。“一点”指开头两句的点题。“一写”指“旱云”以下十二句的写画，其中用了三种不同的写法，显得有波澜，有变化。“一衬”指用巨然、崔白衬托惠崇。“一双收”指篇末四句，以感慨作收。方东树又盛赞此诗“笔力奇险”，“通篇用全力，千锤百炼，无一字一笔懈，如挽百钧之弩”（《昭昧詹言》卷十二）。方氏的说法颇中肯綮。

次韵平甫金山会宿寄亲友

题解

平甫是指王安石的三弟王安国，这首诗是依照平甫原诗的韵脚而作，描写了镇江金山寺的独特风貌。

天末海门横北固，烟中沙岸似西兴。
已无船舫犹闻笛，远有楼台只见灯。
山月入松金破碎，江风吹水雪崩腾。
飘然欲作乘桴计，一到扶桑恨未能。

新解

天末海门横北固，烟中沙岸似西兴——起句从远处落笔，遥望北固山像大海的门户横亘天边，茫茫烟云中的沙岸仿佛是浙江萧山县境内的西兴镇，春秋时越范蠡筑城于此，吴、越曾在这里鏖战，令人产生思古之幽情。

已无船舫犹闻笛，远有楼台只见灯——颔联写夜色中的金山。游船停泊在岸边，从船中传来一阵阵悠扬的笛声，远处的楼台灯火闪烁，一片繁华景象。

山月入松金破碎，江风吹水雪崩腾——颈联写月光下的江中景色。松林中月影斑驳，像片片碎金闪闪发光，江风吹起，白浪翻滚，像积雪崩落。

飘然欲作乘桴计，一到扶桑恨未能——尾联写诗人面对美景忽发奇想，多想飘然乘着木筏去天之尽头的扶桑一游。“恨未能”从想象中又回到现实，神仙世界是多么缥缈而遥远。

新评

这首诗前三联都是对句，而对法各不相同。这三联按时间顺序，由黄昏写到夜晚，诗歌的章法井然有序。颈联用形象的比喻，描绘月色中的江面，形象生动。这首诗是一首唱和之诗，步王安国之韵，没有亦步亦趋的拘束，写得潇洒自如。

桃源行

题解

自晋末陶渊明的一篇《桃花源记并诗》之后，历代文人歌咏桃源的篇章层出不穷，比较著名的有王维的《桃源行》、韩愈的《桃源图》和王安石的这首《桃源行》。诗至宋代，已形成了独特的宋调，如果说桃源诗在唐代写得很浪漫，至宋则换了一副“务为有补于世”的现实面孔，把文学创作和政治理想密切结合的诗人就是王安石。

望夷宫中鹿为马，秦人半死长城下。
避时不独商山翁，亦有桃源种桃者。
此来种桃经几春，采花食实枝为薪。
儿孙生长与世隔，虽有父子无君臣。
渔郎漾舟迷远近，花间相见惊相问。
世上那知古有秦，山中岂料今为晋！
闻道长安吹战尘，春风回首一沾巾。
重华一去宁复得，天下纷纷经几秦？

望夷宫中鹿为马，秦人半死长城下——诗的开篇就点明秦人避世的原因，笔力峭拔，气势凌厉，令人触目惊心。望夷宫是秦国宫名，赵高在此杀死了秦二世胡亥。赵高指鹿为马，秦时的朝政昏暗，是非混淆，皇权旁落。秦始皇时长城之役使人民死者枕藉，人民生活极其痛苦。嬴秦之暴虐无道，纲纪紊乱，民不聊生，引出了下面桃源避世的叙述。

避时不独商山翁，亦有桃源种桃者——这两句诗本于陶渊明的《桃花源诗》：“嬴氏乱天纪，贤者避其世。黄绮之商山，伊人亦云逝。”商山翁是指秦末汉初隐居于商山的“四皓”——东园公、甪(lù)里先生、绮里季和夏黄公。逃避动乱社会的人不仅有商山四皓，还有桃源的种桃人。

此来种桃经几春，采花食实枝为薪——桃源人淳朴自然的生活方式安逸而美好，年年种桃，采花食桃，桃树枯枝则为柴。

儿孙生长与世隔，虽有父子无君臣——桃源之中有儿孙父子，平等相待、怡然自乐，没有仁君贤臣。陶渊明《桃花源诗》中的“秋熟靡王税”，表现出没有阶级剥削的世外桃源，王安石表现得更加直接，“虽有父子无君臣”，指出人民所向往的是有家庭纯朴关系而无封建等级制度的世界。清人金德瑛评王维、韩愈、王安石的桃源诗时说：“荆公云‘虽有父子无君臣’，‘天下纷纷经几秦’，皆前所未道，大抵后人须精刻过前人，然后可以争胜。”（《冷庐杂识》引）这句诗为王安石独造，是全诗的精彩之句。王安石如此大胆地表达没有君臣贵贱之分的社会理想，体现出一个政治家、改革家超越常人的胆识。

渔郎漾舟迷远近，花间相见惊相问——“迷远近”本于陶渊明《桃花源记》中渔人“缘溪行，忘路之远近，忽逢桃花林”的描述，“惊相问”出自《桃花源记》中“见渔人，乃大惊，问所从来”几句。渔郎荡着小舟迷路，在桃花林中发现了人间仙境，桃花源的人们惊奇地发现了迷路的渔人，彼此感叹世事的变幻。

世上那知古有秦，山中岂料今为晋——这两句本于《桃花源记》中“不知秦汉，无论魏晋”之句，描绘出桃源与世隔绝的宁静。这几句诗意源于陶渊明的散文，王安石信笔写来，富有诗意，表现出诗人高超的诗歌技巧。

闻道长安吹战尘，春风回首一沾巾——与世隔绝的桃源人回想起西汉末年天下大乱、纷扰不安的动荡局面，春风中回忆往日的战乱，不禁令人泣下沾巾。

重华一去宁复得，天下纷纷经几秦——重华是舜的名字，尧舜时代淳朴美好的上古之世一去不返，千百年来残暴、混乱的局面层出不穷。王安石否定了尧舜以后的一切王朝圣德，公然指斥后世所有朝代，大胆预言其必然灭亡的结局。表现了作者“致君尧舜上，再使风俗淳”的美好理想。以警拔的议论表现盛世不再的感叹，这两句成为千古传诵的名言警句。

桃源仙境的故事是一个充满幻想的故事，常常令人想到虚无缥缈的神仙世界。王安石冲破神秘的云雾，直面现实，读来更具有真实性和现实感，充分地反映了诗人对乱世的厌恶，对淳朴太平社会的向往。

在表现方法上，王安石的这首诗体现出宋诗的特点，与晋唐人的作品格调不同。宋诗讲求人伦大道，要文以载道，要以议论为诗，使这首桃源诗的现实性比晋唐更强。在叙述桃源本事中，往往叙述中有议论，“望夷宫中鹿为马，秦人半死长城下,”既叙述了人们避世的原因,同时也对秦始皇、秦二世时期的残暴黑暗进行揭露。“重华一去宁复得,天下纷纷经几秦”更是以达观、冷静的态度,否定尧舜以后的王朝圣德。

这首《桃源行》历来为人所推崇,正是因为它言简意赅,既不以华丽的辞藻琢饰,也不以险怪的语言逞才,独以其深刻的思想和精炼的诗格成为陶渊明之后桃源诗的又一佳作。王安石以政治家的眼光表现出对世间动荡混乱的憎恨和厌恶,但他绝不会幻想有远离尘世的净土——桃源仙境,而是力排众议,激进变法,用自己的努力开辟希望中的理想国,这正是这首《桃源行》没有迷离惝恍的神秘色彩的原因。

读　史

王安石的咏史诗往往借思古之幽情来表现自己卓然特立的胸襟以及超人意识和疑古精神,有些诗古为今用,直接为变法服务。这些咏史诗立论新颖,令人耳目一新。这首《读史》对其咏史诗的创作宗旨作了清楚的说明。

自古功名亦苦辛,行藏终欲付何人。
当时黮黯犹承误,末俗纷耘更乱真。
糟粕所传非粹美,丹青难写是精神。
区区岂尽高贤意,独守千秋纸上尘。

自古功名亦苦辛,行藏终欲付何人——自古以来凡是事业上有所成就的人,在历史上名垂千古的人,总要经历一番艰难曲折,到底谁能如实地记载他们的事迹呢?行藏:行止,指事迹。

当时黮黯犹承误,末俗纷耘更乱真——编史的人对当时的事情尚且看不清、辨不明,以误传世,后世众说纷纭,莫衷一是,更是难以看清历史真相。黮黯(dàn àn):昏暗,不清楚。末俗:后世的习俗。

糟粕所传非粹美,丹青难写是精神——史书流传下来的并不全是精华,很多是糟粕。绘画最难的是画出一个人的精神面貌。这里是说写史书的人要真实地记录历史事实是最难的事。丹青:中国画的绘画颜料,这里指绘画艺术。

区区岂尽高贤意,独守千秋纸上尘——这么有限的一点历史记载,怎能把古代贤哲的思想详尽而真实地表现出来呢？但是死读书的儒生却固守千年史书中的糟粕而不觉悟。尘：尘土，这里指糟粕。

王安石认为历史的记载和评论多有诬罔之处，所以诗人创作了一些咏史诗，发表一些富有独创性的精辟论断来加以纠正，表现出王安石对社会人生的深湛见解和独特个性。王安石的这种拂尘显真、剔除糟粕、汲取精华的史识是一个很高的境界。漆侠先生说："这首诗既表达了他绝不向歪曲真相的历史记录俯首低头的倔强性格，也流露了他内心深处的一个隐忧，预感到历史对他的评价不会公正。"（漆侠著《王安石变法》，河北人民出版社，2001 年版，319 页）

孟　子

题解

王安石的咏史诗往往思想新颖，见解深邃，使人耳目一新。王安石的学术思想在北宋称为"新学"。王安石要打破汉代的谶纬神学式经义、魏晋的玄学式经义和唐代的正义式经义，为封建政治改革寻求新经义。王安石认为孔子所传经籍，由孟子所继承，精义犹存，而以后源流失正。王安石特别重视孟子的思想，前人多讲孔子和孟子的差异，而王安石则把孔孟合而为一。王安石在变法遭到反对的情况下，经常从孟子思想中寻找精神支持，把孟子视为千古知己。

沉魄浮魂不可招，遗编一读想风标。
何妨举世嫌迂阔，故有斯人慰寂寥。

沉魄浮魂不可招，遗编一读想风标——孟子早已逝去，他的魂魄是招不回来了，但是人们可以从他遗留下来的著作中看到他的风采。

何妨举世嫌迂阔，故有斯人慰寂寥——即使举世之人认为我的行为迂阔又有什么关系呢？因为还有孟子的思想在支持我，安慰着我这颗寂寞的心。

这首咏史诗实际上是一首咏怀诗，王安石在遭受挫折时，孟子的思想支持他，使他从中得到精神力量。

韩　子

这是王安石写的评论古人的七绝之一，王安石这类诗的标题大多数是直呼其名，如《商鞅》、《苏秦》，但却称韩愈为韩子，从题目可以看出王安石对韩愈是非常尊敬的。

纷纷易尽百年身，举世何人识道真。
力去陈言夸末俗，可怜无补费精神。

纷纷易尽百年身，举世何人识道真——古往今来纷纷扰扰的世俗之人都是无所作为地度过了一生，世上谁能领会到孔孟之道的真谛呢？“举世何人识道真”，明嘉靖刊本此句为“默默谁令识道真”，“默默”是互文，是说纷纷扰扰之徒又都是默默无闻的庸碌之辈。

力去陈言夸末俗，可怜无补费精神——韩愈的《答李翊书》中说“唯陈言之务去”，意思是说写文章不要用别人说过的陈词滥调，近世的浅俗之人只看到“唯陈言之务去”的韩愈散文的特色和成就，从而对他竞相夸尚，而这些人对韩愈并未真正了解。韩愈在《赠崔立之评事》一诗中有“可怜无益费精神”的句子，王安石在此只改动一个字，对“末俗”之人提出批评。

吴小如的《王安石的〈泊船瓜州〉和〈韩子〉》一文（《古典文学知识》1997 年 3 期）认为：“由于宋代的士大夫对王安石多数抱有偏见，包括给王安石诗集作笺注的李壁在内，都认为这首诗是王安石讥讽韩愈还没有‘识道真’，只知道从表面上追求‘力去陈言’，并以此向世俗之人夸耀，于是就挖苦韩愈‘可怜无补费精神’。这样讲，恐怕既歪曲了韩愈也歪曲了王安石。因为韩愈当时提倡作古文，本就被认为不合潮流，那些世俗之人对韩愈根本瞧不起，韩愈又怎么会向这些人去夸耀自己‘力去陈言’的本领和特色呢？至于王安石写这首诗，本来是把自己当成韩愈的知音，从而对韩愈加以肯定，对‘末俗’加以抨击，怎么能既讥讽韩愈还没有‘识真道’，又嘲笑他‘可怜无补费精神’呢？在宋代古文家中，王安石学韩愈是被公认为升堂入室的，这在李壁的《笺注》中也是写得明明白白的。世上哪有这种逻辑，对于自己学习的榜样，却连讥笑带挖苦，难道王安石真会是这种人吗？”

吴小如先生认为,《韩子》这首诗是说浅俗之人只看到“力去陈言”是韩愈散文的特色和成就,从而对此竞相夸尚。其实这只是韩愈写文章的目标,韩愈的人生目标是要“识道真”,认识孔孟之道的真谛,浅俗之人并未真正了解韩愈。

商　鞅

题解

商鞅是战国时期著名的思想家,法家学派的代表人物。商鞅是卫国人,原姓公孙,名鞅,因受封于商地,尊为商君,故称商鞅。他辅佐秦孝公实行变法,奠定了秦国富强的基础。后来由于守旧势力的反对,被治罪车裂而死。在王安石变法期间,保守派纷纷攻击商鞅,实际矛头是指向主张变法的王安石。为了坚持自己变法的主张,给保守派以有力的回击,王安石于熙宁二年(1069)写了这首诗,表达了他对历史人物商鞅的万分景仰之情,表明自己的政治见解和远大抱负,并表达了自己推行新法的决心。

自古驱民在信诚,一言为重百金轻。
今人未可非商鞅,商鞅能令政必行。

自古驱民在信诚,一言为重百金轻——自古以来统治天下百姓要靠法令严明,信守诺言,商鞅颁布的命令是必定实行的。驱:驱使,引申为统治。信诚:讲信用,诚实。“一言为重”出于《史记·商君列传》:商鞅在公布新法前,曾在国都南门立了一根三丈高的木头,定下赏金。谁把它搬到北门,就可得到赏金。人们围观,觉得像开玩笑,赏金从十金增加到五十金,有人把木头搬到了北门,果然得到了五十金的奖赏。商鞅用徙木赏金的方法取得了秦国人的信任,借以表明他颁布的新法必定执行。

今人未可非商鞅,商鞅能令政必行——攻击王安石变法的保守派,你们不要攻击商鞅,商鞅有办法使政令一定得到施行。强调了建立有效的国家机器的重要性,表现了王安石实行新法的坚强决心。

这首七言绝句语言朴实,旗帜鲜明地赞扬商鞅这个历史人物。宋陈了翁《四明尊尧集》中记载,王安石曾问宋神宗:秦孝公能“择术济事”(采用商鞅的建议),皇上比他怎样?可见,王安石自比商鞅,希望宋神宗效仿秦孝公实行变法。王安石阐明自己的政治主张，肯定商鞅变法的正确性。王安石以议论说理为诗，言简意丰，笔力千钧。商鞅一言为重，百金为轻。一重一轻，相互对比，中肯有力。政治家实施法令应诚实守信，普通人立身也应该诚实守信。诚实守信是中华民族的传统美德，我们应当继承发扬。

张　良

题解

这是一首咏史诗。张良(前?—前186)，汉初大臣，字子房。相传为城父(今河南宝丰)人。祖与父相继为韩昭侯、宣惠王等五世之相。秦灭韩后，他图谋恢复韩国，结交刺客，狙击秦始皇未中。秦末农民战争中，聚众归刘邦，不久游说项梁立韩贵族成为韩王，任韩司徒。后韩王成被项羽所杀，张良复归刘邦，成为刘邦的重要谋士。楚汉战争期间提出不立六国后代，联结英布、彭越，重用韩信等策略，又提出追击项羽、消灭楚军的建议，都被刘邦所采纳。汉朝建立后，封为留侯。这首诗中王安石对张良的评价，令人耳目一新。

留侯美好如妇人，五世相韩韩入秦。
倾家为主合壮士，博浪沙中击秦帝。
脱身下邳世不知，举世大索何能为？
素书一卷天与之，谷城黄石非吾师。
固陵解鞍聊出口，捕取项羽如婴儿。
从来四皓招不得，为我立弃商山芝。
洛阳贾谊才能薄，扰扰空令绛灌疑。

留侯美好如妇人，五世相韩韩入秦——《史记·留侯世家》："余以为其人，计魁梧奇伟，至见其图，状貌如妇人好女。"张良的形象像美妇人。张良的祖父相韩昭侯、宣惠王，父亲相襄王、釐王、桓惠王，所以说"五世相韩"。韩国为秦并吞，张良失去了贵胄公子的地位。

倾家为主合壮士，博浪沙中击秦帝——秦灭韩国后，张良年尚少，然弟死不葬，为报韩仇，以家财结交刺客，后东见沧海君，得力士，埋伏于博浪沙中(在今河南省原阳县境内)，以椎击秦始皇，误中副车。

脱身下邳世不知，举世大索何能为——秦始皇大怒，下令大索天下，丁是张良改名换姓，逃亡藏匿在下邳（今江苏睢宁北）。

素书一卷天与之，谷城黄石非吾师——《史记·留侯世家》记载，张良在圯（桥名，一说是水名）上遇到一位老翁，老翁让张良为他去拾起堕落的鞋子，张良长跪而进上。老翁与张良相约五天后相见，张良按时前往，老翁已先到，斥之而去；又约五天后相见，如此者再，直到第三次，老翁黄石公授张良《太公兵法》一卷，对张良说："读是则可为王者师，后十三年，见我济北谷城山下，黄石即我矣。"这个故事颇具传奇色彩。王安石在此不信这种说法，认为张良精通兵书得自天赐，而不是黄石公传授。张良的智慧是天赋，并非仰仗黄石公的指点。王安石的咏史诗，往往是怀疑前人的见解，发前人之未发。

固陵解鞍聊出口，捕取项羽如婴儿——《史记·项羽本纪》载：汉高祖五年（前 202），刘邦追项王至阳夏（今河南太康）南，与淮阴侯韩信、建成侯彭越约定共击楚军，而韩信、彭越兵不至，楚击汉军，刘邦退守固陵，形势十分危急。于是就采用张良的计谋，答应韩信、彭越封地，韩信、彭越出兵，大败楚军。"解鞍聊出口"是形容张良足智多谋，出奇制胜。"捕取项羽如婴儿"，是指张良主张追击项羽。王安石用夸张的手法，把项羽这位风云人物比做婴儿，表现出诗人对张良的敬佩。

从来四皓招不得，为我立弃商山芝——汉朝统一后，汉高祖晚年欲废太子，立戚夫人之子赵王如意，吕后甚恐，求教于张良，张良让太子召商山四皓入辅。四皓指隐居商山的四位须眉皆白的老人，高祖曾召而不应。一天，四皓侍太子见高祖，高祖曰"羽翼成矣"，所以放弃了废太子的打算。据历史的记载，四皓是吕后令吕泽使人奉太子书，卑辞厚礼迎来的，而王安石却说"为我立弃商山芝"，这显然是诗人的虚构和想象。

洛阳贾谊才能薄，扰扰空令绛灌疑——历代史学家都认为贾谊年少才高，王安石却说贾谊"才能薄"，用来对比映衬张良才智非凡。贾谊深得汉文帝的赏识，为太中大夫。多次上疏进谏，批评时弊。汉文帝想让贾谊任公卿之位，遭到了绛侯周勃、颍阴侯灌婴等人的忌恨诋毁，出京任长沙王太傅，迁梁怀王太傅，抑郁而死，时年仅三十三岁。

王安石用精炼的语言，概括了张良一生的主要业绩，在叙述中融入了诗人对历史的独特见解，表达了诗人对张良的仰慕之情。为了突出张良的非凡才智，诗人超越史书记载进行了夸张想象的艺术虚构，结尾用年少才高的贾谊对比映衬，烘托出张良的超群智慧。诗中对张良的颂扬表达出诗人建功立业的强烈愿望。

范增二首(选一)

题解

范增是项羽的主要谋臣,被尊为“亚父”。项羽随叔父项梁起兵时,范增年七十,曾积极向项梁建议,“复立楚之后”。于是项梁乃封楚怀王之孙芈(mǐ)心为楚王,后又尊为义帝。范增建议的实质是让旧贵族掌握农民起义军的领导权。王安石认为,范增作为一个重要的谋臣,不争取广大人民的支持,反而求助于一个亡国君主的后代,简直是糊涂之极!

中原秦鹿待新羁,力战纷纷此一时。
有道吊民天即助,不知何用牧羊儿?

新解

中原秦鹿待新羁,力战纷纷此一时——《汉书·蒯通传》:“秦失其鹿,天下共逐之。”秦鹿比喻政权。羁,马络头,这里指控制。秦失其政权有待新的掌权者重新控制天下,天下群雄努力争夺政权。这两句指出当时的形势是秦失其鹿,天下共逐。

有道吊民天即助,不知何用牧羊儿——《孟子·公孙丑下》:“得道者多助。”《孟子·梁惠王下》:“诛其君而吊其民。”吊民,抚慰人民。牧羊儿:指芈心。楚亡后,芈心曾流落民间,做过牧羊儿。面对当时的形势,首先应该实行道义、抚慰人民,获得广大人民的支持,但范增首先去乞助于一个亡国君主的后代芈心。范增不重视民心,他的计策是愚蠢而无知的。末句用设问作结而答在其中,发人深省,具有很强的说服力。

新评

王安石嘲讽地批评了范增试图依靠没落的旧贵族立国的行为。没有人民的拥护,即使拿沦为“牧羊儿”的楚国王室后代作招牌,也挽救不了灭亡的命运。

乌江亭

乌江亭在今安徽省和县东北的乌江镇,相传是项羽兵败自杀的地方。项羽垓下兵败,面临两种抉择:一是乌江亭长指出的道路;一是项羽自己选择的结

局。对于这两种抉择，历代诗人有不同的看法。唐代诗人杜牧有《题乌江亭》诗：“胜败兵家事不期，包羞忍耻是男儿。江东子弟多才俊，卷土重来未可知？”杜牧赞同乌江亭长的意见，反对项羽轻生自杀。王安石阐明自己与之相反的见解和议论，他的这首《乌江亭》反驳了杜牧的观点，断定江东子弟不可能再帮助项羽卷土重来。

百战疲劳壮士哀，中原一败势难回。
江东子弟今虽在，肯为君王卷土来？

新解

百战疲劳壮士哀，中原一败势难回——诗歌开始从分析项羽失败的原因入手，用“百战疲劳”四个字来概括项羽当时的情况。《史记·项羽本纪》中记载，项羽自称“吾起兵至今八岁矣，身七十余战，所当者破，所击者服，未尝败北，遂霸有天下。”项羽在消灭秦军主力时战功显赫，在楚汉相争的过程中也是英雄好汉，但由于他自矜功伐、刚愎自用，在政治上和军事上出现了种种失误，导致兵败。对这一结局，王安石用“壮士哀”三个字来加以概括。垓下兵败使楚军遭到毁灭性的打击，楚军败局已定，难以挽回。这两句是因果句，因为百战疲劳和项羽政治、军事上的种种失误，导致了垓下兵败，大势已去。含蓄地表达了诗人对英雄末路的惋惜和哀叹之情。

江东子弟今虽在，肯为君王卷土来——江东指今江苏省一带。长江自今安徽省芜湖市斜行北上，至江苏省镇江形成一段略偏南北向的河流，其东岸一带地方，古称江东。江东是项羽起兵的根据地。王安石这里是说，项羽已失去了民心，江东子弟不会再跟大势已去毫无胜利希望的西楚霸王项羽去和胜利在望的刘邦进行较量了，难道项羽还能卷土重来吗？

王安石的咏史诗思想新颖，见解独到，一反前人之见，表现出诗人独特的史识。这首诗是针对杜牧《题乌江亭》中“江东子弟多才俊，卷土重来未可知”的观点，来阐述自己相反的观点。如果说杜牧是书生谈战的话，王安石就是政治家论兵。王安石从客观形势上分析了项羽不可能再卷土重来。百战疲劳，全军覆没，地盘只剩江东一隅，项羽从客观条件上已无力卷土重来。王安石的这首诗，观点精辟，论证有力，逻辑严密，语言简练。

贾 生

题解

这首诗是王安石借西汉著名政治家和文学家贾谊的历史事迹来表达他对宋仁宗的不满。贾谊曾多次上疏，评论政事。对国家的内忧外患提出了许多建议，大多数都被汉文帝所采纳。王安石向仁宗皇帝呈递了《上仁宗皇帝言事书》，陈述国家的内忧外患，要求变法革新，但最终也没有被宋仁宗采纳。他联想到贾谊这个曾经为国家内忧外患而痛哭流涕的青年政治家时，感到格外的悲愤，贾谊为国事忧伤，他的政治主张被汉文帝采纳实施，贾谊是有所作为的。相比之下，王安石更为自己感到悲愤，他变法革新的主张，宋仁宗拒不采纳。诗中表现出王安石对因循守旧的不满，对变法革新的希望。

汉有洛阳子，少年明是非。
所论多感慨，自信肯依违？
死者若可作，今人谁与归？
应须蹈东海，不但涕沾衣。

汉有洛阳子，少年明是非——汉代的洛阳人贾谊，青年时代就能辨明政治上的是非。少年：唐宋以前诗文中的少年，是指今天意义上的青年，并非指今天的少年儿童。

所论多感慨，自信肯依违——贾谊评论时政出自肺腑，感受很深，他自信自己的政治主张很有道理，从不动摇。依违：依，赞成；违，反对。依违指左右摇摆。用反问语气表示坚定的信念不可动摇。

死者若可作，今人谁与归——如果死人能够复生的话，那么，我还能跟谁在一起呢？作：振作，这里是复生的意思。归：归向，跟随。王安石在这里表示自己的政治追求与贾谊一样坚定。

应须蹈东海，不但涕沾衣——如果贾谊活在今天，他不但会痛哭流涕，而且一定会跳东海自杀了，因为王安石对北宋的政治危机看得比贾谊生活的汉代更为严重。这一联表现出诗人对国家内忧外患的忧虑。涕沾衣：贾谊上汉文帝的《陈政事疏》中说，当时的政治局势，“可为痛哭者一，可为流涕者二，可为长太息者六”。涕沾衣就是指痛哭流涕。

新评

王安石的诗注重实际功用，这首诗即抒情述志，抒写了个人理想难以实现的痛苦心情。王安石呈递了《上仁宗皇帝言事书》之后，他的改革建议最终未被皇帝采纳，内心悲伤焦虑，不禁联想到西汉著名政治家贾谊上汉文帝《陈政事疏》，认为时局政治令人痛哭流涕，王安石表示自己与贾谊有着同样坚定执着的政治追求，但北宋的政治危机，远远超过了西汉。字里行间流露出王安石对现实政治的忧虑，对实施变革的渴望之情。

贾　生

题解

贾生即贾谊，西汉著名的政治家和文学家。曾多次上书汉文帝，对国家政治提出了许多有益的见解，大多被采纳，对巩固西汉政权做出了巨大贡献。但贾谊却因为触犯了一些权贵的利益，多次被贬，不得重用，三十三岁时抑郁而死。司马迁在《史记》中，以贾谊与屈原同传，着眼于其才高位下的悲剧命运，不少怀才不遇的诗人，产生了强烈的共鸣。班固认为，贾谊少年出仕，很受汉文帝重视，贾谊是“为庸臣所害，甚可悼痛”（《汉书·贾谊传赞》）。贾谊的政治主张，汉文帝亲自加以实施，作为政治家的贾谊，还是有所作为的。这种观点历史上很少有人认同，但千载之后始遇知音，王安石认为贾谊的政治主张多被汉文帝采纳，他作为政治家的命运远远胜于那些高官厚禄而无所作为的人。

一时谋义略施行，谁道君王薄贾生？
爵位自高言尽废，古来何啻万公卿。

一时谋义略施行，谁道君王薄贾生——《汉书·贾谊传赞》：“谊之所陈，略施行矣！”首句诗化用《汉书》，用历史事实作为作者议论的依据。贾谊的政治主张，大体上都付诸实行，谁说汉文帝薄待了贾生？作为政治家的王安石，一方面为贾谊的政治主张得以实施而感到庆幸，一方面为汉文帝翻案。

爵位自高言尽废，古来何啻万公卿——历代都有很多爵位很高的公卿，他们个人虽然获得了高官厚禄，但他们的政治主张却被君王废弃不用，自古以来这种地位很高的大臣何只成千上万呢？王安石认为汉文帝是很看重贾谊的，真正不遇的应该是那些对国家社会没有任何实际贡献的公卿。

新评

这首诗借咏史以明志，字里行间隐约可见王安石本人的政治家风度。王安石看重政治家的政治主张能否实现，不计较个人的功名利禄和一时得失，这正是王安石坚持改革、不计个人利益的内心独白。王安石视野开阔，立论自然睥睨千古而超绝世俗，这正是作者人生价值的追求。

明妃曲二首

王安石的《明妃曲》，清人蔡上翔《王荆公年谱考略》系于宋仁宗嘉祐四年(1059)，王安石从提点江东刑狱调至汴京的第二年时作。此诗咏王昭君事，以昭君失意为主题，梅尧臣、欧阳修、司马光、刘敞皆有和作。在历代文人笔下，王昭君是一位深可哀矜的悲剧人物，汉元帝是一个事先受蒙蔽，事后又情意缠绵的多情皇帝。王安石却独出机杼，翻出新意：正是由于帝王对嫔妃只有玩弄之意而无真挚爱情，才导致昭君含恨离汉。酿成悲剧的元凶是汉元帝，而不是毛延寿。这首诗命意新警，在文学史上产生过广泛的影响。

其　一

明妃初出汉宫时，泪湿春风鬓脚垂。
低徊顾影无颜色，尚得君王不自持。
归来却怪丹青手，入眼平生未曾有。
意态由来画不成，当时枉杀毛延寿。
一去心知更不归，可怜着尽汉宫衣。
寄声欲问塞南事，只有年年鸿雁飞。
家人万里传消息，好在毡城莫相忆！
君不见咫尺长门闭阿娇，人生失意无南北。

明妃初出汉宫时，泪湿春风鬓脚垂——晋时避晋文帝司马昭讳，昭君被称为明君，后人又称为明妃。王昭君在汉元帝时被选入宫，冷落数年。后来汉与匈奴和亲，昭君请行。临行时泪流满面，鬓脚低垂，元帝才发现昭君很美。《后汉书》描绘昭君临行时“丰容靓饰，光明汉宫，顾影徘徊，竦动左右”。春风：比喻面容之美。杜甫《咏怀古迹》五首之三咏昭君诗有“画首省识春风面”之句。

低徊顾影无颜色，尚得君王不自持——昭君徘徊不进，顾影自怜，因过度悲伤而面色惨淡，还使得汉元帝睹容大悔，不能克制自己的情感。尚得：还能够。不自持：禁不住动心。

归来却怪丹青手，入眼平生未曾有——据《汉书》记载，王昭君入宫后不肯贿赂画师，画师故意把她画得很丑，致使汉元帝不肯召见她。昭君自请和番时，元帝才感到一生何曾看到过这样的美女。退朝回宫，一怒之下杀了画师毛延寿。丹青手：指画工。

意态由来画不成，当时枉杀毛延寿——王昭君的美不仅在她的外貌，而且在于她的神态，而神韵却是画工难以表现的。王安石此句意在为历史翻案，谴责汉元帝，同时也突出了昭君的神态气质美。由来：从来。

一去心知更不归，可怜着尽汉宫衣——昭君心里明知此去绝无回到汉宫的希望，然而她还眷恋着汉朝，从汉宫带去的衣服一直穿在身上。像苏武始终手持汉节那样，表示对祖国的眷恋。着尽：穿完了。

寄声欲问塞南事，只有年年鸿雁飞——昭君一心向汉，历久不渝。出塞后遥望南飞的鸿雁，思恋故国，思念亲人。

家人万里传消息，好在毡城莫相忆——家乡的亲人们传信安慰远在塞外的昭君，让她在塞外好好生活，不要惦念故乡的亲人。毡城：指匈奴单于所在地。因匈奴人住毡帐，所以称毡城。

君不见咫尺长门闭阿娇，人生失意无南北——咫：八寸；咫尺：表示距离极近。阿娇：汉武帝的陈皇后，武帝姑母刘嫖之女。武帝立为太子，多为姑母相助。武帝小时候，姑母问他要不要娶妻，并指着她的女儿阿娇问武帝：“阿娇好不好？”武帝笑着说：“要是能娶阿娇为妻，我就盖一间金屋子给她住。”这就是“金屋藏娇”的故事由来。武帝即位后封阿娇为皇后，史书记载她被武帝“专宠十余年”。但后来因为年长色衰，被打入长门宫幽闭起来。阿娇当年虽被武帝专宠十余年，但最终被禁闭在长门宫里，虽与皇帝近在咫尺，却失去了皇帝的宠爱。昭君虽然远嫁塞外，反而得到了匈奴单于的宠爱。嫔妃的受宠与失意是不分中原和塞北的。

其　二

明妃初嫁与胡儿，毡车百辆皆胡姬。
含情欲说独无处，传与琵琶心自知。
黄金捍拨春风手，弹看飞鸿劝胡酒。

汉宫侍女暗垂泪，沙上行人却回首。
汉恩自浅胡自深，人生乐在相知心。
可怜青冢已芜没，尚有哀弦留至今。

明妃初嫁与胡儿，毡车百辆皆胡姬——明妃嫁胡，胡人以百辆毡车相迎娶，礼仪非常隆重。毡车：用毡做篷的车子。胡姬：匈奴派来迎亲的侍女。

含情欲说独无处，传与琵琶心自知——昭君想把内心的话讲出来，语言不通，只有弹起琵琶抒发内心的情感，表达内心深处对祖国的思恋之情。

黄金捍拨春风手，弹看飞鸿劝胡酒——昭君美妙的手拿着拨弦的捍拨一边弹琴一边劝胡人饮酒，眼望南飞的鸿雁，心中充满了对故土的无限留恋，表现出昭君出塞矛盾与痛苦的内心。捍拨：弹琵琶时拨动琴弦的工具。张籍《宫词》："黄金捍拨紫檀槽，弦索初张调更高。"春风手：美妙的手指。

汉宫侍女暗垂泪，沙上行人却回首——琵琶的音调非常感人，汉宫侍女暗自落泪，沙上行人频频回首。昭君内心的痛苦都用音乐表现出来，听者落泪回首，弹者苦不堪言。

汉恩自浅胡自深，人生乐在相知心——昭君在汉为幽闭在宫中的宫女，又被送去和番，汉家对昭君的恩泽浅薄；而胡人百车迎娶，对昭君的恩泽是深厚的。人生的快乐在于两心相知，何必如此哀伤呢？这种思想曾受到封建卫道士的抨击。李壁注中说，南宋初，范冲"对高宗论此诗，直斥为坏人心术，无父无君"。如果用今人的观点，从民族团结的大义着眼，这种思想也无可厚非。

可怜青冢已芜没，尚有哀弦留至今——昭君墓早已被野草埋没，但抒发一腔哀怨的琵琶乐曲却一直流传至今。

这两首诗采用的是叙述体。叙述了昭君出塞的主要经过。在叙述的基础上，阐发精辟的议论，在传统见解中翻出新意，令人耳目一新。

对王昭君形象的刻画主要采取了侧面衬托的艺术手法。描绘昭君的美貌，不在其容貌、体态上穷尽笔力，而是着重写她的风度、情态之美以及这种美的感染力，昭君泪流满面，因伤心而面色惨淡的时候，使君王动情到不能自持的地步，几笔就勾勒出古今无双的绝代佳人形象。

写昭君的内心情感时，给人以新颖之感。留恋君王，怨而不怒是前人的传统见解，而王安石除描写其身世可悲外，还写昭君对故国、对亲人的思念之情，表现出昭君的高尚品质和善良的心地，使昭君形象不惟可悲，而且可敬。

在这两首诗中也蕴含着诗人的一己之情。以美人喻贤臣，以昭君失意比喻君王不能亲识贤士，抒发了君臣不遇的离骚之怨，包含着历史与现实、古人与今人的多重寓意，讽刺皇帝不识贤才，寄寓了自己深沉的政治感慨。

谢 安

题解

这是王安石为了驳斥“变法亡国论”而写的一首咏史诗。谢安(320—385)，东晋陈郡阳夏(今河南太康)人，字安石，年四十余始出仕，孝武帝时位至宰相。太元八年(383)前秦军南下，他派谢石、谢玄力拒，取得了淝水之战的胜利。但谢安出身士族，崇尚清谈。据《晋书》记载，王羲之曾劝谢安要讲求实效，不宜助长清谈之风。谢安却回答说，清谈有什么不好?从前秦用商鞅之法，二世而亡，难道是因为清谈吗?他的这种变法亡国的观点，成为北宋保守派攻击变法的论据，于是王安石写了这首诗，对司马光、吕诲等人进行了反驳。

谢公才业自超群，误长清谈助世纷。
秦晋区区等亡国，可能王衍胜商君?

谢公才业自超群，误长清谈助世纷——谢安的才能和功业自然是超越常人的，但他崇尚清谈，助长了社会上清谈之风。才业：主要指历史上著名的淝水之战。

秦晋区区等亡国，可能王衍胜商君——谢安把秦和西晋灭亡的原因不加区分地等同起来，难道清谈误国的王衍比实行变法的商鞅还更有才能和功劳吗?区区:小小，引申为轻易的意思。可能:怎么能。王衍:西晋末年曾任宰相，喜欢清谈老庄之学，专讲玄妙空虚的话，从不考虑国家安危，当匈奴、羯族等统治者攻陷洛阳时，他就做了俘虏，西晋随后也就灭亡了。后来人们便把王衍当作清谈误国的典型。

王安石借古讽今，批驳了保守派的变法亡国论。诗歌辩证分析，既肯定了谢安的才力和功业，又否定了他崇尚清谈，助长世风的消极影响。在对秦晋、商鞅和王衍的对比中阐发议论，通过反问，表现出王安石鲜明的倾向性。全诗语言简洁，立意明确，辩证分析，对比鲜明，锋芒毕露，有力地回击了保守派借攻击商鞅来反对变法革新的行径。

金陵怀古四首

王安石早年随父王益宦游金陵，王益去世后，全家定居金陵。王安石晚年罢相后，又在金陵城外的钟山隐居。王安石写下了不少歌咏金陵的诗篇。金陵是六朝古都，《金陵怀古》四首是王安石有感于金陵古都的兴亡历史写的一组七律。

其　一

霸祖孤身取二江，子孙多以百城降。
豪华尽出成功后，逸乐安知与祸双。
东府旧基留佛刹，《后庭》余唱落船窗。
《黍离》《麦秀》从来事，且置兴亡近酒缸。

霸祖孤身取二江，子孙多以百城降——历来在金陵创建政权的霸主开始都是凭借自身孤单的力量占据了金陵的江南东路和江南西路，而他们的子孙拥有数以百计的城池，却轻易地向敌军投降，断送了来之不易的江山。二江：指北宋时的江南东路、江南西路。

豪华尽出成功后，逸乐安知与祸双——他们在建立霸权后就追求荒淫豪华的生活，哪里知道奢靡逸乐的生活中潜藏着灭亡的祸根呢？双：伴侣，伴随。

东府旧基留佛刹，《后庭》余唱落船窗——晋朝的东府遗址如今只留下几间佛寺，陈后主所作的《玉树后庭花》这支曲子如今也只是在秦淮河上那些酒船歌女的口中传唱。东府：东晋简文帝时建立的新城。故址在今南京城东南部。

《黍离》《麦秀》从来事，且置兴亡近酒缸——当年东周的大夫和殷朝的旧臣悯伤故国，眷恋旧都，作《黍离》、《麦秀》，对国家的灭亡发出哀叹，然而千百年来兴亡更替的历史悲剧不断重演，还是置之不论，喝一杯酒吧。《黍离》：《诗经·王风》篇名，相传东周大夫出行至旧都镐京，见宗庙宫室毁坏，感伤而作此诗。《麦秀》：据《史记·宋世家》载，殷朝灭亡后，殷商旧贵族箕子去朝拜周天子，经过殷商的故都，见宫室毁坏，地上种满了禾黍，感伤而作。

第一首诗是组诗的基调。历史上在金陵建立政权的霸主都是白手起家，艰苦创

业，但他们的子孙在拥有一定势力后却丧失了政权。根本原因就在于追求豪华奢侈的生活。历史上王朝的衰亡都不是偶然的，骄奢淫逸就是必然灭亡的原因。诗的结尾之句，故作旷达之语，表达了作者退居金陵，对国事无能为力之感。

其　二

天兵南下此桥江，敌国当时指顾降。
山水雄豪空复在，君王神武自难双。
留连落日频回首，想象余墟独倚窗。
却怪夏阳才一苇，汉家何事费罂缸。

天兵南下此桥江，敌国当时指顾降——宋太祖剪灭了南唐，当时宋军从采石矶架浮桥东渡，一举攻陷了金陵，敌国虽凭借长江天险，但在英勇的宋军面前，很快就投降了。指顾：是说在顾盼之间，形容时间之短。

山水雄豪空复在，君王神武自难双——金陵城的山川地势，固然险峻，但在神武的君王面前也是难以固守的。难双：难以匹敌。

留连落日频回首，想象余墟独倚窗——诗人在落日黄昏中回首遥望，那些历史的遗迹令人倚窗遐想。

却怪夏阳才一苇，汉家何事费罂缸——王安石想到了当年韩信带兵从夏阳（今陕西韩城）东渡黄河打败魏王豹的历史故事：韩信在正面集中大批船只迷惑敌人，吸引敌军主力，在侧面用罂缸装着士兵偷渡，攻其不备，活捉了魏王豹。长江天险比起“一苇可渡”的黄河要难渡得多，但宋军却连罂缸也不用就渡过去了。罂缸：小口大肚子的缸。

这首诗回想起宋太祖剪灭南唐统一中原的伟大业绩，通过与韩信东渡黄河击败魏王豹的历史对比，突出了宋太祖“神武”君王的形象。

其　三

地势东回万里江，云间天阙古来双。
兵缠四海英雄得，圣出中原次第降。
山水寂寥埋王气，风烟萧飒满僧窗。
废陵坏冢空冠剑，谁复沾缨酹一缸。

地势东回万里江，云间天阙古来双——滚滚长江向东奔涌，天阙山的双峰高耸入云，险要的地势一向都是据守金陵者的天然屏障。

兵缠四海英雄得，圣出中原次第降——在五代十国的群雄角逐中，从中原南下的英雄赵匡胤力克群雄取得了胜利。

山水寂寥埋王气，风烟萧飒满僧窗——这时金陵的帝王之气黯然而收，萧飒的寒风吹拂着佛寺禅房的窗棂。

废陵坏冢空冠剑，谁复沾缨酹一缸——人们有时还会在那些昔日君王破败的陵墓中发现一些王冠和宝剑，但谁还会为他们洒下天涯青泪沾湿冠缨，以酒洒地祭奠阴魂呢！沾缨：指泪水沾湿了扣在颊上的帽带。酹(lèi)：以酒洒地，表示祭奠。

宋太祖荡平群雄，成就帝王之业。历史上王朝的衰败自有其灭亡之道，又何必为之伤痛惋惜呢？王安石的这组诗对历史上王朝更迭的看法明朗达观，不同于大多数文人的充满感伤情调的金陵怀古诗词。

其　四

忆昨天兵下蜀江，将军谈笑士争降。
黄旗已尽年三百，紫气空收剑一双。
破堞自生新草木，废宫谁识旧轩窗。
不须搔首寻遗事，且倒花前白玉缸。

忆昨天兵下蜀江，将军谈笑士争降——回顾往事，当年赵匡胤率军南下，进军金陵，谈笑之间，敌国的士兵就纷纷投降。

黄旗已尽年三百，紫气空收剑一双——东晋、南朝建都金陵约三百年之久，作为帝王仪仗、象征帝王之尊的黄旗已不再飘扬。如果金陵的天空还出现紫气，这已不是天子之气，而是昔日埋在地下的龙泉、太阿之类宝剑的剑气。

破堞自生新草木，废宫谁识旧轩窗——在这残破的城楼上草木丛生，宫殿的废墟中已看不到昔日的门墙和轩窗了。

不须搔首寻遗事，且倒花前白玉缸——不要追怀寻觅这些陈年旧事搔首惆怅了，还是在花前畅饮白玉缸中的美酒吧。缸：长颈瓶。诗中指酒瓶。

新评

回忆当年宋太祖赵匡胤进军金陵的英雄业绩，创业艰难，守业更难。诗人不信金陵天空中的天子之气，对国家的命运表示担忧。结尾两句故作旷达之语，实由于新法推行受阻，作者退居金陵，对国家的前途和命运感到无能为力。

众人

题解

王安石变法，遭到以司马光为代表的保守派的反对。他们给王安石横加种种莫须有的罪名。吕诲《论王安石疏》中诽谤王安石是“大奸似忠”，“大诈似信”，“见利忘义”等。甚至连华山崩坍，天久不雨，也认为是王安石的过错，还说“去安石，天必雨”。面对保守派的围攻，王安石予以驳斥。这首诗就是王安石回击保守派造谣诽谤的一首诗，王安石借用历史故事，对保守派进行了有力的回击，表现出“人言不足恤”的坚定信念。

众人纷纷何足竞，是非吾喜非吾病。
颂声交作莽岂贤，四国流言旦犹圣。
唯圣人能轻重人，不能铢两为千钧。
乃知轻重不在彼，要之美恶由吾身。

新解

众人纷纷何足竞，是非吾喜非吾病——保守派对新法议论纷纷，根本不值得去争辩，这既不能使我高兴，也没有什么可担忧的。众人：指保守派。竞：竞争，争辩。是：此。病：担忧。

颂声交作莽岂贤，四国流言旦犹圣——王莽篡夺汉王朝帝位以前，称赞他的人很多，难道他就贤明？周公执政时，管、蔡、商、奄四国散布许多流言去攻击他，但周公还是一个圣人。王莽是西汉孝元皇后的侄儿，字巨君，汉元帝时为大司马，掌握朝政。在他没有代汉自立以前，对上下都表现得很谦恭，他最初被封侯时，一再推让不受，因而迷惑了一些人。但他大权在握之后，便排斥异己，独断专行，阴谋搞宫廷政变。公元 5 年，他代汉自立，后来被农民起义军推翻。旦：即周公旦，周武王的弟弟。武王死后，他的儿子成王年幼继位，由周公代理执政。当时，管叔、蔡叔、商纣的儿子武庚以及奄国的君主都在他们的国中散布谣言，说周公要篡夺成王的帝位。

唯圣人能轻重人，不能铢两为千钧——只有圣人才能正确地评价一个人，决不会把很轻微的东西看作千斤重。轻重：用为动词，衡量。钧：古代重量单位，三十斤为一钧。铢两：古代很小的重量单位。

乃知轻重不在彼，要之美恶由吾身——要知道一个人的贤良与邪恶，并不是由别人的议论所决定的，而是由自己的言行所决定的。这充分显示出王安石坚定的自我信念。

新评

这首诗以文为诗，以议论为诗，充分体现了一个政治家的高远见识，表达了坚定的自我信念。

寓言十五首（其三）

这是王安石的一首反对兼并的诗。王安石根据《周礼·地官·司市》中的一些片断材料，表达自己改革政治的某些设想，所以标题就叫《寓言》。

婚丧孰不供，贷钱免尔萦。
耕收孰不给，倾粟助之生。
物赢我收之，物窘出使营。
后世不务此，区区挫兼并。

婚丧孰不供，贷钱免尔萦——谁家的婚事丧事办不起，政府就借给他们钱，免去他们的忧虑。萦：牵挂。

耕收孰不给，倾粟助之生——谁家的春耕或秋收粮食不能自给时，政府就开仓借粮，帮助他们维持生活。倾粟：指开仓粜粮。

物赢我收之，物窘出使营——市场上某种商品过剩降价时，政府酌情提高市价收购；市场上某种商品缺乏涨价时，政府就以较低的价格出售库存货物给小商贩，来稳定物价。窘：贫困，这里指缺乏。

后世不务此，区区挫兼并——宋朝当局不采用这些措施，并把抑制兼并这样的大事看成是区区小事。

工安石从《周礼》中关于政府向民众放粮借款的点滴材料中，总结出具体措

施。政府要在农民困难之时给他们贷款，使高利贷者无机可乘，这就是后来所实行的“青苗钱”的初步设想。王安石作鄞县县令时就在青黄不接时贷给农民粮食，秋后收回，并取少量利息。这种方法收到了抑制兼并的实际效果。

戏长安岭石

题解

《戏长安岭石》是一首政治游戏诗。王安石把长安岭石拟人化，自比长安岭石。通过别人对岭石的嘲弄，塑造出自己在政敌心目中的形象——一块立在长安的又高又硬又碍路的顽石。

附巘凭崖岂易跻，无心应合与云齐。
横身势欲填沧海，肯为行人惜马蹄？

附巘凭崖岂易跻，无心应合与云齐——巘(yǎn)：山峰。跻(jī)：登，上升。长安岭石地位极高，附险峰，凭悬崖，这样的地势岂是容易攀登上去？这样高与云齐的地位，难道是无心答应为朝廷效力就能得到的？王安石深得宋神宗的信任和支持，所以他自认为是依附大山的小山。王安石官居宰相，这是常人难以得到的官位。用当时大臣吕诲的话说，王安石是“见利忘义”、“好名欲进”之辈，所以岂是“无心应合”之人？

横身势欲填沧海，肯为行人惜马蹄——《山海经·北山经》中有精卫鸟衔石木填沧海的神话故事。王安石认为自己横身当道，犹如神话中的精卫，有填平沧海、改变社会面貌的决心，他坚持推行新法，不惜损害一些人的特权和利益。

在政敌的心目中，王安石的形象酷似长安岭石：地位极高，决心坚定。诗中王安石自比长安岭石，好像一幅自画像，把自己的地位和性格都画得惟妙惟肖。

代　答

《代答》是代岭石回答别人对岭石的戏弄。同样是“寓庄于谐”，用戏谑轻松的语气，回答了严肃的政治问题，表明了王安石坚定的政治立场。

破车伤马亦天成，所托虽高岂自营。
四海不无容足地，行人何事此中行。

新解

破车伤马亦天成——岭石挡道伤害了行人车马，这是石头的本性，因为它天性坚硬。王安石表示变法的决心坚定，绝不动摇。

所托虽高岂自营——王安石说我身居高位是为国家效力，从不谋求个人的私利。营：谋求。

四海不无容足地——你们应该开阔视野，四海之大，何处没有你们立足之地呢？

行人何事此中行——你们为什么一定要与长安岭石碰撞呢？

新评

这首诗与《戏长安岭石》为一组政治游戏诗。诗中表现了作者坚持改革的决心，义正辞严地驳斥政敌的诽谤，并劝诫政敌视野应该开阔一点。

孤　桐

题解

这首诗是王安石借物咏志的作品。诗中通过描绘孤桐刚劲挺拔的姿态，抒发了作者在与保守派斗争中坚强不屈的豪情。

天质自森森，孤高几百寻。
凌霄不屈己，得地本虚心。
岁老根弥壮，阳骄叶更阴。
明时思解愠，愿斫五弦琴。

新解

天质自森森，孤高几百寻——梧桐树天生高大挺拔，枝繁叶茂，有独立向上的高贵品质。森森：枝叶茂盛。寻：古代的长度单位，八尺为寻。“几百寻”为艺术夸张。

凌霄不屈己，得地本虚心——孤桐高耸入云，决不卑躬屈膝；扎根大地，虚心向上。“虚心”语义双关，梧桐树材质比较疏松，虚心上进又是王安石的人生追求。这两句诗表达出王安石的精神追求，只有坚强不屈，才能成就崇高的事业；只有虚心学习，才能打好坚实的基础。

岁老根弥壮，阳骄叶更阴——年岁越老，梧桐的树根越强壮；骄阳似火，梧桐的绿荫越浓密。王安石表示与保守派的斗争越激烈，变法的志向就越坚定。

明时思解愠，愿斫五弦琴——有朝一日朝廷政治清明，我愿像梧桐一样被制成动听悦耳的五弦琴，弹奏帝舜的《南风歌》，解除民众的怨恨。传说帝舜曾用五弦琴弹奏《南风歌》，《南风歌》中有“南风之熏兮，可以解吾民之愠兮”。斫(zhuó)：砍削。桐木可以制成五弦琴等乐器的面板。

孤桐是诗人自我形象的写照。南宋李壁在《王荆文公诗笺注》中说：“凌霄而不屈，言桐身之条直，公似自况云。”孤桐形象高大，坚强不屈，脚踏实地，虚心处世。老当益壮，枝繁叶茂，老树成荫，为他人驱走酷暑；无私奉献枝叶甘为柴草，为他人带来温暖；捐献躯体，制成五弦琴，奏出最动听的乐曲。孤桐寄托了诗人美好的理想，表现了政治家的伟大抱负，但孤桐独木不成林，暗含了诗人孤独无依的忧愤。

咏 月

这是一首咏月诗，但不是一首单纯的写景诗。诗中表现出改革派与保守派政治斗争的悲剧，是王安石在改革过程中遭受挫折时发出悲愤的喟叹！

追随落日尽还生，点缀浮云暗又明。
江有蛟龙山虎豹，清光虽在不堪行。

追随落日尽还生——月亮追随落日直到天的尽头，以后又重新出现在天空。王安石自比月亮追随宋神宗，一度罢相后又像月亮一样西落东升重新执政。

点缀浮云暗又明——月亮周围点缀着朵朵浮云，不时地遮住月亮，使月亮忽暗忽明。浮云是指以司马光为首的保守派反对王安石变法，使王安石一度罢相，但由于改革派的力争又重新上台。王安石以月亮比喻自己的政治生涯一度光泽暗淡，不久又重放光辉。

江有蛟龙山虎豹——《庄子·秋水》：“水行不避蛟龙者，渔夫之勇也；陆行不避兕虎者,猎夫之勇也。”蛟龙、虎豹比喻反对改革的地方官绅。

清光虽在不堪行——清光:指月光,比喻新法。因为江有蛟龙出没,山有虎豹横行,即使月光皎洁,人们也不敢行动。王安石虽然重新上台,但朝廷保守派犹存,地方上反对新法的官绅犹在,朝野结合,保守派力量依然强大,使一部分人对变法心存疑虑,对新法的实施信心不足,最终新法难以实施。王安石第二次上台不到一年,便不得不辞职,退出了政治舞台。

这首诗题为《咏月》,实则咏己。全诗以沉痛的笔调咏叹改革路上的艰难险阻。

鹦鹉

鹦鹉是一种笼养观赏鸟,羽毛华美,能模仿人语。王安石这首咏物诗,实际上是借物言志。在保守派的排斥下,王安石像笼中鸟一样不能展翅高飞,实施变法。王安石感到变法的主张不仅受到了保守派的反对,而且多数人也不理解,有一种知音甚稀的孤独感。

云木何时两翅翻,玉笼金锁只烦冤。
不须强作人间语,举世何人解语言。

云木何时两翅翻,玉笼金锁只烦冤——鹦鹉何时能在参天的丛林中展翅高飞,养在精致的鸟笼中鹦鹉感到非常烦恼。王安石主张图强变法,但遭到了保守派的反对,并被罢相。像笼中的鹦鹉,他多么希望在蓝天中高飞。

不须强作人间语,举世何人解语言——鹦鹉学舌,模仿的是简单的人的语言。王安石推行的新法是为了富国强兵,诗人的美好愿望谁能理解呢?抒发了作者知音甚稀的喟叹。

王安石罢相后,回忆自己曾被宋神宗召为参知政事,实施新法的往事。而今却像一只笼中的鹦鹉,无所作为,只空有展翅飞翔在参天的密林中的美好向往。

促　织

题解

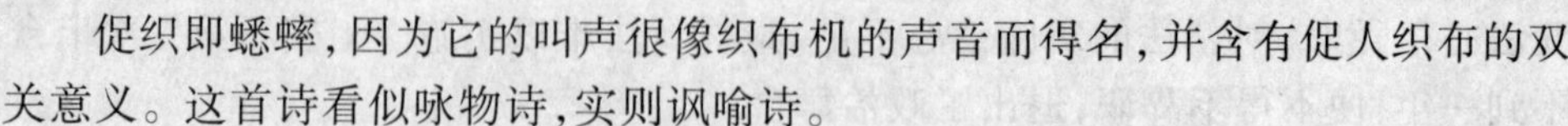

促织即蟋蟀,因为它的叫声很像织布机的声音而得名,并含有促人织布的双关意义。这首诗看似咏物诗,实则讽喻诗。

金屏翠幔与秋宜,得此年年醉不知。
只向贫家促机杼,几家能有一絇丝。

新解

金屏翠幔与秋宜,得此年年醉不知——蟋蟀养在精巧美丽的笼子里度过了秋天最活跃的季节,只知道醉生梦死。金屏翠幔:金色的屏风,翠色的布幔子,看似说蟋蟀笼子的精巧,实则借喻达官贵人居室的豪华。秋宜:秋天是蟋蟀最活跃的季节,成虫到冬季便死去了。

只向贫家促机杼,几家能有一絇丝——蟋蟀只是向穷人家不停地叫促织、促织,催促人们纺织,可几家能有一缕丝可织呢?机杼:织布机的梭子。絇(qú):这里是指丝缕。

新评

诗的前两句与后两句形成鲜明的对照,达官贵人过着荒淫奢侈的生活,斗蟋蟀为乐;贫苦的人民在促织的鸣叫声中,无丝可织,他们已被达官贵人剥削得一无所有。社会贫富悬殊,两极分化。王安石巧妙地用促织的形象,联想到达官贵人的荒淫生活,控诉他们对人民横征暴敛的行为。诗歌语言形象,含蓄深刻,构思精巧,具有较高的讽刺艺术水平。

秃　山

题解

这是一首寓言诗。诗人目睹了宋王朝皇室、官僚、地主挥霍享受,不发展生产,造成了国家的积贫积弱。诗人对此极为不满但又不好明言,只好采用寓言诗的形式进行讽刺,写猴子是怎样坐吃山空的。

吏役沧海上，瞻山一停舟。
怪此秃谁使，乡人语其由。
一狙山上鸣，一狙从之游。
相匹乃生子，子众孙还稠。
山中草木盛，根实始易求。
攀挽上极高，屈指亦穷幽。
众狙各丰肥，山乃尽侵牟。
攘争取一饱，岂暇议藏收。
大狙尚自苦，小狙亦已愁。
稍稍受咋啮，一毛不得留。
狙虽巧过人，不善操锄耰。
所嗜在果谷，得之常以偷。
嗟此海中山，四顾无所投。
生生未云已，岁晚将安谋！

吏役沧海上，瞻山一停舟——我因公差到海上去，停下船来观看海中的一座山。吏役：因公事出差。瞻：观望。

怪此秃谁使，乡人语其由——我感到非常奇怪，这座山怎么会光秃秃的？当地人告诉我其中的原因。

一狙山上鸣，一狙从之游——一只猕猴在山上鸣叫，另一只紧紧追随。狙(jū)：猕猴。

相匹乃生子，子众孙还稠——两只猕猴相匹配，逐渐繁殖，越来越多。匹：匹配。稠(chóu)：稠密，众多。

山中草木盛，根实始易求——这座山原本草木茂盛，草根和果实起初是容易找到的。

攀挽上极高，屈指亦穷幽——那些猴子为了寻找食物，攀到很高的地方，挖遍了偏僻的角落。挽：拉，牵引。屈指：用手指去挖。幽：僻静。

众狙各丰肥，山乃尽侵牟——猴子们都长得很肥壮，可是山上的食物却让他们吃光了。牟(móu)：侵夺，指侵食山上的果实、草根。

攘争取一饱，岂暇议藏收——猴子们相互争夺食物以求饱腹，哪里有工夫去商量收藏果实的事情呢？攘：抢夺。暇(xiá)：空闲。

大狙尚自苦，小狙亦已愁——大猴子已饱受饥饿之苦，小猴子也为食物发愁。

稍稍受咋啮，一毛不得留——山上的草根和树皮逐渐被猴子啃光了，最后终于变成了一座光秃秃的山。稍稍：逐渐。咋啮（zhànìè）：咬、啃。

狙虽巧过人，不善操锄耰——猴子虽然轻巧过人，但不会拿锄头种地。操：拿。耰（yōu）：古代的农具。

所嗜在果谷，得之常以偷——猴子们喜欢吃果实和谷物，这些食物常常是偷来的。嗜（shì）：爱好，喜欢。

嗟此海中山，四顾无所投——可叹这茫茫大海中的孤山，四面都无路可去。

生生未云已，岁晚将安谋——这样世世代代繁衍下去，最终怎么办呢？云：助词，无义。岁晚：年终，引申为最终。

这首诗继承了先秦诸子的寓言体，反映了“天下生齿日众，吏为贪牟，公家无储积，而上未尽教养之方”（见李壁《王荆文公诗笺注》卷十九《秃山》诗注）的社会现实。作者把只知消费不知生产，只知肥己不知利国的官僚地主比作一群猕猴，对他们进行了辛辣的讽刺。

诗人用白描手法，写得生动形象，辛辣地讽刺了宋王朝的皇室、官僚、地主生活奢侈，挥霍无度，像猴子一样只知嬉游饱食，不重视农业生产，吃了今天，不管明天，最终坐吃山空。暗示了当时统治者像秃山上的猴子，已处于内外交困、走投无路的境地，不变法革新是没有出路的。

王安石很有政治远见。这首诗对于今天我们倡导的计划生育，合理利用自然资源，实行可持续发展战略，同样具有现实意义。

送王詹叔利州路运判

王詹叔，名靖，曾任北京（河北大名府）御史台主管、开封府推官、山阳（今江苏淮安县）太守等职。在抵御外族侵扰和改革科举考试等方面与王安石观点一致。王安石执政时，他被任命为利州路转运判官。这首诗是他赴任时王安石写给他的送别诗。王安石称赞王詹叔支持变法是难得的人才，鼓励他要不怕困难，努力推行新法，并指出变法事业必将取得胜利。

王孙旧读五车书，手把山阳太守符。

未驾朱幡辞辇毂，却分金节佐均输。
人才自古常难得，时论如君岂久孤？
去去便看归奏事，莫嗟行路有崎岖。

王孙旧读五车书，手把山阳太守符——王靖是宋真宗时宰相王旦的族孙，出身高贵，饱读诗书，曾担任山阳太守的职务。五车书：语出《庄子·天下》篇，形容藏书很多。把：掌握。符：古代朝廷传达命令或征调兵将用的凭证，在这里指官印。

未驾朱幡辞辇毂，却分金节佐均输——还没有升任更高的官爵，乘坐王侯华丽的车子，却要辞别京都，到利州路作转运判官，协助推行均输法。朱幡：车两旁的红色帏幔，用以遮挡泥尘。古代王侯大官的车才有朱幡。辇毂(gǔ)：皇帝的车驾。毂，木制车轮的中心。金节：金色的节杖，古代使者所持的凭证。均输：均输法，王安石新法之一。

人才自古常难得，时论如君岂久孤——王安石赞扬王詹叔是千载难得的人才，王詹叔支持王安石变法的言论岂能长久地被弃置不用？

去去便看归奏事，莫嗟行路有崎岖——王安石对均输法的推行充满信心。相信王詹叔很快就能推行均输法，回来向朝廷上奏所取得的成绩，不要怕前进道路上的困难。去去：去了很快就会成功。嗟：嗟叹，感叹。崎岖：路面高低不平。语义双关，一指赴任途中的道路；一指推行新法过程中的困难。

新评

王安石赞扬王靖学富五车，人才难得，支持革新，积极推行均输法。勉励他不怕困难，一定会成功。全诗热情洋溢，态度乐观，反映了王安石对变法革新的必胜信念。但事实上，王安石对形势估计不足，均输法实施的范围不广，没有取得预期的效果。

赠陈君景初

陈景初是北宋时的名医，曾给王安石一家治过病。这首诗赞扬了陈景初的为人，赞美了陈景初的医术。王安石由治病救人联想到变法治国。希望“经国手”就像陈景初一样，用高超的技能治理国家。

吾尝奇华佗，肠胃真割剖。

神膏既敷之，顷刻活残朽。
昔闻今则信，绝伎世尝有。
堂堂颍川士，察脉极渊薮。
珍丸超病瘠，鲙虫随泄呕。
挛足四五年，下针使之走。
一言倘不合，万金莫可诱。
又复能赋诗，往往吹琼玖。
卷纸夸速成，语怪若神授。
名声动京洛，踪迹晦莨莠。
相逢但长笑，遇饮辄掩口。
独醒竟何如，无乃寡俗偶?
顾非避世翁，疑是壁中叟。
安得斯人术，付之经国手。

新解

吾尝奇华佗，肠胃真割剖——我曾经为华佗的医术感到惊奇，听说他真的能剖开病人的肠胃。华佗：汉末名医，精通内、外、妇、儿、针灸各科，尤擅长外科。对“肠胃积聚”等病创用麻沸散麻醉后施行剖腹手术。

神膏既敷之，顷刻活残朽——伤口缝合后，敷上华佗自制的药膏，身患重病的人很快就能精神起来。残朽：残缺腐烂，这里指身患重病的人。

昔闻今则信，绝伎世尝有——过去只是听到过，如今眼见为实，相信这高超的技术，世上真正存在。

堂堂颍川士，察脉极渊薮——医术超群的颍川(今河南禹县)人陈景初，诊脉就能察出病的根源。渊薮(sǒu)：根源。渊，深水。薮，草木丛生的湖泽。

珍丸超病瘠，鲙虫随泄呕——服用珍奇的药丸，能使患重病的人恢复健康；服了陈医生的药，寄生虫随即下泄呕吐出来。超：脱离。鲙(kuài)虫：一种人体寄生虫。

挛足四五年，下针使之走——瘫痪了四五年，针灸之后就能行走。挛(luán)足：下肢蜷曲不能伸开，这里指瘫痪。

一言倘不合，万金莫可诱——陈景初为人刚直，如果话不投机，他是不会被金钱所诱惑的。倘：倘若，表示假设。

又复能赋诗，往往吹琼玖——陈景初不但医术高明，还能赋诗，他的诗句如美玉般优美。琼玖：美玉。

卷纸夸速成，语怪若神授——陈景初即兴赋诗，卷纸挥毫即成，措词独特奇妙,好像是得到了神仙的传授。

名声动京洛,踪迹晦莨莠——陈景初的盛名远播京城开封和洛阳,但他轻视富贵,经常和普通老百姓在一起。晦(huì):隐藏。莨(làng)莠:常见的草本植物,这里比喻老百姓。莨,即莨菪;莠,即狗尾草。

相逢但长笑,遇饮辄掩口——陈景初与人相逢总是笑容可掬,平易近人,但遇到酒宴总掩口不饮。

独醒竟何如,无乃寡俗偶——陈景初不饮酒,保持头脑清醒,岂不是不同流俗?独醒:《楚辞·渔父》:"众人皆醉,而吾独醒。"无乃:副词,岂不是。

顾非避世翁,疑是壁中叟——并不是逃避现实,而是不愿趋附于达官贵人,不愿拘束于世俗的礼节,陈景初就好像能够在石壁中出入的神仙一样。壁中叟:《太平广记·孙博传》记载,传说中的神仙孙博,能够在石壁中出入。

安得斯人术,付之经国手——怎样才能得到陈景初这样高超的技能,传授给那些具有变法思想的人,用来治理国家呢?

诗人以名医华佗来比陈景初高超的医术,并赞美陈景初的诗,诗才敏捷,独特精辟,最后赞扬陈景初高尚正直的人品。由德才兼备的陈景初治病救人联想到国家需要这样的人才变法治国,表现出王安石希望涌现一批革新人才的迫切心情。

送王补之行,风急作,因题四句于舟中

王补之即王无咎,江西人,是王安石的好朋友。王安石在晚上送友人到淮口上船,江上忽然起风,暂时不能启航,便在船上即兴吟诗一首,表达依依惜别之情。

淮口西风急,君行定几时?
故应今夜月,未便照相思。

淮口西风急,君行定几时——淮口西风急吹,你究竟什么时候离开呢?

故应今夜月,未便照相思——月黑风急,友人不能开船。王安石说这是明月有情而隐,不便出来照朋友离别相思之苦的场面。

王安石写的是月黑风高的平常之景,自然地抒发了朋友离别的相思之情。语言自然,感情真挚。

送项判官

题解

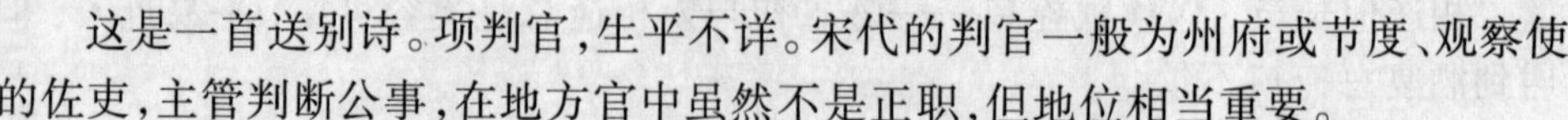

这是一首送别诗。项判官,生平不详。宋代的判官一般为州府或节度、观察使的佐吏,主管判断公事,在地方官中虽然不是正职,但地位相当重要。

断芦洲渚落枫桥,渡口沙长过午潮。
山鸟自鸣泥滑滑,行人相对马萧萧。
十年长自青衿识,千里来非白璧招。
握手祝君能强饭,华簪常得从鸡翘。

新解

断芦洲渚落枫桥,渡口沙长过午潮——诗的开头写送别时所见的景物。在西风萧瑟的深秋季节,午潮已过,原来被水淹没的岸边沙滩已显露出来。诗人在江畔的渡口为项判官送行。“断芦”和“落枫”暗示已是秋风萧瑟的季节。“洲渚”是指江中泥沙冲积成的小块陆地。

山鸟自鸣泥滑滑,行人相对马萧萧——山鸟鸣叫,渡口人来车往,萧萧马鸣。山鸟:俗称山鸡,又名“鸡头鹘”,它的叫声为“泥滑滑”(gǔ),南方人把这种鸟也叫“泥滑滑”。“马萧萧”语本杜甫《兵车行》“车辚辚,马萧萧”之句,与上句“泥滑滑”成对。诗人化用唐人诗句,叙事自然,足见其炼句之功夫。

十年长自青衿识,千里来非白璧招——这两句写诗人与项判官的友谊和项判官的为人。我俩的年龄虽然相差十岁左右,但我们亲如兄弟,相识之时,我们还都是没有官职的学子。项判官为官清正廉洁,千里迢迢来此并不是受白璧招聘,贪图荣华富贵。“十年长”出自《礼记·曲礼》:“十年以长,则兄事之。”“青衿”出自《诗经·郑风·子衿》:“青青子衿。”据《毛传》:“青衿,青领也,学子之所服。”学子所穿的有青领的衣服。

握手祝君能强饭,华簪常得从鸡翘——这两句是临别赠言:希望项判官保重身体,努力加餐,将来一定会拥有鸾旗车驾,前途无量。“强饭”出自《汉书·外戚传》中平阳公主对汉武帝卫皇后说的话。卫皇后名卫子夫,原来是平阳公主家中的一名歌女,刚入宫时,平阳公主拊其背曰:“行矣!强饭勉之。即贵,愿无相忘!”“簪”,指别住发髻的一种首饰,用金属、骨头、玉石制成。“鸡翘”是鸾旗车的俗称,这种车上的旗竿插有彩色的羽毛。

新评

这首送别诗前四句写景，把送别时的情景形象地描绘出来，历历如在目前。“山鸟自鸣泥滑滑，行人相对马萧萧”，对仗工稳，情趣盎然。后四句追述友谊，表达祝愿。几处用典，贴切自然。临别赠言，语重心长。

和王微之《登高斋》三首(其三)

题解

高斋，原是五代十国时期南唐主李昪(biàn)在金陵修筑的一个望月台，北宋人称之为高斋。治平年间(1064—1067)，王微之任金陵知府，曾写有《登高斋》诗，王安石写了三首诗与王微之唱和，这首诗是其中的第三首。

干戈六代战血埋，双阙尚指山崔嵬。
当时君臣但儿戏，把酒空劝长星杯。
临春美女闭黄壤，玉枝白蕊繁如堆。
后庭新声散樵牧，兴废倏忽何其哀！
咸阳龙移九州坼，遗种变化呼风雷。
萧条中原砀无水，崛强又欲凭江淮。
广陵衣冠扫地去，穿凿垄亩为池台。
吴侬倾家助经始，尺土不借秦人筛。
珠犀磊落万艘入，金璧照耀千门开。
建隆天飞跨两海，南发交广东温台。
中间粪粪地无几，欲久割据诚难哉。
灵旗指麾尽貔虎，谈笑力可南山排。
楼船蔽川莫敢动，扶伏但有谋臣来。
百年沧洲自潮汐，事往不与波争回。
黄云荒城失苑路，白草废畤空坛垓。
使君新篇韵险绝，登眺感悼随嘲咍。
嗟予愁惫气已竭，对垒每欲相摩挨。
挥毫更想能一战，数窘乃见诗人才。

干戈六代战血埋，双阙尚指山崔嵬——东吴、东晋、宋、齐、梁、陈六个王朝已在战火中埋葬了，在六朝古都金陵只留下当时宫殿门外高高的望楼。双阙(què)：宫殿门外左右相对的两个望楼。尚指：还对着。崔嵬：形容山的高大。

当时君臣但儿戏，把酒空劝长星杯——据《晋书·孝武帝纪》载，孝武帝终日沉迷于酒色，有一次看到长星的出现，他举杯祝酒说："长星啊！我劝你也喝一杯吧，自古以来哪有万岁天子呀！"长星：扫帚星。古时有一种迷信，认为扫帚星出现预兆着灾祸的来临。当时的君臣们把国家兴亡当作儿戏，像晋朝的孝武帝那样向扫帚星祝酒。

临春美女闭黄壤，玉枝白蕊繁如堆——当年陈后主在金陵修建了临春阁，聚积着众多的民间美女，像玉枝白蕊一样繁盛，这些如花似玉的美人如今早已埋入黄土，成为历史的尘埃了。

后庭新声散樵牧，兴废倏忽何其哀——陈朝早已灭亡了，陈后主谱写的《玉树后庭花》如今还在樵夫牧童中传唱，六朝的兴亡多么迅速，真是令人哀叹。倏(shū)忽：很快地。

咸阳龙移九州坼，遗种变化呼风雷——唐朝灭亡后，李昪在江淮间建立南唐割据政权。唐末朱全忠胁迫唐昭宗迁都洛阳，后来朱全忠灭唐，建立后梁，出现了五代十国的分裂割据局面。九州坼(chè)：指唐灭亡后出现的分裂割据的局面。遗种：指南唐主李昪依靠长江、淮河的地势，灭了吴国后，在金陵建立南唐政权。

萧条中原砀无水，崛强又欲凭江淮——中原已经萧条得像浅水滩一样，无法让蛟龙随意活动，南唐主李昪凭借长江、淮河的形势崛起，建立了南唐割据政权。砀(dàng)：浅水滩。

广陵衣冠扫地去，穿凿垄亩为池台——南唐主李昪从扬州迁都到金陵，占用了大量的农田，大兴土木，修筑宫殿和亭台楼阁。广陵：今扬州一带。衣冠：指李昪和他的官属。扫地：全部，一个不剩。

吴侬倾家助经始，尺土不借秦人筛——江南人民倾家荡产，财物被李昪搜刮去修筑宫殿，南唐是地方割据政权，不能征调北方人分担劳役。筛(shāi)：筛土，指建筑宫殿的劳役。

珠犀磊落万艘入，金璧照耀千门开——南唐主李昪穷奢极欲，大量搜刮人民的珠宝，把自己的宫殿装饰得金碧辉煌。犀：犀角，指用犀角制成的工艺品。万艘入：来自各地的船只纷纷送来了珍宝。

建隆天飞跨两海，南发交广东温台——宋太祖灭周后，要削平割据势力，完成统一大业。大军好像从天而降，跨越了东海和南海，南到交州、广州，东到温州、台州。建隆：宋太祖的年号(960—962)，这里代指宋太祖。两海：东海、南海。当时浙江有吴越王的割据政权，两广有南汉主的割据政权，吴越归附了宋朝，南汉也被宋太祖平定。交广：交州、广州，今广东、广西一带。温台：温州、台州，在今浙江东南部。

中间嶪嶪地无几，欲久割据诚难哉——南唐只剩下小小的地盘，想长久地维护割据政权已是很难了。嶪嶪(yè)：高耸，这里是危急的意思。

灵旗指麾尽貔虎，谈笑力可南山排——这两句渲染宋太祖兵力的强大。令旗指挥着精兵强将，谈笑间便可以推动南山。麾(huī)：指挥用的旗子，引申为指挥。貔(pí)：古书上说的一种野兽，比喻勇猛的军队。

楼船蔽川莫敢动，扶伏但有谋臣来——开宝八年(975)，宋太祖派曹彬率十万大军、几千艘战船南下，平定南唐，南唐后主李煜派谋臣徐铉到宋太祖面前投降。扶伏：爬行。

百年沧洲自潮汐，事往不与波争回——百年来沧海潮水有涨有落，但是南北朝和五代十国时期分裂割据的历史已经一去不复返了，不会像潮水还有回流之时了。百年：从治平元年上溯到开宝八年，共八十九年，此处的百年是一个大致的数字。

黄云荒城失苑路，白草废畤空坛垓——往日的城楼在黄昏中已是一片荒芜，御花园的道路已看不见了；祭祀的地方草木凋零，只留下三层祭坛，空落落的。畤(zhì)：古代帝王祭祀天地的地方。坛垓(gāi)：三层高的祭坛。

使君新篇韵险绝，登眺感悼随嘲咍——王微之登临远眺，万分感慨，对南唐的兴亡大发诗兴。险韵：古人写诗有人喜欢用难押的韵脚。使君：古代对太守的称呼，这里指王微之。

嗟予愁惫气已竭，对垒每欲相摩挨——为了与王微之对垒唱和，王安石表示自己用尽了才力，在自谦中表现出自信。摩挨：两人相互切磋争雄。

挥毫更想能一战，数窘乃见诗人才——挥毫吟诗是文人争雄，能使对方陷入困境方能显示出诗人的才力。数窘：多次使对方陷入困境，王安石写了三首《登高斋》和王微之，两人切磋争雄显示诗才。

新评

这首诗艺术地再现了六朝故都金陵兴亡盛衰的历史画卷，揭露和批判了历代封建割据政权的腐朽和奢侈。热情地歌颂了宋太祖统一中国、结束分裂局面的英雄业绩。“百年沧洲自潮汐，事往不与波争回”，结束了唐末五代十国时群雄割据的局面，顺应历史发展的潮流，是王安石的愿望，也是广大人民的愿望。

这首诗是登临诗，又是咏史诗。金陵怀古是文人墨客经常吟咏的题目，六朝故都一直是亡国之都。金陵登临，自然要抒发兴亡之感。王安石以开阔的视野、博大的胸怀来俯仰古今，通过对历代君王骄奢淫逸、大兴土木导致亡国的谴责，肯定了宋太祖统一中国的历史功绩。

钟山即事

钟山位于江宁(今南京市)郊外。江宁是王安石的父亲最后的任所，也是他任知事的地方，王安石在第二次辞去宰相职务后，一直在钟山过着幽闲的隐居生活。王安石一生的大部分时间在江宁度过。王安石在描写隐居生活的诗歌中常常深情地提到钟山，并自号半山。这是王安石隐居钟山的写景抒情之作。即事，就眼前颇有感触的事物写诗，又叫即兴。

涧水无声绕竹流，竹西花草弄春柔。
茅檐相对坐终日，一鸟不啼山更幽。

涧水无声绕竹流，竹西花草弄春柔——涧水无声地绕过竹林向远处流去，竹林西边的花草艳丽青翠，把春天的柔媚完美地表现出来。

茅檐相对坐终日，一鸟不啼山更幽——李白《独坐敬亭山》有“相看两不厌，只有敬亭山”之句，王安石在茅檐下与钟山相对而坐，终日不厌。“一鸟不啼山更幽”是流传广泛的名句，六朝梁时王籍《入若耶溪》诗中有“蝉噪林愈静，鸟鸣山更幽”之句，王安石反其意而用之，写出了“一鸟不啼山更幽”之句，这自然是情理之中的事情。王安石由先人刻意追求动静对比的艺术加工转向自然之理，显示出富有创新的精神。

王安石描绘了一幅冲淡宁静的钟山景色，春花涧水，美不胜收。诗人也融进了这宁静的风景，这是人生旅途劳累后的休憩。后两句模仿前人诗句，反其意而用之，以引起读者的兴趣，诗人信手拈来，天然成趣。

示俞秀老二首(其二)

俞秀老，隐士兼诗人，名紫芝，生年不详，据《石林诗话》，约卒于元祐初年，今

浙江金华人。少有高行，终生不娶，流寓扬州，喜佛理，工为诗，是王安石晚年居金陵钟山的诗友，两人唱和甚密。俞秀老有“有时俗事不称意，无限好山都上心”之句，深为王安石所喜爱，并写到扇子上。

君诗何似解人愁，初日红蕖碧水流。
未怕元刘妨独步，每思陶谢与同游。

君诗何似解人愁，初日红蕖碧水流——俞秀老的诗歌主要写隐逸生活的悠闲和山水林泉的自然之美。王安石晚年退居金陵，正是追求这种生活，所以王安石赞美俞秀老的诗歌如同早晨阳光照耀下盛开在流动的碧水中的红色荷花，清新雅丽，自然天成，能排遣自己的忧愁。初日红蕖是用典的诗句，《南史·颜延之传》：“延之尝问鲍照，己与灵运优劣。照曰：‘谢五言诗如初发芙蓉，自然可爱。君诗若铺锦列绣，亦雕绘满眼。”曹植《洛神赋》有“灼若芙蕖出绿波”之句。“初日红蕖”比喻俞秀老的诗具有清新的自然美。红蕖：即粉红的荷花。荷花一名芙蕖。

未怕元刘妨独步，每思陶谢与同游——白居易《刘白唱和集解》：“予顷与元微之唱和颇多，或在人口。尝戏微之云：‘仆与足下二十年来为文友诗敌，幸也，亦不幸也。吟咏性情，播扬名声，其适遗形，其乐忘老，幸也；然江南士女语才子者，多云元、白，以子之故，使仆不得独步于吴、越间，亦不幸也。今垂老，复遇梦得(刘禹锡)，得非重不幸邪！”王安石在这里反用其意，说俞秀老的诗歌雅丽绝伦，不怕同时代的人超过自己。“陶谢”是指晋代著名田园诗人陶渊明和刘宋时著名的山水诗人谢灵运。杜甫《江上值水如海势聊短述》：“焉得思如陶谢手，令渠述作与同游。”这两句用典来赞美俞秀老的才华，说俞秀老的诗独自领先超群出众，无与伦比，不像白居易那样担心有人会超过他。这自然有些言过其实，是文人们互相欣赏的溢美之辞。最后王安石把陶、谢与俞秀老并举，既表示对俞秀老诗歌的赞扬，也表达了王安石自己对隐逸生活的向往。

随着宦海的浮沉，王安石晚年的思想渐趋消极，诗歌内容也由关心政治转向描绘自然。俞秀老的诗歌多写湖光山色，与王安石此时的审美趣味相同，所以王安石对俞大加赞赏，甚至把他与陶渊明与谢灵运并举，这不过是文人们常见的夸饰之辞。

北陂杏花

中唐以来的杏花诗多数都很伤感。而王安石的这首诗却一洗前人伤感情调，寄托了作者的旷达之情。这首诗是王安石后期创作的。

一陂春水绕花身，花影妖娆各占春。
纵被春风吹作雪，绝胜南陌碾成尘。

一陂春水绕花身，花影妖娆各占春——陂：池。一池碧绿的春水绕着一树杏花流淌着，枝头繁花似锦，水中花影荡漾，花影水色，相映生辉，显得分外美丽。花影倒映在明净的春水之中，水中的花影随微波荡漾，生出千姿百态之美。明媚的春光被枝头杏花和水中花影各自占去了。这两句诗是回忆诗人当年被宋神宗召为参知政事，实行新法的往事。此时的诗人像枝头春光占尽的杏花，格外的美丽耀眼。

纵被春风吹作雪，绝胜南陌碾成尘——诗人由花开想到花落，花开时娇艳美丽，花落时衰败凋零。杏花含苞欲放时呈红色，盛开后是粉色，凋谢时变成白色。北陂杏花凋射时被春风吹落，犹如雪花在空中飞舞，一缕香魂如此美丽地谢幕，胜过那南边小路旁的杏花，最终被车轮马蹄碾得粉身碎骨，变成尘土。雪花是高洁美丽的，而尘土是污浊卑微的。王安石借北陂杏花来象征自己的政治遭遇，推行新法虽然失败了，被迫闲居江宁，但他的人生理想和情操依然像雪花一样高洁美丽。比起虚度年华最后默默无闻地死去，不知要强多少倍。这两句包含着对自己高尚情操的孤芳自赏之意。

这首诗托物言志，赞美北陂杏花，水绕花身，异常幽雅。羡慕北陂杏花的幸运，让东风吹得像雪花一样，飘零水中。弦外之音，希望自己有美好的情操，有一个理想的归宿。《宋诗精华录》卷二曰："末二语恰是自己身分。"这首诗名为写物，实则自况。移情于物托物寄怀，是诗人倔强性格的写照和人格操守的体现，表现了王安石宁为玉碎，不为瓦全的情操。

梅 花

题解

据惠洪《冷斋夜话》记载王安石此诗的写作原由说："荆公尝访一高士不遇，题其壁。"其可靠性难以遽断。王安石的诗向无编年，除部分作品通过事实考证可断定写作时间外，大多数难以确定具体年限。对王安石交往和作诗的情况，也无法考证。此诗写于严寒的冬季。

墙角数枝梅，凌寒独自开。
遥知不是雪，为有暗香来。

新解

墙角数枝梅，凌寒独自开——生长在墙角的几枝梅花顶着严寒独自开放了。"墙角"、"独自"表现出梅花安于孤独寂寞的品格。"凌寒"表现出梅花傲雪凌霜、坚强不屈的品格。

遥知不是雪，为有暗香来——我虽然距离梅花很远，但我知道枝头的不是雪花，因为我已经闻到了梅花的阵阵幽香。此处以雪来比梅花，因为雪是高洁的，但梅花不仅具有雪一般的高洁，而且还有雪不具有的幽香，诗人用简短的语言把梅花高洁而芬芳的品格表现出来了。"暗香"一词来自宋代林逋《山园小梅》："疏影横斜水清浅，暗香浮动月黄昏。"

新评

这首诗仅用了20个字，不仅赞美了梅花在风雪中傲然挺立的外貌，而且还歌颂了它幽香四溢、甘于寂寞、傲雪凌霜、纯洁高尚的品格。这首诗意境清丽，诗句明白如话，朗朗上口，是咏梅诗中的佳作。

南宋人李壁《王荆文公诗笺注》中说："《古乐府》'庭前一树梅，寒多未觉开。只言花似雪，不悟有香来。'荆公略转换耳，或偶同也。"王安石的这首《梅花》诗有明显的模拟痕迹，但模拟前人的诗句却能别开生面，推陈出新，塑造出梅花独特的品格，在继承中创新。

王安石借咏梅言志，诗中寄托了他蔑视腐朽的保守势力的斗争精神，梅花正是诗人人格的化身。王安石变法，虽然困难重重，但他坚定地追求自己的政治理想，像傲霜斗雪的梅花一样。

杏　花

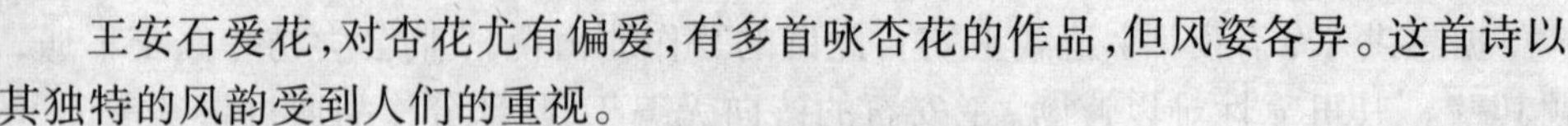

王安石爱花，对杏花尤有偏爱，有多首咏杏花的作品，但风姿各异。这首诗以其独特的风韵受到人们的重视。

石梁度空旷，茅屋临清炯。
俯窥娇娆杏，未觉身胜影。
嫣如景阳妃，含笑堕宫井。
怊怅有微波，残妆坏难整。

石梁度空旷，茅屋临清炯——石桥跨过了空旷的水面，茅屋在水波闪亮的溪水边。

俯窥娇娆杏，未觉身胜影——俯身观赏水中娇艳美丽的杏花倒影，并没有感觉到枝头的杏花比水中的倒影更美丽。水中之影自有一种朦胧缥缈的美感，如同雾里看花、水中赏月，有一种空灵玄妙的韵味。

嫣如景阳妃，含笑堕宫井——杏花在水中的倒影像南朝陈后主的宠妃张丽华、孔贵嫔一样含笑凝睇，楚楚动人。"景阳妃"是指南朝陈后主的宠妃张丽华、孔贵嫔，陈后主与她们终日寻欢作乐，终于招致灭国之灾。隋军攻破台城时，后主与张、孔二人藏身于景阳宫井中，结果还是被擒，此井即后来人们所说的"胭脂井"，也称辱井。王安石在此用美人比喻杏花，有新奇之感。

怊怅有微波，残妆坏难整——微波荡漾，把水中绝代佳人的美丽妆饰弄得凌乱难整，令人惆怅不已。微风吹起了涟漪，花影凌乱，用美人残妆难整来比喻，从动态的角度描绘杏花。

这首诗构思新颖别致。描绘杏花的美丽，不写枝头的花朵，而写水中的倒影。正如严羽《沧浪诗话》中说："如空中之音，相中之色，水中之月，镜中之象，言有尽而意无穷。"以花喻美人是诗家常语，用美人喻花比较少见，花影妩媚，在微波中荡漾，如残妆难整的佳人，令人惆怅惋惜。把杏花的风姿神韵，写得妙趣横生。

梅花诗（其三）

题解

这是一首赞美梅花的七律，诗人用拟人手法生动地描绘出梅花的美丽高洁。

浅浅池塘短短墙，年年为尔惜流芳。
向人自有无言意，倾国天教抵死香。
须袅黄金危欲坠，蒂团红蜡巧能装。
婵娟一种如冰雪，依旧春风笑野棠。

新解

浅浅池塘短短墙，年年为尔惜流芳——首联写梅花生长的环境，梅花生长在浅浅的池塘之畔，低矮的院墙旁边，年年都要凋谢零落，令人万分惋惜。

向人自有无言意，倾国天教抵死香——颔联写梅花的神韵。当梅花面对赏花人的时候，含情脉脉，仿佛在无言之中饱含深情。"倾国"喻指绝色女子。梅花就像那倾国倾城的美女，上天赋予她芳香的气息，美丽动人。颔联用拟人手法，把梅花描绘成一位含情脉脉、美丽动人、芳香袭人的绝代佳人，形象生动。

须袅黄金危欲坠，蒂团红蜡巧能装——颈联对梅花的外貌进行描绘。梅花那金黄色的花蕊，袅袅颤动，仿佛要坠落下来。那蜡红色的花萼托住那金黄色花蕊的白色花朵，就像巧于妆扮的美女。

婵娟一种如冰雪，依旧春风笑野棠——尾联赞美梅花的高洁。寒梅盛开，像冰清玉洁的美女，在春风中傲笑那苦苦争春的野棠。

新评

这首诗用拟人手法，抓住了梅花的特点，形象地描绘出梅花的形象和气质。

书湖阴先生壁二首（其一）

题解

这是一首题壁诗。题壁诗就是灵感突至、诗兴大发时即兴挥毫，把诗句写在名山胜景、寺院园林、客舍酒楼的墙壁上的诗歌，是古代文人墨客、英杰才士或者寻常人物流行的一种风气。王安石晚年罢相以后，隐居于江宁（今南京）的紫金山。邻居湖阴先生本名杨骥，字德逢，因隐居后湖之南岸而自名湖阴先生，他是王安石的好友，也是一位很有学识的隐士。这首诗就是写湖阴先生的庭院及四周恬静而幽雅的环境，通过对杨家景物的赞美来表现主人的高雅情趣。

茅檐长扫静无苔，花木成畦手自栽。
一水护田将绿绕，两山排闼送青来。

新解

茅檐长扫静无苔，花木成畦手自栽——茅檐：代指茅檐下的门庭院落。“长扫”：经常打扫，“长”乃常的同音假借。家宅庭院经常打扫，洁净得连一丝青苔也没有，亲手种植的花木因品种繁多，所以分畦栽种，整齐而美观。表现了主人喜欢整齐芳洁的个性。

一水护田将绿绕，两山排闼送青来——这两句是广为传诵的名句。拟人和描写浑然一体，交融无间。一条小溪护卫着绿油油的农田，苍翠欲滴的山色撞开院门扑向庭院。湖阴先生是一位很有学识的隐士，他营造了美丽的庭院，推开院门，徜徉在青山绿水之间，岂不悠哉？在修辞技巧上，这两句也堪作范例。护田：典出自《汉书·西域传序》：“自敦煌西至盐泽，往往起亭，而轮台、渠犁，皆有田卒数百人，置使者校尉领护。”排闼：推开门。闼，宫中小门。《汉书·樊哙传》：“高帝尝病，恶见人，卧禁中，诏户者无得入群臣，哙乃排闼直入。”这一联是严格的“史对史”，“汉人语”对“汉人语”，读来却浑然天成，诗人把典故融于诗句中，用典自然，无雕琢之痕。

新评

王安石晚年被罢相之后，生活环境和心绪产生了变化，诗的内容与风格与过去有所不同。许多描绘湖光山色的作品，意境新颖。虽然诗歌的政治热情有所减退，但艺术技巧更见精湛圆熟。诗风丰神远韵，向唐诗复归，这首写景抒情的绝句在当时诗坛享有盛誉。

前两句从近处落笔，后两句从远处着墨。多层次的景物反映主人情趣高雅、不同流俗的个性。诗句神韵悠然，但从容不迫。正如叶梦得所说：“见舒闲容与之态”，但“字字细考之，若经檃栝权衡者，其用意亦深刻矣。”（《石林诗话》）这些自然流畅的诗句，其实都颇具功力。“两山排闼”“一水护田”都是用《汉书》典故构思的对仗。宋诗以才学为诗，后两句字字有来处，有严格的作法，用典自然工巧，即使不知出处，也不会妨碍领会其诗意。

即事

题解

这首诗王安石直书所见，描绘了一幅田园风光图。

径暖草如积，山晴花更繁。
纵横一川水，高下数家村。
静憩鸡鸣午，荒寻犬吠昏。
归来向人说，疑是武陵源。

新解

径暖草如积，山晴花更繁——天气温暖，田野上的小路绿草如茵，漫山遍野的花朵在阳光下显得更加繁茂美丽。

纵横一川水，高下数家村——一条弯弯曲曲的小河在田野上流淌，村庄里远近高低分散着几户人家。

静憩鸡鸣午，荒寻犬吠昏——这两句以动写静。鸡在午休时鸣叫，狗在荒野中东寻西找，黄昏时分就叫个不停。《复斋漫录》卷上说，“静憩鸡鸣午”是借鉴唐人诗句“枫林社日鼓，茅屋午时鸡”的意思而来。

归来向人说，疑是武陵源——这两句写诗人的感受。游历归来对人们说，田野上美丽宁静，像世外桃源。

新评

这首诗字句锤炼工稳，前三联全部对偶，足见诗人的炼句功夫。语言平易，有陶诗风格，诗中描绘的景物，恰似一幅桃源图。

午枕

这首诗描写春天午梦初醒的瞬间情景。从触觉、视觉、听觉等不同侧面表现诗人午睡梦醒后的感觉。

午枕花前簟欲流，日催红影上帘钩。
窥人鸟唤悠扬梦，隔水山供宛转愁。

午枕花前簟欲流——首句点出了午睡的地点和季节。"花前"点明居处之优美，同时点明了时间是鸟语花香的春天。"簟欲流"，是指竹席的花纹如水，光滑清凉如水，仿佛流动起来。既描绘了竹席的织艺精良，也表现出睡梦初醒时的朦胧感觉。这句诗是从触觉落笔的。

日催红影上帘钩——"日催红影"用拟人手法写时间推移之快。午睡醒来，红日西斜，把斑驳的花影投射到帘子上。睡梦沉酣，午梦初醒已是夕阳映照花影，从中午睡到下午了。红影既写花色也写日光。这句诗是从视觉写起。

窥人鸟唤悠扬梦——调皮的小鸟想窥探人的梦境，当睡梦中的人听到小鸟悦耳的叫声时，缥缈幽远的梦境自然被打破了。这句诗是从听觉的角度写美梦被小鸟唤醒。

隔水山供宛转愁——梦醒后诗人看到了一水之隔的山峦，四季常在，朝夕相伴，瞬间从美妙的梦境回到真实的现实中。好梦逝去，他所迷恋的梦中境界已经烟消云散，心中泛起了淡淡的哀愁。

陈文新先生在《宋诗鉴赏辞典》(上海辞书出版社出版)中说："三四句在艺术表现上也很值得注意。其一，采用的是极为少见的上三中一下三的句法，'窥人鸟——唤——悠扬梦，隔水山——供——宛转愁'，这就突出了鸟唤梦、山供愁两种景物，而以'悠扬'状'梦'，以'宛转'饰'愁'，不仅语意细腻，写出一种委婉飘忽的情态；而且前者双声，后者叠韵，因声见情，也恰好传达出诗人缠绵不绝的内心感触。声情和语意浑然一体，相映相生。'窥人'和'隔水'则为动宾结构，读来顿挫跌宕，显出变化。其二，以'隔水山供宛转愁'对'窥人鸟唤悠扬梦'，铢两悉称，是工对；在意义上鸟唤而梦醒，梦醒而见山，见山而人愁，展示了一个相当复杂的过程，其表现力之强在流水对中并不多见。"

诗人以寻常之所思所感命笔，抒写闲适、恬静生活中的感情微澜，平淡自然，意在言外。

定　林

据《建康志》记载，定林寺有二：上定林寺在钟山应潮井后，刘宋元嘉十六年(439)建；下定林寺在钟山宝公塔西北，元嘉元年(424)建。这首诗写的是下定林

寺，地处钟山深处，非常清幽。王安石晚年退居金陵时经常到此游憩，寺僧特意为他收拾了一间精舍，读书会友。王安石在此写过不少诗篇，这是其中最出色的一首。

漱甘凉病齿，坐旷息烦襟。
因脱水边屦，就敷岩上衾。
但留云对宿，仍值月相寻。
真乐非无寄，悲虫亦好音。

新解

漱甘凉病齿，坐旷息烦襟——定林寺清幽宁静，是一个养身的好去处。山泉清凉，对病齿很有好处，久坐于此，心旷神怡，一切烦恼都烟消云散了。

因脱水边屦，就敷岩上衾——诗人纵情自然，在水边脱去鞋子尽情戏水，在岩石上铺上被子，就地而寝。水边脱屦，化用王勃《山林兴序》中语："簪裾见屈，轻脱履于西阳；山水来游，重横琴于南涧。"（《全唐文》卷一八四）"脱履"与"脱屦"略有差异。

但留云对宿，仍值月相寻——只求白天与白云相对而眠，晚上与月亮相伴入梦。

真乐非无寄，悲虫亦好音——将荣辱得失置之度外，这才是人生真正的快乐，连悲鸣的虫声听起来也好像是悦耳的音乐。"真乐"一词出自《列子·仲尼》："无乐无知，是真乐真知。"诗人天真烂漫，纵情山水，忘却世事，暂时陶醉在定林寺的美景之中。

通篇写诗人游览定林美景。诗人天真烂漫，纵情山水，追求真乐，以逃避世事的烦恼。诗人积极用世，罢相后内心难以平静，只能寄情于山水，排遣心中的悲凉。

江宁夹口二首

江宁是王安石的第二故乡。夹，在左右曰夹。夹口在沿江口左右一带。诗人南来北往，途经此处，浮想联翩，形丁笔端。

钟山咫尺被云埋，何况南楼与北斋。
昨夜月明江上梦，逆随潮水到秦淮。

日西江口落征帆，却望城楼泪满衫。
从此梦归无别路，破头山北北山南。

新解

钟山咫尺被云埋，何况南楼与北斋——晨雾迷蒙，钟山被埋在浓密的云雾中，一片迷茫，什么都看不清，更不用说远处的南涧楼和昭文斋了。“南楼与北斋”，据上海辞书出版社出版的《宋诗鉴赏辞典》中赖汉屏先生注：“安石曾一再咏南涧楼，《建康志》有‘南涧楼在城南八里’的记载，‘南楼’当是‘南涧楼’之省。又据沈氏注引《建康志》：‘昭文斋在钟山定林庵，安石尝读书于此。’‘北斋’当即指昭文斋。”

昨夜月明江上梦，逆随潮水到秦淮——这两句回味昨夜好梦。昨夜皓月临空，诗人在江中船上，依稀入梦，梦中仿佛随着澎湃的潮水，逆流而上，飘泊到梦中思恋的秦淮河。

日西江口落征帆，却望城楼泪满衫——夕阳西下，江口的行舟收落了征帆，回头远望城楼，不禁泪流满衫。

从此梦归无别路，破头山北北山南——从此一生的归宿也就在夹口钟山之间，破头山北的定林寺和北山 带就是我精神的家园了。北山：就是钟山，王安石曾在此安家居住。破头山：据李壁注引《传灯录》及沈氏注引《名胜志》，破头山在蕲春，是佛家大师说法道场圣地，此处喻指定林寺，王安石晚年退居金陵时经常到此游憩，谈禅说佛。这两句的意思是，今后我的梦魂将盘桓在佛寺故地。

新评

第一首诗人巧妙地构思出潮水载梦，用水连接两地相思，梦这种心理活动被物化，滚滚潮水托送着诗人的归思，回到他思恋的秦淮河。意境美丽而缠绵。

第二首写诗人梦归之路，忧郁而低沉。胸怀改革大志的政治家，急流勇退，回归田园，流连佛寺，这就是最终的人生归宿。“破头山北北山南”中北字相连，音节上产生一种回环之感。

江 上

题解

王安石罢相后寓居金陵钟山，生活和心情都发生了变化，创作了一些描写湖光山色的精美绝句，表现大自然的美丽。这首诗像一幅动人的风景画，描绘了暮色中的江面晚云含雨、千帆隐映的风光。

江北秋阴一半开，晚云含雨却低回。
青山缭绕疑无路，忽见千帆隐映来。

新解

江北秋阴一半开，晚云含雨却低回——前两句写泛舟江面所见的景物。极目远望，江北的天空笼罩着秋天的阴云，半阴半晴，暮云含雨在低空中徘徊。暮色中的江上气氛比较沉闷，只有那一半的晴空使画面显得神光离合。

青山缭绕疑无路，忽见千帆隐映来——江边的青山云雾缭绕，朦胧一片，看不见前路，忽见千帆点点，隐隐约约地出现在江面上。李白《望天门山》用“两岸青山相对出，孤帆一片日边来”描绘了明媚的江面，王安石略为变化，描绘了朦胧的江面，别有一番情趣。

这首诗像一幅秋江暮云图，半明半暗，光怪陆离，意境朦胧，颇有情趣。低沉的画面中暮云含雨低回，千帆缓慢驶来，静中有动，暗中有明，诗中有画，画中有诗，雅丽工致。

岁 晚

岁晚是指阴历九月，此时秋水澄澈，菊花盛开，是秋天最美的时节。由于时近岁暮，令人感到岁月的流逝。这首诗抒发了王安石“岁晚惜流光”的感慨。

月映林塘澹，风涵笑语凉。
俯窥怜绿净，小立伫幽香。
携幼寻新药，扶衰坐野航。

延缘久未已，岁晚惜流光。

月映林塘澹，风涵笑语凉——朦胧的月色映照着树林池塘，波光黯淡，欢声笑语在微风中荡漾。

俯窥怜绿净，小立伫幽香——俯身看那宁静碧绿的池水，伫立在花前嗅到了花的幽香。赏水与看花成对，属对工整，富有画意。

携幼寻新的，扶衰坐野航——诗人领着一个小孩顺着池畔的幽香寻找刚刚开放的菊花，小孩扶着年老的诗人坐船野航。诗人游玩兴致颇高。的(dì)：鲜明，常用来描写花色。这里指花，菊花始开，故称“新的”。

延缘久未已，岁晚惜流光——徘徊流连了很久，游兴未已。秋天更感到美好时光的珍贵，此景过后就是寒冷的冬日。结尾有含蓄不尽之意。

王安石的这首诗笔致清丽，黄庭坚在《苕溪渔隐丛话》中称这类诗为“雅丽精绝，脱去流俗”。章培恒、骆玉明主编的《中国文学史》中认为：“诗中的景物显得清幽雅洁，呈现超脱于世俗之外的美，而诗人的心便流连于此。读这样的诗，我们会想到谢灵运的山水诗，但王安石没有他那样的贵族式的孤傲；想到大历十才子或贾岛一派的写景诗，但王安石没有他们那种苦寒。实际上，王安石这一类诗是带有某种孤独和清高意味的，只是他对此不愿作强化的表现，保持着心态的平衡，因而在语言上，这一类诗也写得比较谐调。”

初夏即事

这是王安石晚年隐居江宁时写下的一首描绘初夏景物的诗歌。

石梁茅屋有弯碕，流水溅溅度两陂。
晴日暖风生麦气，绿阴幽草胜花时。

石梁茅屋有弯碕，流水溅溅度两陂——石梁：石桥。弯碕(qí)：弯曲的堤岸。王安石的茅草屋北边有弯弯的小河，河上有小石桥。王安石有《弯碕》诗，从中可以得到解释。小河流水湍急，溢出堤岸。溅溅：水疾流貌。陂：在河的两岸筑的堤坝。

晴日暖风生麦气，绿阴幽草胜花时——阳光照耀，从暖风送来的麦香中得知小麦的长势很好；生长繁茂的绿树浓荫下，深绿色的夏草比开花时节还要美丽。

这首诗通过景物描写，表现出初夏生机勃勃的景象。

木芙蓉

木芙蓉又称拒霜、华木，属锦葵科落叶灌木。它的花非常美丽，在金秋开放，清晨为白色或淡红色，傍晚却变成紫红色，花容娇艳妩媚。王安石的这首诗寄情于物，落笔成趣，用拟人手法描绘木芙蓉的美丽。

水边无数木芙蓉，露染胭脂色未浓。
正是美人初醉着，强抬青镜欲妆慵。

水边无数木芙蓉，露染胭脂色未浓——起句点明木芙蓉的生长环境，木芙蓉最适宜生长在水边，花影入水，更加美丽，但秋露染在胭脂般的花瓣上，色泽就不那么浓艳了。

正是美人初醉着，强抬青镜欲妆慵——诗人用拟人手法描绘木芙蓉，说它正如俏丽女子，恹恹初醉，勉强举起铜镜有心无力地想梳妆打扮一番。

诗人用初醉的美人来比木芙蓉，形象生动，比喻新颖。全诗语言优美，“美人初醉”、“露染胭脂色未浓”，给诗歌笼罩了一层朦胧的色彩。

州　桥

这首诗是王安石晚年退居金陵，回忆从前在汴京州桥时想念金陵的诗。州桥是北宋汴京(今河南省开封市)城内汴河上的一座桥。

州桥踏月想山椒，回首哀湍未觉遥。
今夜重闻旧呜咽，却看山月话州桥。

新解

州桥踏月想山椒——山椒：山顶。谢庄《月赋》："菊散芳于山椒。"这里指钟山，王安石家居钟山附近。那时在月色中的州桥，是多么想念钟山啊！

回首哀湍未觉遥——哀湍：发出凄凉声音的激流。在州桥踏月，想念钟山，仿佛听到钟山小溪凄凉的流水声。回首往事，仿佛就在眼前。

今夜重闻旧呜咽，却看山月话州桥——今夜我在钟山听到了小溪凄凉的流水声，望着钟山月想起了当年州桥踏月时的情景。

新评

人到老年总是喜欢怀旧，怀念故地。王安石在汴京州桥时，格外想念他的家乡钟山，退居钟山后，又回想起在汴京州桥想念钟山的情景。

前两句一个场景，后两句一个场景，在此思彼，在彼思此，思念之情往复交流，时空交错布局，虚实相间，引人入胜。在唐诗中也有类似的构思。陈陶的《鄱阳秋夕》："忆昔鄱阳旅游日，曾听南家争捣衣。今夜重闻旧砧杵，当时还见雁南飞。"都是因为声音触发了往事的回忆。

诗人有意重复"州桥"，在时间上造成过去与现在的交错，在地点上造成汴京与江宁的交错，构思巧妙，耐人寻味，渲染了怀旧情绪。

题齐安壁

题解

这是一首题壁诗。齐安寺在江宁(今南京市)城东门外，前临官路。令徙置高陇，面秦淮，南唐升元中建。这首诗生动地描绘出初春山川风物的景色，颇富情趣。

日净山如染，风暄草欲薰。
梅残数点雪，麦涨一溪云。

日净山如染，风暄草欲薰——万里无云，阳光明媚，诗人用一"净"字准确传

神地描绘出阳光灿烂、晴空万里的景象。阳光照耀着初春的山川,好像染上了一层绚丽的色彩一般美丽动人。暖洋洋的春风吹拂大地,草木散发出阵阵清香。暄:温暖。薰:指草木蒸发出的芳香气息。诗人用“暄”、“薰”二字点画,把春光宜人和花草芳香的感觉形象地表现出来。

梅残数点雪,麦涨一溪云——初春时节梅已凋谢残落,只剩下几朵像雪一般的残花了。春天来到,麦苗猛长,那飘浮在溪畔麦田上空的白云,似乎也随着麦苗的长势而上升了。诗人观察细致,想象丰富。

这首诗共 20 字,集中描绘了初春的代表性景物,组成了一幅春意盎然的风景画。每句的第二字、第五字都是传神点睛之笔,使这首诗精巧而别致,诗句工巧,形成了四句全对的格局。王安石对山川风物的美有真实的感受,加上他高超的艺术技巧,使这首诗不失为一篇写景佳作。

王安石晚年的绝句小诗,深受晚唐及汉魏六朝诗歌的影响。宋人李壁为此诗作笺注说:“杜诗‘暄风暖景明年日’,许浑《广中诗》‘未腊梅先实,终年草自薰’,《别赋》‘闺中风暖,陌上草薰’,曹松诗‘林残数枝月,发冷一梳风。’公句法类此。”(李壁《王荆文公诗笺注》卷四十,中华书局版)王安石博观约取,显示出深厚的艺术修养。

题舫子

这是一首题在船上的诗。舫是指船身宽平的船。诗人江中泛舟,看到江边美丽的景色,即兴挥毫,题诗船上。

爱此江边好,流连至日斜。
眠分黄犊草,坐占白鸥沙。

爱此江边好,流连至日斜——诗人泛舟江上,江边的景色是这么美丽,致使他久久流连于江边,不知不觉太阳已经偏西了。

眠分黄犊草,坐占白鸥沙——夕阳西下,流连江边不归,何处入眠?江边的草地上,小黄牛在草地上入眠,诗人不想离开江边,想象着与小黄牛分一块草地,江边入眠;与白鸥一块,在沙地上坐一坐,但白鸥就会被惊飞了。

这首诗写江边美丽如画的景色，令人流连忘返。在夕阳的余晖中，江边有黄犊在绿草间入眠，有白鸥在沙滩憩息，色彩明丽。诗人设想自己可以像黄犊和白鸥一样，久居江边，与黄犊为伴，把白鸥惊飞。全诗透出了诗人的一颗童心，一种流连于山水间的悠闲神态。

半山春晚即事

半山就是指半山园，王安石在金陵的住所。宋时，出江宁府东门去钟山，这里恰好是一半路程，因此叫半山园。故址在今南京市后宰门附近。王安石推行新法失败后，晚年退居江宁，并于元丰年间(或作二年，或作五年)营建半山园，自号半山。这首诗表现了王安石隐退后的生活。

春风取花去，酬我以清阴。
翳翳陂路静，交交园屋深。
床敷每小息，杖屦或幽寻。
唯有北山鸟，经过遗好音。

春风取花去，酬我以清阴——起句描绘的是晚春景色。春风吹来，百花凋零，绿肥红瘦，和煦的春风赐予一片翠绿，怎能不去观赏一番?

翳翳陂路静，交交园屋深——小路被林荫覆盖，显得更加幽静；园屋被葱茏的树木环绕，显得非常幽深。翳翳：林荫覆盖。陂路：山旁路。交交：树木重重。

床敷每小息，杖屦或幽寻——安置坐具，在这美丽的半山园中静养小憩；拄上拐杖，穿上草鞋，到半山园周围寻幽漫步。表现出诗人恬淡安宁而又怡然自乐的心境。床敷：设床敷席。床指坐具，现在的坐椅，古时叫胡床。杖屦：拄拐杖，穿草鞋。幽寻：寻幽访胜。

唯有北山鸟，经过遗好音——在这静谧的氛围里，突然传来了悦耳的鸟鸣声，抬头望去，原来是北山(钟山)鸟，由此飞过。

这首诗写王安石的住所半山园的晚春景色，起句点出时间是绿肥红瘦的晚春，诗人静则“床敷小息”，动则“杖屦寻幽”，看似恬静闲适，但“唯有北山鸟，经过遗好音”又表现出诗人不宁静的心，举世无人相知的感慨溢于言表。

北　山

北山就是今天南京市的紫金山，因为在建康城北而得名，又名蒋山、钟山。王安石晚年隐居金陵，筑室于北山山腰。远离政治风浪，过着一种优游从容的生活。这首小诗写王安石对春景的珍惜和留恋，表现了隐居生活的闲适之情。

北山输绿涨横陂，直堑回塘滟滟时。
细数落花因坐久，缓寻芳草得归迟。

北山输绿涨横陂，直堑回塘滟滟时——前两句写景。北山把碧绿的山泉输送到山间的水塘，笔直的河沟和曲折的池塘沿岸，泉水流淌，一片滟滟波光。堑：沟。回：曲折。滟滟：水波闪动发光的样子。这两句用色彩和光线渲染北山之美。

细数落花因坐久，缓寻芳草得归迟——后两句着重言情。这两句是历代诗人极为欣赏的佳句。由于心情悠闲，长时间坐在山间，数着无数的落花，缓缓起身，寻着小草的芳踪，踏上了回家的路，一路观赏着芳草，很晚才回到家中。“细数落花”是“坐久”的原因，“缓寻芳草”是“归迟”的原因。看似流水对，上下两句意思相贯；但仔细分析字字相对，极其工稳。

这首诗写北山春天的景色，前二句主要写景，后两句着重言情，情景交融，富有诗意，写尽幽闲自得之情。

“细数落花因坐久，缓寻芳草得归迟”。有人认为是从前人诗句中脱胎而出。王维《过杨氏别业》：“兴阑啼鸟缓，坐久落花多。”刘长卿《长沙过贾谊宅》：“芳草独寻人去后，寒林空见日斜时。”对于这两句诗，叶梦得《石林诗话》说：“王荆公晚年诗律尤精严……‘细数落花因坐久，缓寻芳草得归迟’，但见舒闲容与之态耳。而字字细考之，若经隐括权衡者，其用意亦深刻矣。”叶梦得认为这两句是诗人精心锤炼出来的。

用“细数落花”来摹写“坐久”，细数落花，其中的美需要久久静坐方能领略，构思精妙，形象优美。用“缓寻芳草”来说明“归迟”的理由，写出了诗人悠然自得的神态。

江 上

题解

这首诗虽题作《江上》，其实写的是离别之情。江上秋日萧索的景象和诗人的离愁交织出一幅别致的画面，给人一种凄凉哀伤的感觉。

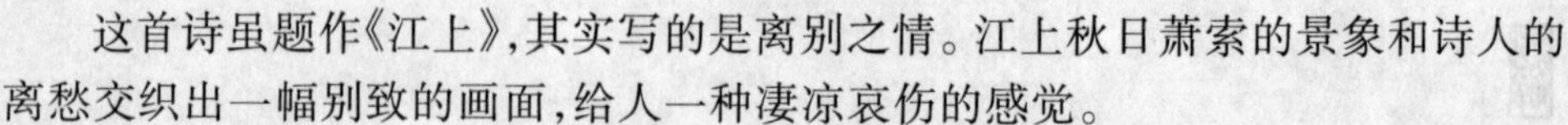

江上漾西风，江花脱晚红。
离情被横笛，吹过乱山东。

新解

江上漾西风，江花脱晚红——江面上吹过一阵秋风，江岸上的落花在夕阳中纷纷飘落。萧瑟悲凉的秋景与诗人的离愁别绪水乳交融，情辞相称。

离情被横笛，吹过乱山东——因笛声而引起离情。李白《春夜洛城闻笛》：“谁家玉笛暗飞声，散入春风满洛城。此夜曲中闻折柳，何人不起故园情？”王安石在此不让笛声引起离情，反而让笛声吹走愁绪。江面上的笛声呜咽，凄凉幽怨，满腔的离愁别绪，随着那渐渐远去的笛声，任凭秋风吹到乱山的东面。

前两句西风、江花、晚红，富有特征的秋天景物和诗人满腔的离愁别绪水乳交融；后两句凄凉的笛声饱含着离愁别绪，被秋风吹到乱山之东，声情并茂。离情是一种情感，任凭多大的风，也难以吹走，王安石在此将它视为一种异物，可以随风消逝，这是本诗构思的独特之处。

悟真院

悟真院又名悟真庵，在金陵（今江苏南京）钟山（亦称紫金山）之东。宁静幽僻，是一个修道的好处所。《舆地纪胜》卷十七《建康府》引《续建康志·景物下》有“悟真院”，在宋代已为著名胜地。王安石晚年退居钟山，经常去悟真院游览。他有《同熊伯通自定林过悟真》诗云：“暗香一阵连风起，知有蔷薇涧底花。”就是描绘这一带的风光。

野水纵横漱屋除，午窗残梦鸟相呼。

春风日日吹香草，山北山南路欲无。

野水纵横漱屋除，午窗残梦鸟相呼——悟真院四周绿水缭绕，墙根台阶正经受着流水的冲刷涤荡，显得明净而美丽。诗人倦游后午睡片刻，小鸟声声啼叫，惊醒了午窗残梦。漱:洗涤。除:台阶。

春风日日吹香草，山北山南路欲无——春风吹拂，芳草遍野，欣欣向荣，山南山北，长满了青青的绿草，让人找不到路径。
欲:将要。

古人说诗中有画，诗人用很简短的语言画出了一幅山寺风景画。悟真院浸浴在春水中，人迹罕至，春草遮路。这么清幽的地方自然是修道参禅者的理想之地，人静境亦幽，以境养心，以境促悟，定能断除尘扰，悟真得道。

◎词

浪淘沙令

题解

这首词为咏史之作。通过对伊尹、吕尚两位古代贤臣的缅怀,表达了王安石对成败穷通皆取决于君臣遇合的感慨。王安石一方面强调"英雄遭遇及时",一方面也希望明君识拔贤才。同时也流露出作者在变法失败后的寂寞之感。

伊吕两衰翁,历遍穷通。一为钓叟一耕佣。若使当时身不遇,老了英雄! 汤武偶相逢,风虎云龙。兴王只在谈笑中。直至如今千载后,谁与争功!

新解

伊吕两衰翁,历遍穷通——曾经辅助商汤攻灭夏桀建立商朝的大臣伊尹,曾辅佐周文王、周武王灭商建立周朝的吕尚(即姜太公),两人都经历了困顿和通达的命运。

一为钓叟一耕佣——吕尚曾垂钓于渭水,适逢文王出猎,遂受重用。伊尹原为有莘氏的奴隶,汤娶有莘氏女,伊尹为陪嫁的奴仆,归属于商。佣:受雇为人做工。

若使当时身不遇,老了英雄——如果没有当时偶然的际遇,英雄也只有老死于沟壑之中。

汤武偶相逢,风虎云龙——伊尹、吕尚通过偶然的机会与商汤王、周武王相遇,像虎啸生风,龙起生云,君主得到了贤臣,臣子遇到了明君。《易·乾·文言》说:"云从龙,风从虎,圣人作而万物睹。"此处将云龙、风虎相从比喻为圣君与贤臣遇合,共建大业。

兴王只在谈笑中——伊尹、吕尚才能出众,商汤王、周武王得之,在谈笑中轻而易举地完成了兴国之大业。兴王:兴建王业,创建王朝。

直至如今千载后,谁与争功——伊尹和吕尚辅佐君主,建功立业,时至今日也没有人能与他们的功绩争高下。寄寓了自己变法失败后的悲切之感。

新评

上片从伊尹、吕尚两人的身世着笔,点出了机遇的偶然性。偶然的机会,改变了两人的终身命运。下片对商汤王、周武王进行议论，君王得良臣辅弼，在谈笑中轻而易举地完成了兴国大业，然而千百年来又有多少明君贤臣能有这种君臣遇合呢？作者的感慨是对自身遭遇的叹息。

王安石以其政治家的敏锐咏叹历史，以文为词，挥洒自如。风格豪迈高远，语言明白晓畅。词为“东韵”。

千秋岁引

秋景

此词的创作年代不详，但从词的情调上看，可能是王安石推行新法失败，退居金陵之后的晚年之作。《千秋岁引》这个词调名始见于王安石词。《词律》卷十曰：“此词即《千秋岁》调添、减、摊破自成一体，与《千秋岁》相较，前段第一二句减一字，第三句添一字；后段第一二句各添二字，第三句添一字，前后段第四五句各添二字，结句各减一字摊破作三字两句，其源实出于《千秋岁》。”

别馆寒砧，孤城画角，一派秋声入寥廓。东归燕从海上去，南来雁向沙头落。楚台风，庾楼月，宛如昨。　无奈被些名利缚，无奈被他情担阁，可惜风流总闲却。当初漫留华表语，而今误我秦楼约。梦阑时，酒醒后，思量着。

别馆寒砧，孤城画角，一派秋声入寥廓——客舍里的捣衣声，应和着孤城的号角声，交织成一片秋声，传向那空阔的天穹。别馆：客馆。庾信《哀江南赋》：“三日哭于都亭，三年囚于别馆。”寒砧：捣衣石。唐沈佺期《独不见》诗：“九月寒砧催木叶。”

东归燕从海上去，南来雁向沙头落——东归的燕子从海上飞去，南来的鸿雁在沙渚上栖息。燕子东归，大雁南来，暗寓春去秋来，时序变换。岁月悄悄地流逝，忙碌的人们像候鸟一样奔波不息。

楚台风，庾楼月，宛如昨——楚襄王游兰台时和煦的清风，庾亮登南楼时皎洁的月光，依旧像往昔一样美好。宋玉《风赋》：“楚王游于兰台，有风飒至，王乃披襟以当之曰：‘快哉此风。’”《世说新语·容止》及《晋书·庾亮传》载，庾亮尝为江荆豫州刺史，治武昌，曾与僚吏殷浩、王胡之等登南楼赏月，谈咏竟夕。后江州州治移浔阳，好事者遂于此建楼，名为“庾公楼”。风月依旧美好，然而像楚襄王和庾亮这些风云一时的历史人物，今安在哉？由此引起下片的抒情。

无奈被些名利缚，无奈被他情担阁，可惜风流总闲却——可惜我总被名缰利锁束缚，又被世情俗务担搁，把风流的怀抱白白地闲掷，虚度了许多美好幸福的时光。

当初漫留华表语，而今误我秦楼约——作者后悔当初向皇帝提出了改革的意见，而今又贻误了秦楼美女的盟约。华表：古代用以表示王者纳谏或指路的木柱，或者是古代立于宫殿、城垣和陵墓前的石柱。此处指王者纳谏。秦楼：《汉乐府·陌上桑》：“日出东南隅，照我秦氏楼。秦氏有好女，自名为罗敷。”秦楼约代指君臣关系。这里是喻指君臣关系的变故，回想起来，惆怅万分。

梦阑时，酒醒后，思量着——在睡梦中，在酒醒后，不由得沉浸在人生的思考之中。在此作者流露出对人生的迷惘，对自己所走过的人生道路产生了怀疑，带有浓厚的消极色彩。

本词的上片借秋景写愁绪。李攀龙《草堂诗余隽》说：“不着一愁语，而寂寂景色，隐隐在目，洵一幅秋光图。”而在燕子、鸿雁各有所归的描写中，透露出作者无所归依的惆怅。下片抒发作者的人生感慨。在政治上不能如愿，又被名利所束缚，又经历了君臣关系的变故，生活的失落使他在梦醒后、酒醒时沉浸在人生的思考之中。推测此词是王安石变法失败后所作。杨慎《词品》说：“荆公此词，大有感慨，大有见道语。”王安石一生无风流韵事，词中的“秦楼约”，以美人喻君王，是借以寄托抒发个人感慨之辞。

南乡子

王安石晚年罢相闲居金陵，由于政治上受到压抑，所以经常用诗词排遣心中的郁闷。在他那些看似“闲淡”的诗词中，蕴含着深深的郁闷。词中流露出人生如幻梦、世事如流水的思想。

自古帝王州，郁郁葱葱佳气浮。四百年来成一梦，堪愁！晋代衣冠成古丘。　　绕水恣行游，上尽层城更上楼。往事悠悠君莫问，回头。槛外长江空自流。

自古帝王州，郁郁葱葱佳气浮——金陵自古就是帝王州。三国时吴国的孙权，东晋的司马睿，南朝的宋、齐、梁、陈都曾在金陵建都。金陵一带山水环绕、树木茂密，一片葱茏，空中飘浮着帝王之气。

四百年来成一梦，堪愁——四百年来，六朝的兴废仿佛一场梦，令人忧愁。金陵作为六朝的帝都共322年，五代南唐在金陵建都38年。作为帝王州的金陵城共有360年的历史。四百年是据约数而言。

晋代衣冠成古丘——李白《登金陵凤凰台》有“吴宫花草埋幽径，晋代衣冠成古丘”的诗句。东晋的士大夫已成为古墓，当年东晋王朝的历史人物都已成为历史的陈迹。

绕水恣行游，上尽层城更上楼——尽情地绕着江边漫步赏景。登上城墙，再登上城楼。唐代诗人王之涣《登鹳雀楼》有“欲穷千里目，更上一层楼”之句。王安石此时欲登临远眺。

往事悠悠君莫问，回头——六朝的兴废都仿佛是一场梦，那么自己所经历的往事又有什么值得一问的呢？不必再回忆那令人伤感的往事了。

槛外长江空自流——王勃的《滕王阁》诗中有“阁中帝子今何在？槛外长江空自流”之句。王安石登高远眺，望着滚滚东去的长江水，产生了世事如流水、人生如幻梦的感觉。

这首词中，王安石把六朝的兴废看成一场梦，而对自己的人生经历，觉得不值一问。这种人生如幻梦、世事如流水的思想似乎有些消极，但经历了两次罢相后闲居金陵的政治家，心中非常孤独压抑，作者借闲游排遣他退居后郁闷的心情，借咏史抒发他人生如梦的感叹。

词中多次化用唐人名句，妥帖自然。

菩萨蛮

这首词是王安石晚年退居在江宁（今江苏省南京市）半山之作。《能改斋漫录》记载：“王荆公筑草堂于半山，引入功德水作小港，其上叠石作桥，为集句填菩萨蛮。”这首词是叙写他的闲适生活，抒发了故作旷达的感情。

数家茅屋闲临水，轻衫短帽垂杨里。花是去年红，吹开一夜风。　梢梢新月偃，午醉醒来晚。何物最关情？黄鹂一两声。

新解

数家茅屋闲临水，轻衫短帽垂杨里——新建的草堂依山傍水，环境幽雅。周围有“数家”邻居，既不孤单，又不喧闹。在草堂前的垂柳下，一位轻衫短帽的老人悠闲地漫步。“轻衫短帽”是便服，这里指代一位不穿官服的隐居者，这就是诗人王安石。

花是去年红，吹开一夜风——此处有的版本是“今日是何朝？看予度石桥”。一夜春风吹开了像去年一样鲜艳的红花。唐代诗人刘希夷《代悲白头翁》：“年年岁岁花相似，岁岁年年人不同。”此刻的王安石或许会感到风景依旧，人事皆非。王安石是一位政治家，他推行“新法”，受到旧党的排斥，两次罢相，被迫隐居，词人能忘却尘世的烦恼吗？

梢梢新月偃，午醉醒来晚——看来是没有忘记尘世的烦恼，只好借酒浇愁。中午喝醉酒，一直到月上树梢刚刚酒醒，喝了个酩酊大醉，来逃避烦恼。

何物最关情？黄鹂一两声——有的版本是“何许最关情？黄鹂三两声”。让我动情的是黄鹂婉转动听的歌唱，此外的一切都无所谓了。这不过是作者故作旷达的自我解脱之辞，借以表现他归隐之后怡然自得的情怀。

王安石以精炼的笔墨勾勒出美丽如画的自然风光，悠闲恬静是词人着意营造的意境，借此来表达他洒脱旷达之情，以求精神上的解脱。

上片“花是去年红，吹开一夜风”，有的版本为“今日是何朝？看予度石桥”。《苕溪渔隐丛话》认为还是“花是去年红，吹开一夜风”较胜。

桂枝香

金陵怀古

这首词写于作者再次罢相后，约宋英宗治平四年（1067）出知江宁府时（治所在今江苏南京市）。金陵怀古是骚人墨客经常吟咏的题目。在同类作品中，王安石压倒众人，原因在于作者以开阔的眼界、博大的胸襟来俯仰古今，通过怀古，谴责六朝君王“繁华竞逐”，不修政事，武备衰弛，导致亡国。通过对六朝历史的反思，表现出对现实社会危机的忧虑。实有借历史警诫当朝之意。

登临纵目，正故国晚秋，天气初肃。千里澄江如练，翠峰如簇。归帆去棹残阳里，背西风酒旗斜矗。彩舟云淡，星河鹭起，画图难足。　　念往昔，豪华竞逐。叹门外楼头，悲恨相续。千古凭高，对此漫嗟荣辱。六朝旧事如流水，但寒烟衰草凝绿。至今商女，时时犹唱，《后庭》遗曲。

新解

登临纵目，正故国晚秋，天气初肃——在晚秋的季节里，万物刚刚开始凋落消残，空中弥漫着肃杀之秋气，诗人登山临水，极目远眺，六朝故都金陵尽收眼底。故国：指六朝故都金陵。东吴、东晋、南朝宋、齐、梁、陈，六朝都曾建都于金陵。

千里澄江如练，翠峰如簇——南朝齐谢朓《晚登三山还望京邑》有"澄江静如练"之句。清澈的长江好像飘动着的一匹白色绢帛，绿色的山峰簇拥在一起。簇：攒聚。

归帆去棹残阳里，背西风酒旗斜矗——棹是指船桨，常代指船。在夕阳残照中，江面上船只往来，在秋风中，酒店标识的旗帜斜插着，随风飘扬。

彩舟云淡，星河鹭起，画图难足——天高云淡，游艇画船在江上飘荡，长江与秦淮河相汇于白鹭洲，仿佛天上的银河倒映在水中，白鹭纷飞。登山临水所见的美景，是图画也难以完美地表现出来的。

念往昔，豪华竞逐——回顾往昔，人们竞相追求豪华奢侈的生活。由此转入怀古。

叹门外楼头，悲恨相续——唐杜牧《台城曲》："门外韩擒虎，楼头张丽华。"韩擒虎为隋朝大将，统兵伐陈，陈后主（陈叔宝）还和宠姬张丽华在结绮阁寻欢作乐。陈后主、张丽华被韩擒虎俘获，陈亡于隋。门外：指建康正南门的朱雀门，韩擒虎统兵从此门攻入城内。楼头：指陈后主和张丽华寻欢作乐的结绮阁。由于统治者竞逐繁华，所以六朝亡国的悲剧，接连不断地重演。

千古凭高，对此漫嗟荣辱——登高凭栏远望，缅怀千古往事，不禁要感叹六朝的兴衰荣辱，六朝皆因奢华而相继覆亡。

六朝旧事如流水，但寒烟衰草凝绿——门外楼头、悲恨相续的六朝旧事已随时日并逝，成为过去，六朝繁华的遗迹已凝结在带有寒意的绿色云烟中。

至今商女，时时犹唱，《后庭》遗曲——唐杜牧《泊秦淮》诗："商女不知亡国恨，隔江犹唱《后庭花》。"《玉树后庭花》是陈后主所作，曲辞哀怨绮靡，其中有"花开不复久”的话，后人视之为亡国之音。至今卖唱的歌女，还经常唱《玉树后庭花》，寄寓了诗人警世伤时之意。商女：歌女。

这首词上片写景，下片怀古。上片以“登临纵目”四字领起，逐层展现了“故国晚秋”中江山风物的美景，后总赞为“画图难足”。下片以“念往昔，繁华竞逐”一句转入怀古，感叹六朝因竞逐繁华而相继覆亡，由古及今，末三句落到“至今”，点化了杜牧的《泊秦淮》，寓警世伤时之意，为当时传诵的名篇。

这首词意境壮阔高远，与作者豪放深沉之心绪相合。王安石抓住对金陵山水风物的鲜明感受加以描绘，自铸新辞，笔力遒劲，意境开阔，含意深刻。

《增修笺注草堂诗馀·后集》卷上引杨湜的《古今词话》云：“金陵怀古，诸公寄词于《桂枝香》凡三十馀首，独介甫最为绝唱。东坡见之，不觉叹息曰：‘此老乃野狐精也！’”

北宋词坛尚未突破“词为艳科”的樊篱，王安石的这首词无疑是为婉约词开辟了一个新天地。全词用典妥帖，情景交融，古今辉映。

◎文

送孙正之序

题解

这篇文章写于庆历二年(1042)闰九月,是给好友孙侔的一篇赠序。当时王安石在扬州以进士任签书淮南判官。孙侔,字正之,吴兴(今浙江湖州市)人。早年丧父,事母尽孝。孙侔性情孤傲,文风奇古,多次被人推荐,从不接受官职,流寓江淮一带,与王安石、曾巩等人交往。王安石把他视为当时少有的独行君子,甚至与孟轲、韩愈相提并论。文中高度赞扬了孙侔历经艰难困苦的生活,不改变自己的志向、不屈从世俗潮流的独特个性,并勉励他只要坚持不懈,他的志向一定能够实现,一定会得到君主的赏识,发挥真正儒者的政治作用。

时然而然,众人也[1];己然而然,君子也。己然而然,非私己也[2],圣人之道在焉尔。夫君子有穷苦颠跌,不肯一失诎己以从时者[3],不以时胜道也。故其得志于君,则变时而之道[4],若反手然,彼其术素修,而志素定也。时乎杨墨[5],己不然者,孟轲氏而已[6];时乎释老[7],己不然者,韩愈氏而已。如孟、韩者,可谓术素修,而志素定也,不以时胜道也。惜也,不得志于君,使真儒之效,不白于当世!然其于众人也,卓矣。呜呼!吾观今之世,圆冠峨如[8],大裙襜如[9],坐而尧言,起而舜趋,不以孟韩之心为心者,果异众人乎?

予官于扬[10],得友曰孙正之。正之行古之道,又善为古文,予知其能以孟、韩之心为心而不已者也。夫越人之望燕为绝域也[11],北辕而首之[12],苟不已,无不至。孟、韩之道去吾党[13],岂若越人之望燕哉?以正之之不已,而不至焉,予未之信也。一日得志于吾君,而真儒之效,不白于当世,予亦未之信也。

正之之兄官于温[14],奉其亲以行。将从之,先为言以处予[15],予欲默,安得而默也?

庆历二年闰九月十一日。

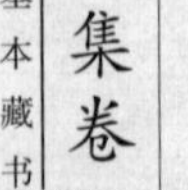

〔1〕众人：一般人，世俗之辈。

〔2〕非私己也：并不是偏爱自己，自以为是。

〔3〕诎(qū)：屈枉，这里是使动用法，意思是强迫自己改变立场。

〔4〕则变时而之道：就要改变时俗潮流使它趋于治国之道。之，动词，前往，趋于。

〔5〕杨墨：战国时期著名思想家杨子（杨朱）、墨子（墨翟），他们的学说与儒家相对立。《孟子·滕文公下》曾说："杨墨之道不息，孔子之道不著，是邪说诬民，充塞仁义也。"意思是杨朱、墨翟的学说不消灭，孔子的学说就无法发扬光大，这是因为荒谬的邪说欺骗了百姓，阻塞了仁义的道路。

〔6〕孟轲氏而已：只有孟轲一人罢了。孟子极力抨击杨墨学说。

〔7〕释老：佛教的始祖释迦牟尼、道教的始祖老子（老聃），这里指佛教、道教。

〔8〕圆冠峨如：头戴大礼帽高高耸起的样子。如，形容词词尾。

〔9〕大裙襜如：大裙是古代贵族官僚下身穿的衣服。襜如，整齐的样子。

〔10〕予官于扬：我在扬州作官。

〔11〕越人之望燕为绝域也：越国人认为燕国是极其遥远难以到达的地方。

〔12〕北辕而首之：驾起车子向北出发。首，动词，出发。

〔13〕吾党：我辈，我等。

〔14〕温：温州，今浙江省温州市。

〔15〕处：古时朋友分别，互相赠以善言。有安排、嘱咐之意。

王安石与孙侔的友谊真挚，互相鞭策，互相勉励。文中将"众人"与"君子"对比，用孟轲、韩愈与孙侔相比，突出了孙侔独行君子的鲜明个性。而对头戴圆冠、身着大裙的达官贵人之流的嘲讽，作者表现出愤慨与不满。

同学一首别子固

这篇文章是庆历三年（1043）王安石在扬州任签书淮南判官时所作，此时年方23岁。当时范仲淹、欧阳修等提倡关心国事，崇儒术，倡古文，在这种学风的影响下，曾巩写《怀友》赠王安石，王安石以此作答。王安石也曾写过《送孙正之序》，这些文字都是北宋文人青年时好学上进风范的写照。这篇文章主要是写曾巩，也谈到了孙正之，表现出三人志同道合、互相激励的学习情况。

江之南有贤人焉，字子固〔1〕，非今所谓贤人者，予慕而友之；淮之南有贤人焉，字正之〔2〕，非今所谓贤人者，予慕而友之。二贤人者，足未尝相过也，口未尝相语也〔3〕，辞币未尝相接也〔4〕；其师若友〔5〕，岂尽同哉？

予考其言行，其不相似者何其少也！曰：“学圣人而已矣。”学圣人，则其师若友，必学圣人者。圣人之言行，岂有二哉？其相似也适然[6]。

予在淮南，为正之道子固，正之不予疑也；还江南，为子固道正之，子固亦以为然。予又知所谓贤人者，既相似又相信不疑也。子固作《怀友》一首遗予，其大略欲相扳以至乎中庸而后已[7]。正之盖亦尝云尔。夫安驱徐行，轥中庸车庭[8]，而造于其室[9]，舍二贤人者而谁哉？予昔非敢自必其有至也，亦愿从事于左右焉尔，辅而进之其可也。

噫！官有守[10]，私有系[11]，会合不可以常也[12]。作《同学》一首别子固，以相警[13]，且相慰云。

〔1〕子固：曾巩（1019—1083），字子固，建昌南丰（今江西南丰县）人。宋仁宗嘉祐二年（1057）中进士，官至中书舍人。曾巩善文，风格从容，是唐宋八大家之一，著有《元丰类稿》等。

〔2〕正之：孙侔，一字少述，吴兴（今浙江吴兴）人。知扬州刘敞荐之，授校书郎扬州州学教授。林子中为之作传，载《宋文鉴》。

〔3〕足未尝相过也，口未尝相语也：足未曾往来过，口未曾交谈过。

〔4〕辞币未尝相接也：书信、礼物也不曾交换过。辞，言辞，指书信。币，相互赠送的礼品。原来只用丝织物，后来包括车马玉帛等。

〔5〕若：连词，及，与。

〔6〕适然：恰好这样。

〔7〕扳（pān）：通“攀”，援引。　中庸：儒家的伦理思想。指处理事情不偏不倚、无过与不及的态度。儒家认为中庸是最高的道德标准。

〔8〕轥（lìn）：车轮碾过，这里用为动词。

〔9〕而造于其室：然后到达它的内室。造，往，到。

〔10〕官有守：官员有官员的职守。

〔11〕私有系：私人有琐事牵挂。系，牵制，羁绊。

〔12〕会合不可以常也：不能经常相聚。会合，朋友相聚。

〔13〕警：告诫，勉励。

曾巩和孙侔，都是王安石志同道合的朋友。深厚的友谊是建立在共同志趣、共同追求的基础之上的。朋友们虽然各居一方，不能经常相聚，诗文赠答、互相勉励，也感到欣慰。文中叙交游，论修养，语浅意深，足可回味；末尾依依不舍，临别相赠数语，足见君子之交既重于情，又合乎道。纯真的友谊从朴素、淡雅的叙述和议论中自然地流露出来。

上杜学士言开河书

题解

宋仁宗庆历七年(1047),王安石调任鄞县(今浙江省宁波市鄞州区)知县。他怀着改革政治、发展农业的信念,一到任,就花了十三天的时间,对全县的水利情况进行调查研究。这是他写给地方长官杜杞学士的一封信,信中报告了鄞县的情况,陈述了他动员百姓兴修水利的意见。

十月十日,谨再拜奉书运使学士阁下[1]:某愚不更事物之变[2],备官节下[3],以身得察于左右[4],事可施设[5],不敢因循苟简,以孪大君子推引之意[6],亦其职宜也[7]。

鄞之地邑,跨负江海[8],水有所去,故人无水忧。而深山长谷之水,四面而出,沟渠浍川[9],十百相通。长老言[10],钱氏时置营田吏卒[11],岁浚治之[12],人无旱忧,恃以丰足[13]。营田之废,六七十年,吏者因循,而民力不能自并[14]。向之渠川[15],稍稍浅塞,山谷之水,转以入海而无所潴[16]。幸而雨泽时至,田犹不足于水,方夏历旬不雨,则众川之涸,可立而须[17]。故今之邑民,最独畏旱,而旱辄连年[18]。是皆人力不至,而非岁之咎也[19]。

某为县于此,幸岁大穰[20]。以为宜乘人之有余,及其暇时[21],大浚治川渠,使有所潴,可以无不足水之患。而无老壮稚少[22],亦皆惩旱之数[23],而幸今之有余力,闻之翕然[24],皆劝趋之[25],无敢爱力[26]。夫小人可与乐成,难与虑始[27]。诚有大利,犹将强之,况其所愿欲哉!窃以为此亦执事之所欲闻也[28]。伏惟执事聪明辨智,天下之事,悉已讲而明之矣[29],而又导利去害,汲汲若不足[30]。夫此最长民之吏当致意者[31],故辄具以闻州[32],州既具以闻执事矣。顾其措事之详,尚不得彻[33]。辄复条件以闻[34],唯执事少留聪明[35]。有所未安[36],教而勿诛[37],幸甚。

〔1〕再拜:一拜再拜,是古人恭敬的礼节。后来“再拜”成了表示恭敬的套话。

〔2〕不更事物之变:意思是阅历短浅,不懂得世故。更,经历。变,事变,这里指世故。

〔3〕节下:部下。古时朝廷派官员巡视地方,授予符节作凭证。杜杞时任两浙转运使,是朝廷派下来

的。

〔4〕以身得察于左右：我自己得到了您的督察。身，亲身，自己。左右，古代在书信中称呼对方，不直接说他的姓名，只说在他左右的人，表示尊敬。

〔5〕施设：部署，安排。

〔6〕以辜大君子推引之意：以致辜负您推荐引进我的好意。辜，辜负。大君子，尊称杜学士。推引，推荐引进。

〔7〕亦其职宜也：这也是我的职责应该如此。职，职责。宜，应该这样。

〔8〕跨负江海：横越甬江，背靠东海。跨，跨越。负，背着。江，这里指甬江。

〔9〕浍（kuài）：田间水道。

〔10〕长老：老一辈人。

〔11〕钱氏时置营田吏卒：五代十国时吴越王钱氏曾经设置营田的官兵。钱氏，指五代十国时吴越王钱镠。营田吏卒，官家招收破产的农民，给予房舍，替官家种田，叫营田。营田设有专人管理，叫营田吏卒。

〔12〕岁浚（jùn）治之：每年疏通整治河道。浚，疏通，挖深。

〔13〕恃以丰足：依靠通畅的河道得以丰衣足食。恃（shì），依仗，靠着。

〔14〕自并：自己组织起来。

〔15〕向：旧时的意思。

〔16〕潴（zhū）：水停聚的地方。这里用作动词，蓄水。

〔17〕可立而须：等待不久，可以立刻到来。须，等待。

〔18〕辄（zhé）：往往。

〔19〕咎（jiù）：错误，过失。

〔20〕穰（ráng）：丰收。

〔21〕暇：闲暇，这里指农闲。

〔22〕无老壮稚少：无论老人、青壮年还是小孩。

〔23〕亦皆惩旱之数：有过多次遭受灾害的教训。惩，警戒。数（shuò），多次。

〔24〕翕（xī）然：一致应和的样子。翕，和顺，协调。

〔25〕皆劝趋之：都相互勉励去疏通河道。劝，勉励。趋，前往参加的意思。之，指疏通河道。

〔26〕爱力：舍不得出力。爱，吝惜。

〔27〕“夫小人可与乐成”两句：出自《商君书·更法》：“民不可与虑始，而可与乐成。”王安石同商鞅的看法一致，认为不能和老百姓一起商量大事，只能和他们分享成功的欢乐。这是士大夫的偏见。小人，指百姓。

〔28〕执事：原指左右办事的人，古人在书信中，为了表示尊敬，常常称对方为执事。这里指杜学士。

〔29〕讲：谋划。

〔30〕汲（jí）汲：急急忙忙的样子。

〔31〕长（zhǎng）民：做人民的长上，即统治人民。

〔32〕故辄具以闻州：因此就详细地上报给州里。具，完备，详细。闻，上报。

〔33〕彻：通，这里指到达。

〔34〕条件：分条、分件。指随信的附件。

〔35〕唯执事少留聪明：敬请您对此事稍稍留心。少，稍稍。聪明，聪指听觉，明指视觉，听听看看，指留心，留意。

〔36〕有所未安：有什么不妥的地方。安，妥当。

〔37〕教而勿诛：希望给予指教而不要责备。诛，责备。

这封信是王安石深入实际调查研究的结果，写得具体详细，内容充实。陈述的意见，有一定的可行性。信中对鄞县水利的历史与现状进行了对比，对目前兴修水利的主客观条件进行了分析，然后提出必须动员百姓，兴修水利，整治失修的河道，蓄水防旱，才能获得农业的丰收。

文章围绕“开河”一事，首先论证开河的必要性，然后论证其可能性，最后再从职守方面说明“导利去害”的责任感。文章结构严谨，逻辑性强，富有说服力。

与马运判书

这篇文章是王安石在宋仁宗庆历七年(1047)任鄞县知县时写给发运使判官马遵的一封回信。庆历六七年间，北宋发生旱灾，汴水干涸，东南各地饥荒严重，加之官僚地主盘剥，更加重了人民的灾难，国家财政困难。王安石在信中分析了财政困难的原因，并提出了相应的建议。

运判阁下〔1〕：比奉书〔2〕，即蒙宠答〔3〕，以感以怍〔4〕，且承访以所闻〔5〕，何阁下逮下之周也〔6〕！尝以谓方今之所以穷空，不独费出之无节，又失所以生财之道故也。富其家者资之国〔7〕，富其国者资之天下，欲富天下则资之天地。盖为家者，不为其子生财；有父之严而子富焉，则何求而不得？今阖门而与其子市〔8〕，而门之外莫入焉，虽尽得子之财，犹不富也。盖近世之言利虽善矣，皆有国者资天下之术耳，直相市于门之内而已〔9〕，此其所以困与？在阁下之明，宜已尽知，当患不得为耳。不得为，则尚何赖于不肖者之言耶？

今岁东南饥馑如此〔10〕，汴水又绝〔11〕，其经画固劳心〔12〕。私窃度之〔13〕，京师兵食宜窘〔14〕，薪刍百谷之价亦必踊〔15〕。以谓宜料畿兵之驽怯者就食诸郡〔16〕，可以舒漕挽之急〔17〕。古人论天下之兵，以为犹人之血脉，不及则枯〔18〕，聚则疽〔19〕，分使就食，亦血脉流通之势也。倘可上闻行之否〔20〕？

〔1〕运判：这里指马运判，名遵，字仲涂，饶州(今江西波阳县)人，当时任江淮荆湖两浙制置发运判官，简称运判。

〔2〕比奉书：近来给您呈送一封信。比，近来。奉，呈送。

〔3〕宠答：宠爱回信。宠，宠爱，对上级表示尊敬的话。

〔4〕以感以怍(zuò)：又是感激，又是惭愧。以，又，用作连词。怍，惭愧。

〔5〕访：询问。

〔6〕逮下之周：对待下级很周到。逮，及。这里有对待的意思。

〔7〕资之：取之于，引申为有赖于的意思。

〔8〕今阖门而与其子市：如今关起门来与自己的儿子做买卖。阖门，关门。市，交易，做买卖。

〔9〕直：简直。

〔10〕今岁东南饥馑如此：指宋仁宗庆历七年(1047)，东南地区大旱，饥荒严重。

〔11〕汴水：古水名，指当时出江苏扬州通向汴京(今河南省开封市)的运河。

〔12〕经画：经营谋划的意思。

〔13〕私窃度之：我私下考虑这个问题。

〔14〕京师兵食宜窘：京都驻军的军粮大概也困难了。宜，大概。窘，困难。

〔15〕薪刍百谷之价亦必踊：柴草、谷物的价钱也一定会上涨。薪，柴。刍，喂牲畜的草。百谷，谷类。踊，物价上涨。踊是跳的意思。

〔16〕以谓宜料畿兵之驽怯者就食诸郡：我认为应当检查一下京都地区的驻军，那些老弱的士兵可以分配到各地去驻扎，就地解决粮饷问题。料，料理，这里是检查的意思。畿兵，驻京都周围的士兵。驽(nú)怯，低劣、胆怯。这里指老弱的士兵。

〔17〕可以舒漕挽之急：可以缓解水陆运输的紧张情况。漕，水路运输。挽，拉车，指陆路运输。

〔18〕不及：指血脉流通不到。

〔19〕疽(jū)：一种毒疮，这里指血脉不流通。

〔20〕倘：或许，也许。

王安石在这封信中指出了造成国家财力困乏的原因，不仅在于用度没有节制，而且因为没有发展生产开发财源。当时的大官僚大地主不是想办法向自然索取财富，而是靠加重对人民的剥削来增加收入，对此王安石运用父子二人关门做生意不能增加财富的生动比喻，幽默地阐明了“欲富天下则资之天地”的见解，国家财政必须与社会生产相联系，只有大力发展农业，才能奠定富裕的国家财政基础。王安石在信中还提出了一些具体的办法来缓解国家财政困难，如解决京城周围驻军粮草困难，缓解运输困难，减轻人民负担等建议。

上运使孙司谏书

题解

这篇文章写于庆历九年(1049),王安石在鄞县(今浙江宁波)任知县时,对官府缉查私盐,迫害沿海渔民表示不满。他关心民生疾苦,为民请命,给地方长官上书。宋朝对食盐采取政府专卖和官营商销两种办法。官府和商人相互勾结,盘剥盐民。东南沿海一带的渔民,以煮私盐贩卖为生。州官为了查禁私盐,竟出钱奖励告发煮售私盐之人,结果逼得盐民没有生路,成为海盗。王安石认为这种措施不但不能补足国家的财政,而且还激起了人民的怨恨,加剧了社会危机,这无异于抱薪救火。王安石以知县的身份上书,请求上级收回成命。表现出王安石改革弊政的愿望。

伏见阁下令吏民出钱购人捕盐[1],窃以为过矣[2]。海旁之盐,虽日杀人而禁之,势不止也。今重诱之,使相捕告[3],则州县之狱必蕃[4],而民之陷刑者将众[5]。无赖奸人,将乘此势,于海旁鱼业之地,骚动艚户[6],使不得成其业。艚户失业,则必有合而为盗,贼杀以相仇者。此不可不以为虑也。

鄞于州,为大邑。某为县于此两年[7],见所谓大户者,其田多不过百亩,少者至不满百亩。百亩之直[8],为钱百千;其尤良田,乃直二百千而已。大抵数口之家,养生送死,皆自田出;州县百须,又出于其家。方今田桑之家,尤不可时得者,钱也。今责购而不可得[9],则其间必有鬻田以应责者[10]。夫使良民鬻田以赏无赖告讦之人[11],非所以为政也。又其间必有扞州县之令而不时出钱者[12],州县不得不鞭械以督之[13]。鞭械吏民,使之出钱以应捕盐之购,又非所以为政也。

且吏治宜何所师法也[14]?必曰:古之君子。重告讦之利以败俗,广诛求之害[15],急较固之法[16],以失百姓之心,因国家不得已之禁而又重之,古之君子盖未有然者也[17]。犯者不休,告者不止,粜盐之额不复于旧[18],则购之势未见其止也。购将安出哉[19]?出于吏之家而已,吏固多贫而无有也;出于大户之家而已,大家将有由此而破产失职者。安有仁人在上,而令下有失职之民乎?

〔1〕伏：表敬副词。 购：悬赏征聘。 捕盐：缉捕出售私盐的渔民。

〔2〕窃以为过也：我私下认为这样不对。窃，表谦副词，私下。

〔3〕捕告：捕捉，告发。

〔4〕州县之狱必蕃：州县里的案件一定会增加。狱，司法案件。蕃，增多。

〔5〕陷刑：被处刑罚。

〔6〕骚动艚户：骚扰船户。艚（cáo）户，船户，渔民。

〔7〕某为县于此两年：卑职来到这里做知县已经两年了。王安石于庆历七年（1047）任鄞县知县，至此已两年。

〔8〕直："值"的通假字，价钱。

〔9〕责购：强行要人民出钱来悬赏缉捕私盐。

〔10〕鬻（yù）田：卖地。

〔11〕告讦（jié）：告发阴私。

〔12〕扞（hàn）：触犯。

〔13〕鞭械：用作动词，鞭打，上枷。

〔14〕且吏治宜何所师法也：再说做官吏的人应该效法什么样的人呢？师法，动词，效仿学习。

〔15〕广诛求之害：扩大征收索求的危害。诛求，征求，索求。

〔16〕急较固之法：加重查禁私盐的刑罚。急，用为动词，严厉，从严执行禁盐的法令。较固，明确禁止。固是"锢"的通假字。

〔17〕盖：语气副词，大概，恐怕。 然：如此，这样。

〔18〕粜盐之额不复于旧：出卖食盐的数额不能恢复到过去。粜（tiào），卖出。复，恢复。

〔19〕安：疑问代词，哪里。

在上之仁人，有所为则世辄指以为师[1]，故不可不慎也。使世之在上者指阁下之为此而师之，独不害阁下之义乎？上好是物，下必有甚者[2]。阁下之为方尔[3]，而有司或以谓将请于阁下，求增购赏以励告者[4]。故某窃以谓阁下之欲有为，不可不慎也。

天下之吏，不由先王之道而主于利[5]，其所谓利者，又非所以为利也，非一日之积也[6]。公家日以窘，而民日以穷而怨。常恐天下之势，积而不已，以至于此。虽力排之[7]，已若无奈何[8]，又从而为之辞，其与抱薪救火何异[9]？窃独为阁下惜此也！在阁下之势，必欲变今之法令如古之为，固未能也；非不能也，势不可也。循今之法而无所变，有何不可？而必欲重之乎？

伏惟阁下常立天子之侧，而论古今所以存亡治乱，将大有为于世，而复之乎二帝三王之隆[10]。顾欲为而不得者也。如此等之事，岂待讲说

而明？今退而当财利责[11]，盖迫于公家用调之不足，其势不得不权事势而为此，以纾一切之急也[12]。虽然，阁下亦过矣，非所以得财利而救一切之道。阁下于古书，无所不观。观之于书，以古已然之事验之，其易知较然[13]，不待某辞说也[14]。枉尺直寻而利[15]，古人尚不肯为，安有此而可为者乎？

今之时，士之在下浸渍成俗[16]，苟以顺从为得，而上之人亦往往憎人之言，言有忤己者[17]，辄怒而不听之。故下情不得自言于上，而上不得闻其过，恣所欲为[18]。上可以使下之人自言者惟阁下，其职不得不自言者，某也。伏惟留思而幸听之[19]，文书虽已施行，追而改之，若犹愈于遂行而不反也[20]。干犯云云[21]。

注释

〔1〕有所为则世辄指以为师：有所行动，那么社会上就会以他们为榜样。辄(zhé)，往往，总是。

〔2〕上好是物，下必有甚者：出自《孟子·滕文公上》："上有好者，下必有甚焉者矣。"社会的上层人物喜欢这种事情，下层人必定有更加喜欢的。

〔3〕阁下为之方尔：阁下正在这样行事。尔，如此，这样。

〔4〕求增购赏以励告者：要求增加悬赏的金额用来鼓励告发的人。励，奖励，鼓励。

〔5〕主于利：以利益为宗旨。

〔6〕非一日之积也：不是持续了一两天了。积，持续，历时很久。

〔7〕排：反对，排斥。

〔8〕无奈何：没有办法处置。

〔9〕抱薪救火：出自《战国策·魏策》："以地事秦，譬犹抱薪而求火也，薪不尽而火不止。"比喻要清除灾害反而加重灾害。

〔10〕二帝三王：二帝是指尧、舜。三王是指夏禹、商汤、周文王和周武王；一说夏禹、商汤、周文王。

〔11〕今退而当财利责：现在后退一步，打算求得财政收益。当，将要。责，求得。

〔12〕以纾一切之急也：以便缓和一下暂时的财政困难。纾，缓和。一切，暂时。

〔13〕较然：明显的样子。

〔14〕不待某辞说也：不用我来说明解释了。某，即作者王安石。

〔15〕枉尺直寻：出自《孟子·滕文公下》，指小屈而大伸，比喻小处委屈而大处得利。寻为古代长度单位，一寻等于八尺。

〔16〕浸渍(zì)：逐渐习染。

〔17〕言有忤己者：有人说了不合自己心意的话。忤(wǔ)，逆着。

〔18〕恣(zì)：任凭，听任。

〔19〕伏惟：恭敬地请求。

〔20〕遂行：执行到底。

〔21〕干犯：冒犯。这里有出言鲁莽，冒犯之处请原谅之意。是古代书信中的客气话。

王安石关注现实，为民请命。文章剖析之深刻，语言之犀利，见识之卓越，辞气之凛然，充分反映出王安石体察民情、敢于直谏、改革弊政的气魄和才识。

游褒禅山记

褒禅山，旧名华山，在安徽省含山县北，山峦起伏，有山泉石洞，风景优美。宋仁宗皇祐三年(1051)至至和元年(1054)，王安石任舒州(今安徽省潜山县)通判，宋仁宗至和元年(1054)四月，任满回家探亲，在归途中游览此山，同年七月以追记的形式写下此文。

褒禅山亦谓之华山。唐浮图慧褒始舍于其址〔1〕，而卒葬之〔2〕；以故其后名之曰“褒禅”。今所谓慧空禅院者〔3〕，褒之庐冢也〔4〕。距其院东五里，所谓华山洞者〔5〕，以其乃华山之阳名之也〔6〕。距洞百馀步，有碑仆道〔7〕，其文漫灭〔8〕，独其为文犹可识，曰“花山”〔9〕。今言“华”如“华实”之“华”者〔10〕，盖音谬也〔11〕。

〔1〕浮图：梵(fàn)语(古代印度语)音译，也写作“浮屠”或“佛图”，本意是佛或佛教徒，这里指和尚。　慧褒：唐代高僧，贞观时人。　舍：筑舍定居，这里用作动词。

〔2〕卒葬之：死后葬在那里。

〔3〕慧空禅院：寺院名。

〔4〕庐冢(zhǒng)：也作“庐墓”。古时为了表示孝顺父母或尊敬师长，在他们死后的服丧期间，为守护坟墓而盖的屋舍，叫做“庐冢”。这里指慧褒的弟子在慧褒墓旁盖的屋舍。庐，屋舍。冢，坟墓。

〔5〕华山洞：南宋王象先《舆地纪胜》第四十八写作“华阳洞”。看正文下句，作华阳洞是。

〔6〕乃：为，是。

〔7〕仆道：“仆于道”的省略，倒在路旁。仆，跌倒。

〔8〕其文漫灭：碑文模糊，磨灭。文，指碑文。下文“独其为文”的“文”指碑上残存的字。

〔9〕独其为文犹可识，曰“花山”：只有从它仅存的字还可以辨认出“花山”的名称。

〔10〕言：说。

〔11〕盖音谬(miù)也：大概是由于读音错误。盖，承接上文，解释原因，有“大概”的意思。谬，错误。

其下平旷，有泉侧出，而记游者甚众——所谓前洞也。由山以上五六里，有穴窈然〔1〕，入之甚寒，问其深，则其好游者不能穷也——谓之后洞。余与四人拥火以入[2]，入之愈深，其进愈难，而其见愈奇。有怠而欲出者[3]，曰："不出，火且尽。"遂与之俱出。盖予所至[4]，比好游者尚不能十一[5]，然视其左右，来而记之者已少。盖其又深，则其至又加少矣[6]。方是时[7]，余之力尚足以入，火尚足以明也[8]。既其出[9]，则或咎其欲出者[10]，而余亦悔其随之[11]，而不得极夫游之乐也[12]。

〔1〕窈(yǎo)然：深远幽暗的样子。

〔2〕拥火：举着火把。拥，持、拿。

〔3〕怠：懈怠。

〔4〕盖：发语词，也含有"大概"的意思。

〔5〕不能十一：不及十分之一。不能，不及、不到。

〔6〕其至又加少：那些到(的人)更加少。加少，更少。加，更加。

〔7〕方是时：正当这个时候。方，当、正在。是时，指决定从洞中退出的时候。

〔8〕明：照明，这里用作动词。

〔9〕既其出：出洞以后。

〔10〕咎(jiù)：责怪。

〔11〕其：这里指自己。

〔12〕极：尽，这里有尽情享受的意思。

于是余有叹焉[1]。古人之观于天地、山川、草木、虫鱼、鸟兽，往往有得[2]，以其求思之深而无不在也[3]。夫夷以近[4]，则游者众；险以远，则至者少。而世之奇伟、瑰怪[5]、非常之观[6]，常在于险远，而人之所罕至焉，故非有志者不能至也。有志矣，不随以止也[7]，然力不足者，亦不能至也。有志与力，而又不随以怠，至于幽暗昏惑而无物以相之[8]，亦不能至也。然力足以至焉，于人为可讥[9]，而在己为有悔[10]；尽吾志也而不能至者，可以无悔矣，其孰能讥之乎[11]？此余之所得也。

〔1〕叹：感慨。

〔2〕得：心得，收获。

〔3〕以其求思之深而无不在也：因为他们探究、思考得深入而且广泛。无不在，没有不探究、思考到的。

〔4〕夷以近：路平而近。夷，平坦。以，而且。

〔5〕瑰怪：珍贵奇特。

〔6〕观：景象。

〔7〕随以：继之以。随，跟着、接着。

〔8〕幽暗昏惑：幽深昏暗，令人迷乱的地方。 相（xiàng）：帮助，辅助。

〔9〕于人为可讥：在别人看来是可以讥笑的。于，在。

〔10〕有悔：有所悔恨的。

〔11〕其：岂，难道。

余于仆碑[1]，又以悲夫古书之不存[2]，后世之谬其传而莫能名者[3]，何可胜道也哉[4]！此所以学者不可以不深思而慎取之也[5]。

四人者：庐陵萧君圭君玉[6]，长乐王回深父[7]，余弟安国平父[8]、安上纯父[9]。至和元年七月某日[10]，临川王某记[11]。

〔1〕仆碑：倒下来的石碑。

〔2〕以："以之"的省略，因此，由此。 悲：感叹。

〔3〕谬其传而莫能名者：弄错了它的流传文字，而没有人能够说明白的情况。谬，动词，弄错。其，指古书。名，这里用作动词，识其本名。

〔4〕何可胜（shēng）道：哪能说得完。胜，尽。

〔5〕此所以：这就是……的缘故。

〔6〕庐陵：今江西省吉安县。 萧君圭君玉：萧君圭，字君玉。

〔7〕长乐：今福建省长乐市。 王回深父（fǔ）：王回，字深父，北宋理学家。父，通"甫"。王安石的朋友。

〔8〕安国平父：王安国，字平父。父，通"甫"。王安石的弟弟。

〔9〕安上纯父：王安上，字纯父。父，通"甫"。王安石最小的弟弟。

〔10〕至和元年：公元 1054 年。至和，宋仁宗的年号。

〔11〕王某：王安石。古人作文起稿，写到自己的名字，往往只作"某"，或在"某"上冠姓，以后誊写时再把姓名写出。根据书稿编的文集，也常常保留"某"的字样。

这篇文章以游山探胜而未能"极夫游之乐"为出发点，说明"奇伟、瑰怪、非常之观"常在险远之处，人们想要到达那里，必须具备坚强的意志和足够的力量，同时还必须借助于一定的物质条件。其中，作者特别强调"志"——志向、意志，这和他后来百折不挠地推行新法的精神是一致的。此外，作者还从"碑仆道""文漫灭"，"华"、"花"音谬的情况，联想到对待传闻的材料应该采取正确的态度，提出"深思慎取"的告诫。这些对我们今天的治学、处事、创业都有借鉴意义。

王安石借游山来说明治学、处事的道理，不要浅尝辄止或半途而废，要克服困难持之以恒。前半部写游山时，已暗示治学、处事的道理，后半部分写治学又处处以游山为喻。

文章即事明理，在记叙的基础上发表议论，叙事和议论有机结合，前后紧密相扣。文中的记游,处处为说理埋下伏笔;议论则句句与记叙相呼应。记游和议论相互渗透,不可分割,足见作者谋篇布局之妙。当然这篇文章也有缺点,作者过分注重说理,写景寥寥数笔,形象性略显不足,作为一篇游记,艺术感染力不是很强。

芝阁记

题解

这是王安石于宋仁宗皇祐五年(1053)十月为好奇之士陈君建高阁藏灵芝而写的碑记。文章一方面回顾了宋真宗、宋仁宗两朝对待进献灵芝的不同态度以及形成的社会影响,强调实行教化的重大作用,委婉地讽劝天子改革政治,转变世风;另一方面对比同一灵芝处在不同时期、不同环境的不同遭遇,感叹士者的进退荣辱取决于时运,抒发了作者生不逢时、怀才不遇的愤懑之情。

祥符时〔1〕,封泰山〔2〕,以文天下之平〔3〕,四方以芝来告者万数〔4〕。其大吏〔5〕,则天子赐书以宠嘉之〔6〕;小吏若民〔7〕,辄赐金帛〔8〕。方是时,希世有力之大臣〔9〕,穷搜而远采;山农野老〔10〕,攀援狙杙〔11〕,以上至不测之高,下至涧溪壑谷。分崩裂绝,幽穷隐伏,人迹之所不通,往往求焉,而芝出于九州四海之间,盖几于尽矣〔12〕。至今上即位〔13〕,谦让不德〔14〕,自大臣不敢言封禅。诏有司〔15〕:以祥瑞告者〔16〕,皆勿纳〔17〕。于是神奇之产,销藏委翳于蒿藜榛莽之间〔18〕,而山农野老,不复知其为瑞也。则知因一时之好恶,而能成天下之风俗,况于行先王之治哉?

〔1〕祥符:大中祥符,为宋真宗(赵恒)的年号,此处为省称。

〔2〕封泰山:封建皇帝的祭天仪式。在泰山筑土为坛以祭天,感谢天恩,天下太平。

〔3〕文天下之平:粉饰天下太平的气象。文,用为动词,修饰,粉饰。

〔4〕四方以芝来告者万数:全国各地拿着灵芝到朝廷来报告的有几万人。芝,灵芝,菌类植物,寄生在枯树上,有白、黑、紫、赤等多种颜色,是名贵的中草药。古代认为灵芝是吉祥之物。

〔5〕其大吏:其中的大官。

〔6〕宠嘉:宠爱嘉奖。

〔7〕若:连词,和。

〔8〕辄赐金帛:就赐给银钱绢帛。

〔9〕希世有力之大臣:迎合世俗、握有权力的大臣。希世,迎合世俗。

〔10〕山农野老:山区的农民,乡下的老者。

〔11〕狙杙：山上的木桩，如同拴小猴的木桩。狙(jū)，猿类。杙(yì)，小木桩。

〔12〕几于：几乎，快要。

〔13〕至今上即位：到了当今皇上(指宋仁宗赵祯)即位。

〔14〕谦让不德：为人谦逊，不自居有德。

〔15〕有司：官吏。

〔16〕祥瑞：指吉祥的兆头或征象，如出现珍奇之物如麒麟、灵芝等。

〔17〕纳：接受。

〔18〕销藏委翳于蒿藜榛莽之间：都丢弃隐匿在野草、树丛中。委翳(yì)，丢弃隐藏。蒿藜，蒿艾藜菜，代指野草。榛莽，树丛杂草。

太邱陈君〔1〕，学文而好奇〔2〕。芝生于庭，能识其为芝。惜其可献而莫售也〔3〕，故阁于其居之东偏〔4〕，掇取而藏之〔5〕。盖其好奇如此。

噫！芝一也，或贵于天子〔6〕，或贵于士，或辱于凡民。夫岂不以时乎哉〔7〕！士之有道，固不役志于贵贱〔8〕，而卒所以贵贱者〔9〕，何以异哉？此予之所以叹也。

皇祐五年十月日记。

〔1〕太邱陈君：太邱人陈君。太邱，地名，在今河南永城县。陈君，生平事迹不详。

〔2〕好奇：爱好收藏珍奇之物。

〔3〕售：朝廷不肯接受。

〔4〕故阁于其居之东偏：所以就在他住宅东侧建了一座楼阁。阁，用为动词，建造楼阁。

〔5〕掇取而藏之：采下灵芝藏在楼阁里。掇(duō)：采摘。

〔6〕或贵于天子：有的被天子所珍视。

〔7〕夫岂不以时乎哉：这难道不是因为它们的时运不同吗？时，时运，时机。

〔8〕固不役志于贵贱：本来不会为地位的尊贵卑贱而用心思动脑筋。役志，用心，操心。

〔9〕卒所以贵贱者：最终地位尊贵或者卑贱的原因。卒，终于。

文章前一部分正面叙述，叙事生动；后一部分借题发挥，叹喟深沉。士人的命运像灵芝一样，进退荣辱取决于皇帝的好恶。

材　论

这篇文章阐明了人才的选拔、使用方法。王安石所说的人才，主要是为他变法革新服务的，王安石非常注重培养和选拔人才。

天下之患，不患材之不众，患上之人不欲其众[1]；不患士之不欲为，患上之人不使其为也。夫材之用，国之栋梁也，得之则安以荣[2]，失之则亡以辱。然上之人不欲其众，不使其为者，何也？是有三蔽焉[3]。其尤蔽者，以为吾之位可以去辱绝危[4]，终身无天下之患，材之得失无补于治乱之数[5]，故偃然肆吾之志[6]，而卒入于败乱危辱，此一蔽也。又或以谓吾之爵禄贵富足以诱天下之士[7]，荣辱忧戚在我，是否可以坐骄天下之士[8]，而其将无不趋我者，则亦卒入于败乱危辱而已，此亦一蔽也。又或不求所以养育取用之道，而諰諰然以为天下实无材[9]，则亦卒入于败乱危辱而已，此亦一蔽也。此三蔽者，其为患则同[10]。然而用心非不善，而犹可以论其失者，独以天下为无材者耳。盖其心非不欲用天下之材，特未知其故也[11]。

〔1〕上之人：指上层掌权人物，这里显然指权力最高的皇帝。

〔2〕以：同“而”，表示并列关系的连词，下一句用法相同。

〔3〕蔽：障碍。

〔4〕吾之位可以去辱绝危：我所处的地位可以排除耻辱，断绝危害。

〔5〕数：命运。

〔6〕偃(yǎn)然：安然。　肆：放纵。

〔7〕爵禄：官爵和俸禄。

〔8〕坐骄：自骄。这里指“上之人”那种高高在上、自以为是、骄傲自大的偏见。

〔9〕諰諰(xǐ)然：恐惧的样子。

〔10〕患：祸害。

〔11〕特：仅仅，只是。

且人之有材能者，其形何以异于人哉？惟其遇事而事治，画策而利害得[1]，治国而国安利，此其所以异于人者也。故上之人苟不能精察之，审用之，则虽抱皋[2]、夔[3]、稷[4]、契之智[5]，且不能自异于众，况其下者乎？世之蔽者方曰：“人之有异能于其身，犹锥之在囊，其末立见[6]，故未有有其实而不可见者也。”此徒有见于锥之在囊，而固未睹夫马之在厩也[7]。驽骥杂处[8]，其所以饮水食刍[9]，嘶鸣蹄啮[10]，求其所以异者盖寡。及其引重车，取夷路[11]，不屡策[12]，不烦御[13]，一顿其辔而千里已至矣[14]。当是之时，使驽马并驱方驾，则虽倾轮绝勒[15]，败筋伤骨，不舍昼夜而追之,辽乎其不可以及也,夫然后骐骥騕褭与驽骀别矣〔16〕。古之人君知其如此,故不以为天下无材,尽其道以求而试之耳。试之之道,在当其所能而已〔17〕。

〔1〕画策:出谋划策。

〔2〕皋:皋陶(gāoyáo),姓偃,相传曾被舜任命为负责刑法的官。

〔3〕夔(kuí):舜时的乐官。

〔4〕稷(jì):后稷,舜时的农官,为周朝的祖先,会种植百谷。

〔5〕契(xiè):相传为舜帝的司徒官,主管教化,助禹治水有功,封于商,为商朝的祖先。

〔6〕"犹锥之在囊"二句:此语见《史记·平原君列传》。比喻有杰出才能的人是不会被埋没的。囊,口袋。末,尖端。见,现。

〔7〕厩(jiù):马棚。

〔8〕驽(nú):劣马。　骥(jì):好马。

〔9〕刍(chú):喂牲畜的草。

〔10〕啮(niè):咬。

〔11〕夷路:平坦的路。

〔12〕策:鞭打。

〔13〕御:驾驶。

〔14〕顿其辔:拉扯驾驭牲口的嚼子和缰绳。顿,整顿,这里是拉扯。

〔15〕绝勒:扯断马笼头。勒,带嚼口的马笼头。

〔16〕骐骥騕褭:骏马騕褭。骐骥,良马。騕褭(yǎoniǎo),骏马名。

〔17〕"试之之道"两句:考察一个人的方法,要让他干适合于他的能力的工作。

夫南越之修簳〔1〕,镞以百炼之精金〔2〕,羽以秋鹗之劲翮〔3〕,加强弩之上而彍之千步之外〔4〕,虽有犀兕之捍〔5〕,无不立穿而死者,此天下之利器,而决胜觌武之所宝也〔6〕。然而不知其所宜用,而以敲扑,则无以异于朽槁之梃也〔7〕。是知虽得天下之瑰材桀智〔8〕,而用之不得其方,亦若此矣。古之人君,知其如此,于是铢量其能而审处之〔9〕,使大者小者长者短者强者弱者无不适其任者焉。其如是则士之愚蒙鄙陋者〔10〕,皆能奋其所知以效小事,况其贤能智力卓荦者乎〔11〕?呜呼!后之在位者,盖未尝求其说而试之以实也,而坐曰天下果无材〔12〕,亦未之思而已矣。

〔1〕修簳(gǎn):长的箭。修,长。

〔2〕镞(zú):箭头。这里用作动词,配上箭头。

〔3〕羽以秋鹗之劲翮:用秋鹗坚硬的翎管做箭尾。羽,这里用作动词,插上羽毛。鹗(è),鸟名,又叫鱼

鹰，是一种长翼凶猛的鸟。劲翮(hé)：坚硬的翎管，可造箭尾。

〔4〕弩(nǔ)：强弓。 彍(kuò)：张满弓弩。

〔5〕犀兕(sì)之捍：犀兕，像野牛似的凶猛野兽。犀有二角，兕是雄性，只有一角。捍，坚实。

〔6〕觌(dí)武：显示武力，崇尚武力。觌，相见。

〔7〕朽槁之梃(tǐng)：枯朽的棍子。槁(gǎo)，枯干。梃，棍子。

〔8〕瑰材桀智：奇伟杰出的人才。桀，同“杰”。

〔9〕铢量：仔细地衡量。铢，古代很小的重量单位，二十四铢为一两。

〔10〕愚蒙鄙陋：愚昧，粗鄙浅陋。

〔11〕卓荦(luò)：很突出，超过一般。

〔12〕坐：徒然，空。

盖闻古之人于材有以教育成就之，而子独言其求而用之者何也？曰：“因天下法度未立之先[1]，必先索天下之材而用之[2]，如能用天下之材，则所以能复先王之法度。能复先王之法度，则天下之小事无不如先王时矣，况教育成就人材之大者乎？此吾所以独言求而用之之道者。”

噫！今天下盖尝患无材可用者。吾闻之，六国合纵而辩说之材出[3]，刘、项并世而筹画战斗之徒起[4]，唐太宗欲治而谟谋谏诤之佐来[5]。此数辈者，方此数君未出之时，盖未尝有也；人君苟欲之，斯至矣。今亦患上之不求之、不用之耳。天下之广，人物之众，而曰果无材者，吾不信也。

〔1〕先：四部丛刊本、龙舒本都作“后”，此处据扫叶山房本改。

〔2〕索：探求寻找。

〔3〕六国合纵：指战国时齐、楚、燕、韩、赵、魏六国联合起来抗秦。因六国地连南北，故称合纵。 辩说：辩论、游说的人才出现。

〔4〕刘、项并世：刘邦和项羽同处一个时代。前206—前202年，刘邦和项羽进行了相持五年之久的楚汉战争。在这场战争中，双方都涌现出许多人才。

〔5〕唐太宗欲治而谟谋谏诤之佐来：唐太宗想要治理国家，而出谋献策、敢于诤谏的辅佐之臣前来投奔。谟谋谏诤，出谋献策，直言规劝。谟，谋议；佐，辅佐的人才。

文章开宗明意，指出人才的重要性，人才是国家的栋梁，“得之则安以荣，失之则亡以辱”。揭示出上层统治者不重视人才的三种偏见，进而提出了选拔人才的正确方法。作者以马为喻，形象地说明要在实践中考察和发现人才；又以箭为喻，生动地阐述了量才使用的方法。最后，作者以战国、秦汉和唐太宗时期的历史事实，论述了人才总是适应时势而产生的，从而驳斥了“天下无材”的错误认识，指出地广人多，人才济济，问题在于是否发现人才，重视人才。

读《孟尝君传》

这是王安石读《史记·孟尝君列传》后写的心得。孟尝君，姓田，名文。战国时齐国的公子，食邑于薛（今山东滕县南）。他和当时赵国的平原君，楚国的春申君，魏国的信陵君，都以好客养士出名，号称“四公子”。这篇文章旨在攻破“孟尝君能得士”的传统观点。作者仅用了三句有力的话，层层紧逼，就驳倒了世人的说法。这是文学史上有名的一篇短文。

世皆称孟尝君能得士〔1〕，士以故归之〔2〕，而卒赖其力以脱于虎豹之秦〔3〕。嗟乎！孟尝君特鸡鸣狗盗之雄耳〔4〕，岂足以言得士？不然，擅齐之强〔5〕，得一士焉〔6〕，宜可以南面而制秦〔7〕，尚何取鸡鸣狗盗之力哉？夫鸡鸣狗盗之出其门，此士之所以不至也。

〔1〕孟尝君能得士：孟尝君曾为齐相，好客养士，据《史记·孟尝君列传》载，他在薛招致诸侯宾客及有罪亡命之徒，给予优厚待遇，投奔他门下的食客有数千人之多。

〔2〕以故：以此之故。　归：归附。　之：代孟尝君。

〔3〕卒赖其力：终于依靠士的力量。其，代词，指士。　以脱虎豹之秦：从虎豹般的秦国逃出。脱，脱险逃出。秦昭王曾请孟尝君为秦相，后有人向昭王说了孟尝君的坏话，秦昭王就把孟尝君囚禁起来，准备杀死。孟尝君就向秦昭王的宠姬求援，宠姬向孟尝君索要一件狐白裘作报酬，孟尝君原有一件价值千金的狐白裘已献给昭王了。孟尝君有门客就装成狗进入秦宫，偷出狐白裘献给昭王宠姬。孟尝君获释，半夜逃到函谷关，急欲出关以摆脱追捕，但按规定早晨鸡叫时才能开关放行。孟尝君门客中有一个会学鸡叫的，他模仿鸡叫，引得附近的鸡都叫了起来，守关的人听见鸡叫就开了关，孟尝君才得以出关逃脱。

〔4〕特：仅仅，只不过。　雄：长，首领。

〔5〕擅齐之强：独掌齐国强大的政权。擅，据有，掌握。

〔6〕一士：一个士。极言其少，意为孟尝君一士未得。

〔7〕南面而制秦：古代帝王坐朝时，坐北面南，所以叫“南面而王”。南面制秦，意思是如真得到一贤士，应该是南面称王，制服秦国。

这是一篇品评历史人物的小品文。这篇短文共四句。第一句阐明世人的观点，孟尝君善养士。以下三句把这个观点一一击破。根据对历史实际情况的分析，指出鸡鸣狗盗之徒出其门正是不能得士的明证。文章立意超卓，一波三折，笔力雄健，语言简洁。清朝沈德潜说："语语转，笔笔紧，千秋绝调。"

古人评价此文以简劲警策著称。但今天读此文就会发现，传统的"士"的概念，指读书从政的人物，先秦时把军人乃至有一技之长的人都列入"士"中。从这一角度看，孟尝君能得士。王安石理解的"士"是治国平天下的杰出人物，与传统的理解有所不同，在逻辑上这是偷换概念。由王安石对"士"的理解推论，孟尝君就是"不得士"。由此可见，文章虽然句句转折，语言遒劲，但在逻辑上是立不住脚的。

答曾子固书

这是一封写给曾巩的信。曾巩是北宋著名的散文家，是王安石的好朋友，彼此书信往来很多。王安石推行新法时，曾巩写诗讽刺，思想比较保守。这封信写作年代不详，从内容上看可能是王安石中年以后与曾巩在思想上出现分歧时写的。这篇文章主要是探讨治学方法的。

某启：久以疾病不为问[1]，岂胜向往[2]。前书疑子固于读经有所不暇[3]，故语及之。连得书，疑某所谓经者佛经也，而教之以佛经之乱俗[4]。某但言读经，则何以别于中国圣人之经[5]，子固读吾书每如此，亦某所以疑子固于读经有所不暇也。

然世之不见全经久矣[6]，读经而已，则不足以知经。故某自百家诸子之书[7]，至于《难经》、《素问》、《本草》、诸小说[8]，无所不读；农夫女工[9]，无所不问[10]，然后于经为能知其大体而无疑。盖后世学者，与先王之时异矣。不如是，不足以尽圣人之故也[11]。扬雄虽为不好非圣人之书[12]，然而墨[13]、晏[14]、邹[15]、庄[16]、申[17]、韩[18]，亦何所不读？彼致其知而后读[19]，以有所去取，故异学不能乱也[20]。惟其不能乱，故能有所去取者，所以明吾道而已。子固视吾所知，为尚可以异学乱之者乎？非知我也。

方今乱俗不在于佛，乃在于学士大夫沉没利欲，以言相尚[21]，不知自治而已[22]。子固以为如何？苦寒，比日侍奉万福[23]，自爱。

[1]不为问：没有写信问候。

〔2〕岂胜向往：非常想念。胜，尽。

〔3〕经：儒家经典。

〔4〕乱俗：迷惑世人。

〔5〕圣人之经：指古代经典和孔孟儒家典籍。

〔6〕全经：古代经典的全貌。

〔7〕百家诸子：先秦至汉初学术思想派别的总称。下文提到的有墨翟、晏婴、邹衍、庄周、申不害、韩非等人的学说。

〔8〕《难经》、《素问》、《本草》、诸小说：《难经》、《素问》、《本草》都是古代医药书。诸小说，各种小说，指笔记小说，一般记载琐碎、怪异的故事，也有考证事物的文字。

〔9〕女工：从事纺织等手工劳动的妇女。

〔10〕问：请教。

〔11〕不如是，不足以尽圣人之故也：不这样学习（指广泛阅读百家诸子的书并向农夫女工请教），就不能完全懂得圣人所讲的道理。

〔12〕扬雄虽为不好非圣人之书：扬雄虽然说过不喜欢非议圣人所著的书。扬雄，字子云，西汉学者，曾摹仿孔子的《论语》写有《法言》一书。

〔13〕墨：墨子（前486—前376），名翟（dí），战国时期鲁国人，是墨家学派的创始人，著有《墨子》。

〔14〕晏：晏子（前?—前500），名婴，春秋时齐国的大夫，后人搜集他的言行，编成了《晏子春秋》。

〔15〕邹：邹衍（约前305—前240），战国时齐国人，是阴阳家的代表人物，著有《邹子》、《邹子始终》。

〔16〕庄：庄子（约前369—前286），名周，战国时宋国人，是道家的代表人物，著有《庄子》。

〔17〕申：申不害（约前385—前337），战国时韩国人，是早期法家代表人物，著有《申子》。

〔18〕韩：韩非（约前280—前233），战国末期韩国人，战国时法家的主要代表人物，著有《韩非子》。

〔19〕彼致其知而后读：扬雄为了获得知识才去读诸子百家的书。致，得到。

〔20〕异学：儒家以外的其他学说。

〔21〕以言相尚：以言语互相推崇，意思是高谈阔论，互相吹捧。尚，崇尚，推崇。

〔22〕治：治学，下工夫做学问的意思。

〔23〕比日侍奉万福：祝双亲近日万福。当时写信给有父母的人的一种客气话。侍奉，侍奉父母。

王安石的治学方法，与当时社会上的学士、士大夫有所不同，学士、士大夫沉没利欲，高谈阔论，互相吹捧，他们不懂得对社会有用的知识。王安石治学，百家诸子，无所不读；农夫女工，无所不问，把书本知识和社会实践结合起来，为他的变法革新打下了思想基础。王安石的这篇书信把学术探讨和社会批判结合起来，大大增强了书信的思想性。

这是一篇逻辑严密的论说文，文章论点鲜明。在批评曾子固的治学态度和方法时，作者不仅阐明自己的观点，而且举扬雄的事例加以印证，使文章富有说服力。文章首尾呼应，结构严密。

伤仲永

这是王安石年轻时写的一篇短文。通过方仲永的故事说明人的天资固然重要,但后天教育培养更为重要。方仲永儿时聪明,但后天没有受到很好的教育,最终成为一个平凡的人。

金溪民方仲永〔1〕,世隶耕〔2〕。仲永生五年,未尝识书具〔3〕,忽啼求之。父异焉,借旁近与之。即书诗四句,并自为其名。其诗以养父母、收族为意〔4〕,传一乡秀才观之。自是〔5〕,指物作诗,立就,其文理皆有可观者。邑人奇之〔6〕,稍稍宾客其父〔7〕,或以钱币乞之〔8〕。父利其然也〔9〕,日扳仲永环谒于邑人〔10〕,不使学。

余闻之也久。明道中〔11〕,从先人还家〔12〕,于舅家见之,十二三矣;令作诗,不能称前时之闻〔13〕。又七年,还自扬州,复到舅家问焉。曰:"泯然众人矣〔14〕!"

王子曰〔15〕:"仲永之通悟〔16〕,受之天也。其受之天也,贤于材人远矣〔17〕;卒之为众人,则其受于人者不至也〔18〕。彼其受之天也,如此其贤也,不受之人,且为众人矣;今夫不受之天,固众人,又不受之人,得为众人而已耶〔19〕?"

〔1〕金溪:地名,在今江西省金溪县。

〔2〕世隶耕:世代耕田。隶,属于。

〔3〕书具:书写工具,指纸、笔、砚、墨等。

〔4〕收族:团结宗族。《礼记·大传》:"敬宗收族。"

〔5〕自是:从此。

〔6〕邑(yì)人:同乡的人。

〔7〕宾客其父:以宾客的礼仪对待他的父亲。

〔8〕乞之:指求取仲永的诗作。

〔9〕利其然:贪利于此。利,意动用法,以……为有利。

〔10〕扳仲永环谒于邑人:每天领着仲永到处去拜见县里的人。扳(pān),领着。环谒,四处拜访。

〔11〕明道:宋仁宗(赵祯)年号(1032—1033)。

〔12〕先人:指作者死去的父亲王益。

〔13〕称前时所闻:与从前的传闻不相符。称(chèn),符合。闻,传闻。

〔14〕泯然众人矣：方仲永的才能消失了，已经同普通人一样了。泯(mǐn)，消失。

〔15〕王子：王安石自称。

〔16〕通悟：通达聪慧。

〔17〕材人：指后天培养起来的人才。

〔18〕受于人者：指受教育。　不至：不到。

〔19〕得为众人而已耶：要做个普通人能行吗？

这篇文章讲述了方仲永由一个天才儿童变成一个凡夫俗子的故事。方仲永幼年聪颖过人，具有非凡的文学才能，“指物作诗立就”，但由于后天没有受到良好的教育，终于被庸俗的家人所毁灭。王安石强调教育对人的智力发展的作用，人的智力不是天生不变的，需要不断地学习和更新。文章类似史传形式，前半部记述人物事迹，简洁凝炼，后半部作者发表评论。“王子曰”模仿《史记》人物传记后用“太史公曰”发表评论，见解独到，说理透彻，是一篇短小精悍的佳作。

知　人

王安石在这篇短文中阐述了一条用人原则。知人，就是要善于识别坏人。

贪人廉，淫人洁[1]，佞人直[2]，非终然也，规有济焉尔[3]。王莽拜侯[4]，让印不受，假僭皇命，得玺而喜[5]，以廉济贪者也。晋王广求为家嗣，管弦遏密，尘埃被之，陪扆未几，而声色丧邦[6]，以洁济淫者也。郑注开陈治道[7]，激昂颜辞[8]，君民翕然[9]，倚以致平[10]，卒用奸败[11]，以直济佞者也。呜呼！“知人则哲，惟帝其难之[12]”，古今一也。

〔1〕淫人：荒淫的人。淫，过度，没有节制。

〔2〕佞(nìng)人：花言巧语、讨好别人的人。

〔3〕规有济焉尔：只不过是伪装来达到某种目的罢了。规，模仿，谋划，引申为伪装。济，成功，到达。焉尔，罢了。

〔4〕王莽：西汉孝元皇后的侄儿，字巨君，汉元帝时为大司马，掌握朝政。在他没有代汉自立以前，对上下都表现得很谦恭，他最初被封侯时，一再推让不受，因而迷惑了一些人。但掌握了大权之后，便开始排除异己，独断专行，阴谋策划宫廷政变。公元5年，代汉自立新王朝。统治期间，法令苛细，赋役繁重，阶级矛盾激化，后来被赤眉、绿林起义军推翻。王莽是历史上有名的两面派。

〔5〕假僭皇命，得玺而喜：王莽为了达到代汉自立的目的，先当了假皇帝(代理皇帝)，后来暗中策划，

派人把两个匣子放到汉高祖庙中，匣子上刻有文字，假称汉高祖示意汉家皇位应传给王莽。王莽便胁迫太后下令让位，由假皇帝变成了真皇帝，达到了代汉自立的目的。僭(jiàn)，假冒。玺(xǐ)，皇帝专用的印。

〔6〕"晋王广求为冢嗣"五句：晋王广，即隋炀帝杨广。他是隋文帝的次子，封为晋王。他为了与其兄杨勇争夺太子位，表面上装得不爱声色，骗得文帝的欢心，立为太子。文帝死后即帝位，随即荒淫无度，为了巡游行乐，强迫人民修建宫殿、园囿，大兴土木，徭役繁重。不久，隋炀帝就被农民起义军推翻。　冢嗣(zhǒngsì)：嫡长子，这里指太子。　管弦遏密：古代皇帝死后，为了表示哀痛，停止演奏音乐，叫做遏密。这里指停止娱乐的意思。　尘埃被之：指乐器上盖满了尘土。文帝凭此认为杨广不爱声色，对此十分赞许。　陪扆(yǐ)：指皇帝的座位。扆，原指屏风，古代天子见诸侯时，背靠屏风而坐。这里"扆"引申为帝位。　未几：不久。　声色：指歌舞和女色。　丧邦：亡国。

〔7〕郑注开陈治道：郑注开列、陈述治理国家的方法。郑注，唐朝绛州翼城(今山西翼城)人。唐文宗时，官至工部尚书充翰林侍讲学士，对文宗提出过一些好的建议。当时宦官专权，唐文宗与郑注、李训等计划诛杀宦官，因事机败露，郑注被杀。郑注在帮助唐文宗削弱宦官、藩镇权力中起到一定的作用。王安石把他视为奸佞，是受了传统史书的影响。

〔8〕激昂颜辞：言语、表情都表现得激昂慷慨。

〔9〕翕(xī)然：形容异口同声的样子。

〔10〕倚以致平：依靠他能使国家达到太平。

〔11〕卒用奸败：结果却因为搞阴谋而失败。

〔12〕知人则哲，惟帝其难之：语见《尚书·皋陶》。哲，明智。帝，指尧舜。

王安石以西汉的王莽、隋朝的隋炀帝杨广、唐朝的郑注三个历史人物为论据，说明坏人的共同特点是表面与本质不同。表面上是正人君子，老实可靠，实际上歪门邪道，野心勃勃。伪装可以暂时达到目的，但阴谋败露，最终一定会灭亡。

这篇短文言简意赅，发人深省。全文113个字，却写得环环相扣，层次分明，结构严谨。文章一开始提出了"贪人廉，淫人洁，佞人直"三种情况，相应地举出三个历史人物加以说明，逻辑严密，说服力强。结尾引用《尚书》名句作结，发出知人难的慨叹，深化主题，令人回味。

取　才

取才谈的是选拔人才的问题。这是王安石主张改革科举制度的重要文章。文章深刻地分析了当时科举制度的弊端，明确提出了改革科举制度的主张，为熙宁四年(1071)宋神宗下令改革科举制度奠定了理论基础。

夫工人之为业也〔1〕，必先淬砺其器用〔2〕，抡度其材干〔3〕，然后致力寡而用功得矣〔4〕。圣人之于国也，必先遴柬其贤能〔5〕，练核其名实〔6〕，然后任使逸而事以济矣〔7〕。故取人之道，世之急务也〔8〕。自古守文之君〔9〕，孰不有意于是哉〔10〕？然其间得人者有之，失士者不能无焉；称职者有之，谬举者不能无焉〔11〕。必欲得人称职，不失士，不谬举，宜如汉左雄所议“诸生试家法、文吏课笺奏”为得矣〔12〕。

〔1〕夫工人之为业也：木工做工。工人，这里指木工。为业，做工。

〔2〕淬砺其器用：淬砺，磨炼。淬（cuì），即淬火，把金属工件加热到一定温度，然后浸入冷却剂（油、水等）急速冷却，以增加硬度。砺，磨。器用，用具，工具。

〔3〕抡度其材干：挑选、度量材料。

〔4〕致力寡而用功得矣：用力小而得到了功效。这里是事半功倍的意思。

〔5〕遴柬其贤能：谨慎选择优秀人才。遴（lín），谨慎选择。柬（jiǎn），选择。

〔6〕练核其名实：考核他们是否名符其实。名，这里指科举中的“文吏”、“诸生”、“进士”、“经学”等名目。实，指这些名目的实际标准。

〔7〕任使逸而事以济：使用起来得心应手，并且事情也能办好。逸，安逸，轻松。济，有利，成功。

〔8〕故取人之道，世之急务也：所以选拔人才的办法，是当今最紧要的政务。

〔9〕守文之君：遵守成法的君王。文，法律条文、成规。

〔10〕孰不有意于是哉：谁不重视取人之道呢？孰，谁。是，代词，指取人之道。

〔11〕谬举者不能无焉：选错了人才的不能说是没有。谬，错。

〔12〕宜如汉左雄所议：应该像汉朝左雄所说的。宜，应当。左雄，字伯豪，东汉时南郡涅阳（今河南省镇平县）人，曾任尚书令。汉顺帝（刘保）阳嘉元年（132），左雄上书议论人才的选拔。 诸生试家法：儒生考汉儒经学。家法，汉儒经学传授，五经博士及其所传弟子以师法说经，自成一家，叫家法。 文吏课笺奏：执掌文书法令的官吏考公文知识。课，考核。笺奏，古代公文如奏章等。

所谓文吏者，不徒苟尚文辞而已〔1〕，必也通古今〔2〕，习礼法〔3〕，天文人事，政教更张〔4〕，然后施之职事〔5〕，则以详平政体〔6〕，有大议论〔7〕，使以古今参之是也〔8〕。所谓诸生者，不独取训习句读而已〔9〕，必也习典礼，明制度，臣主威仪〔10〕，时政沿袭〔11〕，然后施之职事，则以缘饰治道〔12〕，有大议论，则以经术断之是也〔13〕。

〔1〕不徒苟尚文辞：不仅仅崇尚文章的辞藻。徒，仅，只。

〔2〕通古今：通晓历史和现状。

〔3〕礼法：礼制法度。

〔4〕政教更张：政治教化的更改。更张，更改，革新。

〔5〕施之职事：用于职务。之，于。

〔6〕详平政体：周密而公正地处理政事。详，详细。平，平正。政体，政务事体，即政事。

〔7〕大议论:对重大问题的讨论。

〔8〕参:参照,参考。

〔9〕训习句读(dòu):懂得读书断句。习,熟习。句读,指文章的字句。句是指全句末了的停顿。读,是指句中的停顿。

〔10〕臣主威仪:表现君主威严的各种礼节、仪式、仪仗等。

〔11〕沿袭:沿用,继承。

〔12〕缘饰治道:给治国的方针政策寻找理论依据。缘饰,给衣服镶边,比喻给某种言论寻找理论根据。治道,治国的方法、措施。

〔13〕以经术断之:用儒家经典中的学术去判断。

以今准古〔1〕,今之进士,古之文吏也;今之经学,古之儒生也。然其策进士〔2〕,则但以章句声病〔3〕,苟尚文辞,类皆小能者为之;策经学者,徒以记问为能〔4〕,不责大义〔5〕,类皆蒙鄙者能之〔6〕。使通才之人〔7〕,或见赘于时〔8〕;高世之士,或见排于俗〔9〕。故属文者至相戒曰:"涉猎可为也,诬艳可尚也,于政事何为哉〔10〕?"守经者曰〔11〕:"传写可为也〔12〕,诵习可勤也,于义理何取哉〔13〕?"故其父兄勖其子弟〔14〕,师长勖其门人,相为浮艳之作,以追时好而取世资也〔15〕,何哉?其取舍好尚如此,所习不得不然也。若此之类,而当擢之职位〔16〕,历之仕途〔17〕,一旦国家有大议论,立辟雍明堂〔18〕,损益礼制,更著律令〔19〕,决谳疑狱〔20〕,彼恶能以详平政体〔21〕,缘饰治道,以古今参之,以经术断之哉?是必唯唯而已〔22〕。

〔1〕以今准古:用当今来比照古代。准,比照。

〔2〕策进士:通过策问考试的进士。

〔3〕章句声病:章句指分析文章的章节大意和句意;声病是指韵文的声律和应避免的弊病。

〔4〕记问:死记书本的学问。

〔5〕不责大义:不求掌握经典的大旨和要义。责,求。

〔6〕蒙鄙:幼稚肤浅。

〔7〕通才之人:事理通达,有知识、有才能的人。

〔8〕见赘于时:被当时的人们认为是多馀的。见,被。赘,多馀,无用。

〔9〕高世之士,或见排于俗:才能超出当时一般的人,被世俗所排斥。

〔10〕"故属文者至相戒曰"数句:所以写文章的人甚至相互告诫:"博览群书是有所作为的,华丽的辞藻是值得崇尚的,对于政治有什么可以考虑的呢?"

〔11〕守经者:研究经学的人。

〔12〕传写:转抄。

〔13〕义理:经书的大义、道理。

〔14〕父兄勖其子弟:父亲和兄长勉励他的孩子和弟弟。勖(xù),勉励。

〔15〕以追时好而取世资也：来追求当时人们的爱好来博取名誉声望。资，资格，声望。

〔16〕擢之职位：选拔他担任某种职位。擢(zhuó)，选拔。

〔17〕历之仕途：进入官场。历，进入，经历。

〔18〕辟雍明堂：辟雍，西周王朝所设立的大学，汉代以后作为学校的代称。明堂，就是朝堂。皇帝举行朝会、庆祝等盛大典礼的宫廷。

〔19〕损益礼制，更著律令：修改礼乐制度，修订法律条令。损，删减。益，增加。更著，改写，订正。

〔20〕决谳疑狱：审判疑难案件。谳(yàn)，审判定罪。

〔21〕恶(wū)：怎么。

〔22〕唯唯：随声附和，不置可否。

文中子曰〔1〕："文乎，文乎，苟作云乎哉？必也贯乎道。学乎，学乎，博诵云乎哉？必也济乎义。"故才之不可苟取也久矣〔2〕。必若差别类能，宜少依汉之笺奏、家法之义〔3〕。策进士者，若曰：邦家之大计何先，治人之要务何急，政教之利害何大，安边之计策何出，使之以时务之所宜言之，不直以章句声病累其心〔4〕。策经学者，宜曰：礼乐之损益何宜，天地之变化何如，礼器之制度何尚，各傅经义以对〔5〕，不独以记问传写为能。然后署之甲乙以升黜之〔6〕，庶其取舍之鉴灼于目前〔7〕，是岂恶有用而事无用〔8〕，辞逸而就劳哉〔9〕？故学者不习无用之言，则业专而修矣〔10〕；一心治道，则习贯而入矣〔11〕。若此之类，施之朝廷〔12〕，用之牧民〔13〕，何向而不利哉？其他限年之议，亦无取矣〔14〕。

〔1〕文中子：王通，隋朝末年绛州龙门(今山西省河津市)人。著有《中说》十卷。

〔2〕"文乎"以下数句：引文大意是：文章啊文章，难道是写文章就算了事吗？一定要贯彻圣人的思想。学习啊学习，难道是广泛地背诵就算了事吗？一定要运用经书的要义。云乎哉，表示否定的反问语气。

〔3〕"必若差别类能"二句：一定要区分他们的德行和才能，那就应该依照汉朝考笺奏、家法的办法。

〔4〕累其心：耗费他们的心血。

〔5〕对：对答。

〔6〕署之甲乙以升黜之：写上甲乙的名次，根据名次来升官或降级。

〔7〕庶其取舍之鉴灼于目前：也许可能把人才的取舍明白地摆在眼前。庶其，也许。鉴，鉴别。灼于目前，明白地摆在眼前。灼，明。

〔8〕是岂恶有用而事无用：怎么能够厌弃有用的办法而采用无用的办法。恶(wù)，厌弃，憎恶。事，动词，从事。

〔9〕辞逸而就劳：放弃轻松的办法而找麻烦。

〔10〕专而修：专门而完善。修，完善，美好。

〔11〕贯：贯通。

〔12〕施之朝廷：用之于朝廷，即在朝廷做官。

〔13〕牧民：治理百姓。这里指在地方上做官。

〔14〕"其他限年之议"二句：其他任职的年限和资历，也是不足取的。

这是一篇政论文。作者认为"取人之道，世之急务也"，充分认识到选拔人才的重要性。文章深入分析了当时科举制度的弊端，以诗赋声病取进士，记诵默写试明经，明确提出了改革科举制度的主张和措施。全文论点鲜明，论证有力，有一定的说服力。在当时有强烈的现实意义。

兴贤

这是王安石关于人才问题的重要文章之一。兴贤，即任用贤能之士。王安石回顾商、周以来的历史发展，援引史实，精辟地指出："治安之世"与"昏乱之世"都有众多的贤能之辈，"有贤能而用之者，国之福也，有之而不用，犹无有也"。联系现实，进一步论述了皇上应该怎样发现贤能、任用贤能，充分发挥人才的作用，才能使国家达到"五帝"、"三皇"之世的境地。文章的主旨是说明"任贤"、"弃贤"与国家的命运关系密切。

国以任贤使能而兴，弃贤专己而衰。此二者必然之势，古今之通义，流俗所共知耳。何治安之世有之而能兴[1]，昏乱之世虽有之亦不兴，盖用之与不用之谓矣。有贤而用，国之福也，有之而不用，犹无有也。商之兴也有仲虺、伊尹[2]，其衰也亦有三仁[3]。周之兴也同心者十人[4]，其衰也亦有祭公谋父、内史过[5]。两汉之兴也有萧、曹、寇、邓之徒[6]，其衰也亦有王嘉、傅喜、陈蕃、李固之众[7]。魏、晋而下，至于李唐[8]，不可遍举，然其间兴衰，亦皆同也。由此观之，有贤而用之者，国之福也；有之而不用，犹无有也，可不慎欤？

〔1〕治安：治平，安定；与下文"昏乱"相对为文。

〔2〕商之兴也有仲虺、伊尹：商朝的兴盛是因为有仲虺（huī）、伊尹。仲虺，商汤的左相。伊尹：商之贤相，名挚，是佐助商汤伐灭夏桀，建立商王朝功劳最大的贤臣，被尊为阿衡（宰相）。

〔3〕三仁：殷末三位贤人。《论语·微子》："微子去之，箕子为之奴，比干谏而死。孔子曰：'殷有三仁焉。'"微子见殷纣王昏乱残暴而去，箕子、比干谏殷纣王而被辱杀，孔子称他们为三仁人。

〔4〕同心者十人：指周公旦、召公奭（shì）、太公望、毕公、荣公、太颠、闳夭、散宜生、南宫适（kuò）、文母

十人。

〔5〕祭公谋父、内史过：祭(zhài)公谋父(fǔ)，祭国公，名谋父。《左传·昭公十二年》记载，周穆王姬满，乘八骏马，使造父(fǔ)为御，周游各地，欲令车辙马迹遍于天下。祭公谋父作《祈招》之诗谏周穆王。内史过(guō)：周大夫。

〔6〕两汉之兴也有萧、曹、寇、邓之徒：西汉和东汉的建立是因为有萧何、曹参、寇恂和邓禹。萧何，汉沛(今安徽宿县西北)人，辅佐刘邦推翻秦王朝，建立汉王朝，功列第一，为开国名相。曹参，与萧何同起，辅佐刘邦定天下，萧何死后，代萧何为相。寇恂，辅佐光武帝建立东汉政权，为人正直精明，为开国功臣之一。邓禹，幼游学长安，与光武亲善。及光武起兵，与定计议，天下平定，论功最高。

〔7〕有王嘉、傅喜、陈蕃、李固之众：王嘉：汉哀帝时丞相，为人刚直，反对哀帝益封佞臣董贤二千户，不仅封还诏书，并奏疏极谏。哀帝恼怒，诏嘉诣廷尉，横加迫害，绝食而死。 傅喜：汉温(今河南温县西南)人。哀帝立，以喜为卫尉，迁右将军。傅太后与政，傅喜多次进谏，太后不悦，赐喜黄金百斤以光禄大夫养病，廷臣上疏挽留，帝亦重之，复拜大司马。 陈蕃：字仲举，东汉平舆(今河南汝南县)人。灵帝时窦太后临朝，陈蕃为太傅，与太后之父大将军窦武共参政事。为人正直，嫉恶如仇，与窦武共谋诛宦官曹节、王甫等，事泄，为曹节所害。 李固：东汉汉中(今陕西南郑)人，顺帝阳嘉二年(133)被推荐入朝，拜议郎，后迁大司农。为人刚毅正直，在反对外戚的斗争中，为梁冀所害。

〔8〕李唐：唐王朝。唐代皇帝姓李，故称李唐。

今犹古也，今之天下亦古之天下，今之士民亦古之士民。古虽扰攘之际〔1〕，犹有贤能若是之众〔2〕，况今太宁〔3〕，岂曰无之，在君上用之而已。博询众庶，则才能者进矣；不有忌讳，则谠直之路开矣〔4〕；不迩小人，则谗谀者自远矣；不拘文牵俗，则守职者辨治矣〔5〕；不责人以细过〔6〕，则能吏之志得以尽其效矣。苟行此道〔7〕，则何虑不能跨两汉、轶三代〔8〕，然后践五帝、三皇之涂哉〔9〕！

〔1〕扰攘：纷乱。

〔2〕若是：如此，这样。

〔3〕太宁：太平安宁，与“扰攘”相对为文。

〔4〕谠(dǎng)直之路：忠直敢谏的言路。

〔5〕辨治：明辨是非。

〔6〕细过：小缺点，小过错。

〔7〕苟行此道：假如实行此道。

〔8〕轶(yì)：超越，超过。

〔9〕然后践五帝、三皇之涂：然后就达到了五帝、三皇的境界。践，踏，达到。涂，道路，通“途”，这里指境地。五帝，《史记》以黄帝、颛顼、帝喾(kù)、唐尧、虞舜为五帝。三皇，《尚书大传》以燧人、伏羲、神农为三皇。

改革吏制，举贤授能，是王安石的政治主张。文章开篇就指出任贤、弃贤关系

到国家的兴衰，强调选拔人才任用贤能的重要性。然后援引史实，说明“有贤而用之者，国之福也”的道理。接着说兴贤之道以及产生的社会效果。文章以古论今，首尾呼应，思路清晰，语言明快，有一定的说服力。在引证论述之中，饱含殷切的期待之意。

上仁宗皇帝言事书

题解

宋仁宗嘉祐三年(1058)十月，王安石调任提点江东刑狱，负责督察江南东路的司法和行政。由于广泛地接触社会，对当时积贫积弱的国家形势和社会弊端有了深刻的体验，深感社会危机和民族危机的严重。嘉祐四年(1059)，在返京述职之时，向仁宗皇帝呈递了这篇奏章。这一长篇奏章实际上是王安石要求变法革新的纲领性论文，是熙宁变法的一张蓝图，但在政治上没有引起当时君臣的任何反应。

臣愚不肖〔1〕，蒙恩备使一路〔2〕，今又蒙恩召还阙廷〔3〕，有所任属，而当以使事归报陛下〔4〕。不自知其无以称职，而敢缘使事之所及〔5〕，冒言天下之事，伏惟陛下详思而择其中〔6〕，幸甚！

〔1〕不肖(xiào)：不贤，这是王安石自谦的话。

〔2〕备使一路：备，备位充数，谦词。路，行政区域的名称。宋时全国分为若干路，路的辖区相当于一个省。王安石当时任督察江南东路司法行政长官(提点江南东路刑狱)。这句话的意思是蒙皇上恩典让我充当一路提刑官。

〔3〕阙(què)廷：朝廷。阙是古代宫门两旁的望楼。

〔4〕使事：在外任职的情况。

〔5〕缘：因为，由于。

〔6〕伏惟：封建时代下级对上级表示谦卑的话，有“请求”的意思。

臣窃观陛下有恭俭之德〔1〕，有聪明睿智之才〔2〕；夙兴夜寐〔3〕，无一日之懈；声色狗马、观游玩好之事，无纤介之蔽〔4〕；而仁民爱物之意，孚于天下〔5〕；而又公选天下之所愿以为辅相者〔6〕，属之以事，而不贰于谗邪倾巧之臣〔7〕。此虽二帝三王之用心〔8〕，不过如此而已，宜其家给人足〔9〕，天下大治。而效不至于此，顾内则不能无以社稷为忧，外则不能无惧于夷狄[10]，天下之财力日以困穷，而风俗日以衰坏，四方有志之士[11]，諰諰然常恐天下之久不安[12]。此其故何也？患在不知法度故也。

〔1〕窃：谦词，私下的意思。

〔2〕睿(ruì)智：大智慧，明智。

〔3〕夙(sù)兴夜寐：早起晚睡。夙，早。寐，睡觉。

〔4〕无纤介之蔽：没有丝毫沾染。纤介，细微，一丝一毫。蔽，沾染的意思。

〔5〕孚：信任。

〔6〕天下之所愿以为辅相：天下百姓拥护的人为宰相和其他大臣。愿，拥护，信任。

〔7〕不贰于谗邪倾巧之臣：不受奸邪之臣所迷惑。贰，怀疑。倾巧，狡诈、善变。

〔8〕二帝：指传说中的唐尧、虞舜。 三王：指夏禹、商汤、周文王和周武王。王安石在这里把宋仁宗比作“二帝三王”，是恭维之言，其实宋仁宗在位40年，一直无所作为。

〔9〕宜其家给人民：应该是家家富裕人人富足。给、足都是宽裕富足的意思。

〔10〕夷狄：封建时代统治者对少数民族的蔑称。

〔11〕四方有志之士：主要指与王安石志同道合的改革派。

〔12〕諰諰(xī)然：害怕担心的样子。

今朝廷法严令具[1]，无所不有，而臣以谓无法度者[2]，何哉？方今之法度，多不合乎先王之政故也。孟子曰：“有仁心、仁闻，而泽不加于百姓者，为政不法于先王之道故也[3]。”以孟子之说，观方今之失，正在于此而已。

夫以今之世[4]，去先王之世远，所遭之变，所遇之势不一，而欲一一修先王之政，虽甚愚者，犹知其难也。然臣以谓今之失[5]，患以不法先王之政者，以谓当法其意而已。夫二帝三王，相去盖千有余载，一治一乱，其盛衰之时具矣。其所遭之变，所遇之势，亦各不同，其施设之方亦皆殊，而其为天下国家之意，本末先后，未尝不同也。臣故曰：当法其意而已。法其意，则吾所改易更革，不至乎倾骇天下之耳目[6]，嚣天下之口，而固已合乎先王之政矣。

虽然，以方今之势揆之[7]，陛下虽欲改易更革天下之事，合于先王之意，其势必不能也。陛下有恭俭之德，有聪明睿智之才，有仁民爱物之意，诚加之意[8]，则何为而不成，何欲而不得？然而，臣顾以谓陛下虽欲改易更革天下之事[9]，合于先王之意，其势必不能者，何也？以方今天下之人才不足故也。

〔1〕具:具备。

〔2〕以谓:以为,认为。

〔3〕引文见《孟子·离娄上》。闻(wèn):名声,声誉。 泽:恩惠。

〔4〕夫(fú):发语词。

〔5〕失:过失,错误。

〔6〕倾骇:惊倒、吓坏的意思,使动用法。

〔7〕揆(kuí):揣度。

〔8〕诚加之意:如果特别注意"法先王之意"。诚,如果。加意,特别注意。之,指上文所讲的"法先王之意"。

〔9〕顾:却。

臣尝试窃观天下在位之人,未有乏于此时者也〔1〕。夫人才乏于上,则有沉废伏匿在下而不为当时所知者矣〔2〕。臣又求之于闾巷草野之间〔3〕,而亦未见其多焉。岂非陶冶而成之者非其道而然乎〔4〕?臣以谓方今在位之人才不足者,以臣使事之所及则可知矣。今以一路数千里之间,能推行朝廷之法令,知其所缓急,而一切能使民以修其职事者甚少〔5〕,而不才、苟简〔6〕、贪鄙之人,至不可胜数。其能讲先王之意以合当时之变者,盖合郡之间往往而绝也〔7〕。朝廷每一令下,其意虽善,在位者犹不能推行,使膏泽加于民〔8〕。而吏辄缘之为奸〔9〕,以扰百姓。臣故曰:在位之人才不足,而草野闾巷之间亦未见其多也。夫人才不足,则陛下虽欲改易更革天下之事,以合先王之意,大臣虽有能当陛下之意而欲领此者,九州之大〔10〕,四海之远,孰能称陛下之旨,以一一推行此,而人人蒙其施者乎?臣故曰:其势必未能也。孟子曰:"徒法不能以自行〔11〕。"非此之谓乎?然则方今之急,在于人才而已。诚能使天下之才众多,然后在位之才可以择其人而取足焉〔12〕。在位者得其才矣,然后稍视时势之可否,而因人情之患苦,变更天下之弊法〔13〕,以趋先王之意〔14〕,甚易也。今之天下,亦先王之天下。先王之时,人才尝众矣,何至于今而独不足乎?故曰:陶冶而成之者非其道故也。

〔1〕未有乏于此时者也:从来没有比现在更缺乏人才了。乏,缺少。

〔2〕沉废伏匿：沉废，沉没废弃在下层。伏匿，隐匿躲藏，隐居山林。

〔3〕闾(lǘ)巷草野：指民间、地方上。闾，古代以二十五家为一闾。草野，乡间。

〔4〕陶冶：原指焙制陶器和冶炼金属。这里指人才的造就与培养。

〔5〕修其职事：搞好本职工作。修，搞好。

〔6〕苟简：苟且，马虎。

〔7〕合郡之间往往而绝也：整个府里往往一个也没有。郡，古代行政区的名称，郡之下管辖几个县。宋代已改郡为府，这里只是沿用古称。绝，没有。

〔8〕膏泽：恩泽，福利。

〔9〕而吏辄缘之为奸：而官吏总是借此干坏事。辄，总是。缘，因，凭借。

〔10〕九州：古代划分天下为九州，有几种说法，其中一说是冀、兖(yǎn)、青、徐、扬、荆、豫、梁、雍九个州。后来九州便成为天下或全国的代称。

〔11〕徒法不能以自行：见《孟子·离娄上》。光有法令，法令不能自己推行。必须有具有革新思想的人才能去推行。

〔12〕在位之才：泛指各个岗位所需的人才。

〔13〕弊法：指人们不满意的旧法。弊，有害的，不好的。

〔14〕趋：走向，引申为符合。

商之时，天下尝大乱矣〔1〕。在位贪毒祸败〔2〕，皆非其人。及文王之起，而天下之才尝少矣。当是时，文王能陶冶天下之士，而使之皆有士君子之才，然后随其才之所有而官使之。《诗》曰："恺悌君子，遐不作人？"〔3〕此之谓也。及其成也，微贱兔罝之人〔4〕，犹莫不好德，《兔罝》之诗是也，又况于在位之人乎？夫文王惟能如此，故以征则服，以守则治。《诗》曰："奉璋峨峨，髦士攸宜。"又曰："周王于迈，六师及之。"〔5〕言文王所用，文武各得其才，而无废事也〔6〕。及至夷、厉之乱〔7〕，天下之才又尝少矣。至宣王之起〔8〕，所与图天下之事者，仲山甫而已〔9〕。故诗人叹之曰："德輶如毛，维仲山甫举之，爱莫助之。"〔10〕盖闵人才之少〔11〕，而山甫之无助也。宣王能用仲山甫，推其类以新美天下之士〔12〕，而后人才复众。于是内修政事，外讨不庭〔13〕，而复有文、武之境土。故诗人美之曰："薄言采芑，于彼新田，于此菑亩。"〔14〕言宣王能新美天下之士，使之有可用之才，如农夫新美其田，而使之有可采之芑也。由此观之，人之才，未尝不自人主陶冶而成之者也。

所谓陶冶而成之者，何也？亦教之、养之、取之、任之有其道而已〔15〕。

所谓教之之道，何也？古者天子诸侯，自国至于乡、党皆有学〔16〕，博置教导之官而严其选〔17〕。朝廷礼乐刑政之事，皆在于学。士所观而习者，皆先王之法言德行治天下之意[18]，其材亦可以为天下国家之用。苟不可以为天下国家之用[19]，则不教也；苟可以为天下国家之用者，则无不在于学。此教之之道也。

〔1〕天下尝大乱矣：商朝末年奴隶们纷纷起义反对商纣王。

〔2〕贪毒祸败：贪婪狠毒，腐败无能。

〔3〕恺悌(kǎitì)君子，遐不作人：引自《诗经·大雅·旱麓》，意思是开明的君主，难道还不会造就人才吗？恺悌，开明。遐，何，怎么，难道。

〔4〕微贱兔罝(jū)之人：地位低贱的猎兔子的人。《诗经·国风》里有《兔罝》诗，颂扬文王时人才济济，连猎兔人都有良好的品德。

〔5〕"奉璋峨峨"四句：引自《诗经·大雅·棫朴》。前两句说周文王的文臣很多；后两句说周文王的武将很多。前两句的意思为捧着酒器助祭的人才很多，英俊贤士各得其所。璋，宝玉，这里指用宝玉做柄的酒勺子。祭神时用勺子盛酒洒在地上，叫做灌祭。峨峨，形容人很多。髦(máo)，俊秀的士子。攸宜，所宜，各得其所的意思。后两句的意思是周文王要去远征，六军自然跟随他出征。迈，前进。六师，古代帝王拥有六军，也作六师，这里是全军的意思。及之，跟上他。

〔6〕废事：没有办好的事。

〔7〕夷、厉之乱：夷，周夷王，前869—前858年在位。厉，周厉王，前858年即位。夷、厉之乱指的是：(1)周夷王曾经被迫亲自下堂去迎接来朝见他的诸侯，这被认为是违反周礼。(2)前848年，因奴隶暴动，周厉王逃亡到彘(zhì，今山西霍州市)，后来死在该地。

〔8〕宣王：名靖，周厉王的儿子，前827年—前782年在位，即位后不断对中国四境的部族淮夷、西戎、猃狁用兵，巩固了周王朝的边疆，周宣王被称为"中兴之君"。

〔9〕仲山甫：鲁献公的次子，姓姬，是周宣王的卿士，辅佐周宣王有功。

〔10〕"德輶如毛"三句：引自《诗经·大雅·烝民》，据说这是周宣王另一卿士尹吉甫歌颂仲山甫的诗。意思是，德行，看起来像羽毛一样轻，只有仲山甫把它举起来，可惜没有人帮助他啊！輶(yóu)，轻。

〔11〕悯(mǐn)：忧虑，担忧。

〔12〕新美：作动词用，刷新而使它美好的意思。

〔13〕不庭：指不来天子庭中朝贡的诸侯国。

〔14〕"薄言采芑"三句：引自《诗经·小雅·采芑》。意思是我们去采芑菜吧，到那耕了两年的田里采，也到这耕了一年的田里采。据说周宣王时，南方的蛮荆氏族反抗周王朝，宣王派大将方叔南征，途中老百姓采芑菜来欢迎他。薄言，助词，无义。芑，一种人和马都可吃的菜。新田，耕过二年的田。菑(zī)亩，耕过一年的田。

〔15〕教之、养之、取之、任之：指人才的教育、培养、选拔、任用。

〔16〕自国至于乡、党皆有学：传说古代以二十五家为闾，同在一巷，每一闾巷都设有"塾"，教在家的孩童。五百家为党，党的学校叫做"庠"，收闾塾升上来的学生。天子京都和各诸侯国都的所在地设有"国学"，专教帝王、卿大夫的子弟以及其他升上来的优秀之士。

〔17〕博置：普遍地设置。

〔18〕皆先王之法言德行治天下之意：出自《孝经》："非先王之法言不敢道，非先王之德行不敢行。"法言，合乎礼法规定的言论。德行，合乎道德观念的行为。

〔19〕苟：如果。

所谓养之之道，何也？饶之以财[1]，约之以礼[2]，裁之以法也[3]。何谓饶之以财？人之情，不足于财，则贪鄙苟得，无所不至。先王知其如此，故其制禄，自庶人之在官者，其禄已足以代其耕矣[4]。由此等而上之，每有加焉，使其足以养廉耻而离于贪鄙之行[5]。犹以为未也，又推其禄以及其子孙，谓之世禄[6]。使其生也，既于父子兄弟妻子之养，婚姻朋友之接[7]，皆无憾矣；其死也，又于子孙无不足之忧焉。何谓约之以礼？人情足于财而无礼以节之[8]，则又放僻邪侈[9]，无所不至。先王知其如此，故为之制度。婚丧、祭养、宴享之事，服食、器用之物，皆以命数为之节[10]，而齐之以律度量衡之法[11]。其命可以为之，而财不足以具，则弗具也[12]；其财可以具，而命不得为之者，不使有铢两分寸之加焉[13]。何谓裁之以法？先王于天下之士，教之以道艺矣[14]，不帅教[15]，则待之以屏弃远方终身不齿之法[16]；约之以礼矣，不循礼，则待之以流[17]、杀之法。《王制》曰："变衣服者，其君流[18]。"《酒诰》曰："厥或诰曰：'群饮，汝勿佚。尽执拘以归于周，予其杀[19]！'"夫群饮、变衣服，小罪也；流、杀，大刑也。加小罪以大刑，先王所以忍而不疑者，以为不如是，不足以一天下之俗而成吾治。夫约之以礼，裁之以法，天下所以服从无抵冒者[20]，又非独其禁严而治察之所能致也[21]；盖亦以吾至诚恳恻之心[22]，力行而为之倡。凡在左右通贵之人[23]，皆顺上之欲而服行之，有一不帅者，法之加必自此始[24]。夫上以至诚行之，而贵者知避上之所恶矣，则天下之不罚而止者众矣。故曰：此养之之道也[25]。

〔1〕饶之以财：要增加财富使他们生活富裕。饶，动词，增加。

〔2〕约之以礼：用礼制来约束他们。礼，这里是指封建社会按照等级规定各种官吏不同的生活待遇制度。

〔3〕裁之以法：如有违法者，要用法律制裁他们。

〔4〕自庶人之在官者，其禄已足以代其耕矣：指《周礼·春官》中所谓还够不上叫做"王臣"的"府、史、胥、徒"四种充当徭役的人。由于他们不是"王臣"，就没有俸禄。但孟轲却说这些人的俸禄，相当于他种田的收入，能养活五人至九人不等。

〔5〕足以养廉耻：指给官吏加俸禄，以免干出有伤风化的坏事。即所谓的高薪养廉。

〔6〕世禄：世代承袭享有的爵禄。

〔7〕接：应酬。

〔8〕节:节制,限制。

〔9〕放僻邪侈:放荡任性,为非作歹。放,放荡。僻,邪行。侈(chǐ),越轨。

〔10〕命数:法令规定的数量。

〔11〕齐之以律度量衡之法:按照等级定出统一的规格、标准。律,原义是乐律,这里指礼仪、规格。度量衡,是计量单位,这里指数量标准。

〔12〕弗具:不要办。

〔13〕铢(zhū)两:比喻轻微。铢,古代的重量单位,二十四铢等于一两。

〔14〕道艺:指学问与技能。

〔15〕不帅教:不听教导。帅,遵循。

〔16〕屏弃远方终身不齿之法:放逐远方,终生永不任用的办法。屏(bǐng)弃,驱逐。不齿,不与并列。

〔17〕流:流放,一种苦役刑法。

〔18〕"《王制》曰"二句:《礼记·王制》:"变礼易乐者为不从,不从者君流;革制衣服者为叛,叛者君讨。"变衣服者,改变服装式样的人。

〔19〕"《酒诰》曰"四句:见《尚书·酒诰》篇。周王朝初年曾下过禁酒令,不准聚众饮酒。诰(gào),皇帝下的命令、文告。厥,其,指周天子。成,"或"字之误,或,有。佚(yì),放肆。

〔20〕抵冒:抗拒,冒犯。

〔21〕禁严而治察:禁,禁令。察,原来含有苛求的意思,这里指严密。禁令严厉、管理严密的意思。

〔22〕恳恻:诚恳痛切。

〔23〕在左右通贵之人:指在皇帝身边的达官贵人。通,达,指达官。

〔24〕法之加必自此始:刑法的实施一定要从这些人开始。

〔25〕此养之之道也:这就是培养管理的方针。

所谓取之之道者,何也?先王之取人也,必于乡党,必于庠序,使众人推其所谓贤能,书之以告于上而察之〔1〕。诚贤能也,然后随其德之大小、才之高下而官使之。所谓察之者,非专用耳目之聪明而听私于一人之口也〔2〕。欲审知其德〔3〕,问以行;欲审知其才,问以言。得其言行,则试之以事〔4〕。所谓察之者,试之以事是也。虽尧之用舜亦不过如此而已〔5〕,又况其下乎?若夫九州之大,四海之远,万官亿丑之贱〔6〕,所须士大夫之才则众矣。有天下者,又不可以一一自察之也,又不可以偏属于一人,而使之于一日二日之间考试其行能而进退之也〔7〕。盖吾已能察其才行之大者,以为大官矣,因使之取其类以持久试之,而考其能者以告于上,而后以爵命、禄秩予之而已〔8〕。此取之之道也。

〔1〕"先王之取人也"五句:《周礼·乡大夫》载,在西周时期,乡大夫(下层地方官)三年大考一次,考察士子的德行、道艺,选拔其中贤能的人,写成文件,上报朝廷。

〔2〕耳目之聪明:耳朵听、眼睛看。

〔3〕审知：详细知道。

〔4〕试之以事：给他安排工作，在实践中考察他。

〔5〕尧之用舜：据说尧让位给舜前，曾经考察过三次，然后让位。

〔6〕万官亿丑之贱：指亿万下层官吏。丑，类，官的种类很多，故称“亿丑”。

〔7〕而使之于一日二日之间：指当时的科举取士的办法。 进退：考取或落选。

〔8〕爵命、禄秩：官爵任命和俸禄等级。

所谓任之之道者，何也？人之才德，高下厚薄不同，其所任，有宜有不宜。先王知其如此，故知农者以为后稷[1]，知工者以为共工[2]。其德厚而才高者以为之长，德薄而才下者以为之佐属[3]。又以久于其职，则上狃习而知其事[4]，下服驯而安其教；贤者则其功可以至于成，不肖者则其罪可以至于著[5]；故久其任而待之以考绩之法。夫如此，故智能才力之士，则得尽其智以赴功[6]，而不患其事之不终、其功之不就也。偷惰苟且之人，虽欲取容于一时[7]，而顾戮辱在其后[8]，安敢不勉乎？若夫无能之人，固知辞避而去矣。居职任事之日久，不胜任之罪，不可以幸而免故也[9]。彼且不敢冒而知辞避矣，尚何有比周、谗谄、争进之人乎[10]？取之既已详，使之既已当，处之既已久[11]，至其任之也又专焉，而不一一以法束缚之，而使之得行其意。尧、舜之所以理百官而熙众工者[12]，以此而已。《书》曰：“三载考绩，三考，黜陟幽明。”[13]此之谓也。然尧、舜之时，其所黜者则闻之矣，盖四凶是也[14]；其所陟者，则皋陶、稷、契[15]。皆终身一官而不徙[16]。盖其所谓陟者，特加之爵命、禄赐而已耳。此任之之道也。

夫教之、养之、取之、任之之道如此，而当时人君，又能与其大臣，悉其耳目心力[17]，至诚恻怛[18]，思念而行之，此其人臣之所以无疑，而于天下国家之事，无所欲为而不得也。

〔1〕后稷：虞舜时管农政的人，这里代指管农政的官员。

〔2〕共工：虞舜时管百工的人，这里代指管百工的官员。

〔3〕佐属：助手，属员。

〔4〕狃(niǔ)习：习以为常，熟悉。

〔5〕著：显著，暴露。

〔6〕赴功：达到成功。赴，归于，走向。

〔7〕取容：取得容身之地。

〔8〕戮(lù)辱:耻辱。戮也是辱的意思,这里是指受处罚。

〔9〕幸:侥幸。

〔10〕比周、谗谄、争进:比周,结党营私。谗谄(chán chǎn),说别人的坏话,巴结奉承。争进,争着升官。

〔11〕处:任职办事。

〔12〕理百官而熙众工者:管理百官,兴办众多的政事。熙,兴办。工,政事。

〔13〕"《书》曰"四句:见《尚书·尧典》。黜,罢官。陟(zhì),升官。幽,昏暗,这里指能力低下的人。明,明智,这里指才德优秀的人。

〔14〕四凶:据《左传·文公十八年》记载,四凶是尧帝所流放的浑敦、穷奇、梼杌(táowù)、饕餮(tāotiè)四人。

〔15〕皋陶、稷、契:皋陶(gāoyáo),舜的司法官,传说曾被禹选作继承人,因早死,未实现。稷,尧、舜时的农官,后来被奉祀为谷神。契(xiè),舜的司徒官,是主管文化教育的。传说他因帮助大禹治水有功,才当上司徒官。

〔16〕徙(xǐ):迁移,引申为调动的意思。

〔17〕悉:尽。

〔18〕至诚恻怛(dá):指对国家的深切关心。恻怛,忧伤。

方今州县虽有学,取墙壁具而已〔1〕,非有教导之官,长育人才之事也〔2〕。唯太学有教导之官〔3〕,而亦未尝严其选。朝廷礼乐刑政之事,未尝在于学。学者亦漠然自以礼乐刑政为有司之事〔4〕,而非己所当知也。学者之所教,讲说章句而已〔5〕。讲说章句,固非古者教人之道也。近岁乃始教之以课试之文章〔6〕。夫课试之文章,非博诵强学穷日之力则不能〔7〕。及其能工也〔8〕,大则不足以用天下国家,小则不足以为天下国家之用。故虽白首于庠序,穷日之力以帅上之教,及使之从政〔9〕,则茫然不知其方者,皆是也。

〔1〕取墙壁具而已:只具备了墙壁罢了。取,只是。

〔2〕长(zhǎng)育:培育。

〔3〕太学:中国古代在京都设立大学,也叫太学。宋代规定七品以上官员的子弟可以入国子学,八品以下的人太学。普通贫民子弟是被排斥在外的。

〔4〕有司:政府的各个负责部门。

〔5〕讲说章句:汉代经学家有专门分析儒家经典的章旨句意,叫"章句之学"。

〔6〕课试之文章:指宋代举行科举考试时,以儒家经典的内容为题来考试士子的文章,后来演变成明清时代的八股文。

〔7〕穷日之力:用尽所有的时间。

〔8〕工:熟练。

〔9〕从政:参与政事,做官。

盖今之教者，非特不能成人之才而已，又从而困苦毁坏之[1]，使不得成才者，何也？夫人之才，成于专而毁于杂。故先王之处民才：处工于官府[2]，处农于畎亩[3]，处商贾于肆[4]，而处士于庠序，使各专其业而不见异物，惧异物之足以害其业也。所谓士者，又非特使之不得见异物而已，一示之以先王之道，而百家诸子之异说，皆屏之而莫敢习者焉。今士之所宜学者，天下国家之用也。今悉使置之不教[5]，而教之以课试之文章，使其耗精疲神，穷日之力以从事于此。及其任之以官也，则又悉使置之，而责之以天下国家之事[6]。夫古之人，以朝夕专其业于天下国家之事，而犹才有能有不能。今乃移其精神，夺其日力[7]，以朝夕从事于无补之学[8]。及其任之以事，然后猝然责之以为天下国家之用[9]。宜其才之足以有为者少矣。臣故曰：非特不能成人之才，又从而困苦毁坏之，使不得成才也。

〔1〕困苦毁坏之：使他们困苦毁坏，意思是糟踏了他们。

〔2〕处工于官府：周代有司空官，把各种工匠集中在官府里制造各种用具、武器，见《周礼·冬官·考工记》。作者借此说明要培养各行各业的专业人才。

〔3〕畎(quǎn)亩：田间，田地。

〔4〕处商贾于肆：把商贾集中在市场里。这是根据《周礼·司市》说的。古代称行贩为商，坐卖为贾，后来把商人称为商贾。

〔5〕悉：全部。

〔6〕责：责成。

〔7〕日力：光阴，时间。

〔8〕无补之学：无用的学问。补，益处。

〔9〕猝(cù)然：突然。

又有甚害者，先王之时，士之所学者，文武之道也。士之才，有可以为公卿大夫，有可以为士。其才之大小、宜不宜则有矣，至于武事，则随其才之大小，未有不学者也。故其大者，居则为六官之卿[1]，出则为六军之将也[2]；其次则比、闾、族、党之师[3]，亦皆卒、两、师、旅之帅也[4]。故边疆、宿卫[5]，皆得士大夫为之，而小人不得奸其任[6]。今之学者，以为文武异事，吾知治文事而已，至于边疆、宿卫之任，则推而属之于卒伍[7]——往往天下奸悍无赖之人[8]。苟其才行足以自托于乡里者[9]，未有肯去亲戚而从召募者也[10]。边疆、宿卫，此乃天下之重任，而人主之所当慎重者也。故古者教士，以射、御为急[11]，其他技能，则视其人才之所宜而后教之，其才之所不能，则不强也。至于射，则为男子之事。人之生，有疾则已[12]，苟无疾，未有去射而不学者也。在庠序之间，固当从事于射也。有宾客之事则以射，有祭祀之事则以射，别士之行同能偶则以射[13]。于礼乐之事，未尝不寓以射[14]，而射亦未尝不在于礼乐、祭祀之间也。《易》曰："弧矢之利，以威天下。"[15]先王岂以射为可以习揖让之仪而已乎[16]？固以为射者武事之尤大，而威天下、守国家之具也。居则以是习礼乐，出则以是从战伐。士既朝夕从事于此而能者众，则边疆、宿卫之任，皆可以择而取也。夫士尝学先王之道，其行义尝见推于乡党矣，然后因其才而托之以边疆、宿卫之事，此古之人君所以推干戈以属之人[17]，而无内外之虞也[18]。今乃以夫天下之重任，人主所当至慎之选，推而属之奸悍无赖、才行不足自托于乡里之人，此方今所以諰諰然常抱边疆之忧[19]，而虞宿卫之不足恃以为安也。今孰不知边疆、宿卫之士不足恃以为安哉？顾以为天下学士以执兵为耻[20]，而亦未有能骑射、行阵之事者[21]，则非召募之卒伍，孰能任其事者乎？夫不严其教，高其选[22]，则士之以执兵为耻，而未尝有能骑射、行阵之事，固其理也。凡此皆教之非其道故也。

〔1〕六官之卿：《周礼》记载周代有六官，即天官冢宰、地官司徒、春官宗伯、夏官司马、秋官司寇、冬官司空，六官中的首长叫"卿"。这和隋唐以后的吏、户、礼、兵、刑、工六部尚书，大致相当。

〔2〕六军：据《周礼·夏官司马》载：一万二千五百人为军，周王有六军，大的诸侯国有三军，较小的诸侯国有二军，最小的诸侯国有一军。这里"六军"统称全国军队。

〔3〕比、闾、族、党：古代行政制度规定五家为比，五比为闾，五闾为族，五族为党。

〔4〕卒、两、师、旅：古代军制规定五人为伍，五伍为两，五两为卒，五卒为旅，五旅为师，五师为军。

〔5〕宿卫：保卫皇宫。

〔6〕奸其任：玷污那个官职。即胡乱用人。

〔7〕卒伍：泛指军队或军人。

〔8〕奸悍无赖之人：王安石认为当时这些当兵的人很复杂，其中有奸邪凶悍无赖之人。

〔9〕足以自托：自己能托身，自己能站得住的意思。

〔10〕召募：招兵。

〔11〕故古者教士，以射、御为急：根据《周礼·大司徒》，以六艺（礼、乐、射、御、书、数）教万民，射箭和驾车是最重要的。射，射箭。御，驾车，古代用战车打仗。急，最重要的。

〔12〕有疾则已：有病的就罢了。

〔13〕别士之行同能偶则以射：区别德行和才能相近的两个人的高下，要比赛射箭。

〔14〕寓：包含。

〔15〕“《易》曰”两句：出自《易经·系辞下》。意思是：弓箭是锋利的，它的作用在于向天下显示威力。弧，木做的弓。

〔16〕揖让之仪：指古代宾主相见的礼节，如作揖谦让之类。

〔17〕干戈：兵器。这里指兵权。干是盾牌，戈是横刃的戟。

〔18〕虞：危险，忧虑。

〔19〕諰諰（xǐ）然：恐惧的样子。

〔20〕执兵：拿着兵器。

〔21〕行（háng）阵：队伍的行列队形，引申为行军作战。

〔22〕高其选：提高人选的标准。

方今制禄〔1〕，大抵皆薄。自非朝廷侍从之列〔2〕，食口稍众，未有不兼农商之利而能充其养者也。其下州县之吏，一月所得，多者钱八九千〔3〕，少者四五千，以守选〔4〕、待除〔5〕、守缺通之〔6〕，盖六七年而后得三年之禄，计一月所得，乃实不能四五千，少者乃实不能及三四千而已。虽厮养之给〔7〕，亦窘于此矣〔8〕。而其养生、丧死、婚姻、葬送之事，皆当于此。夫出中人之上者〔9〕，虽穷而不失为君子；出中人之下者，虽泰而不失为小人〔10〕。唯中人不然，穷则为小人，泰则为君子。计天下之士，出中人之上下者，千百而无十一；穷而为小人，泰而为君子者，则天下皆是也。先王以为众不可以力胜也〔11〕，故制行不以己〔12〕，而以中人为制，所以因其欲而利导之〔13〕，以为中人之所能守，则其志可以行乎天下，而推之后世。以今之制禄，而欲士之无毁廉耻〔14〕，盖中人之所不能也。故今官大者，往往交赂遗〔15〕、营资产〔16〕，以负贪污之毁〔17〕；官小者，贩鬻〔18〕、乞丐〔19〕，无所不为。夫士已尝毁廉耻以负累于世矣〔20〕，则其偷惰取容之意起〔21〕，而矜奋自强之心息〔22〕，则职业安得而不弛〔23〕，治道何从而兴乎？又况委法受赂〔24〕，侵牟百姓者〔25〕，往往而是也。此所谓不能饶之以财也〔26〕。

〔1〕制禄：规定的俸禄的标准。制，规定。

〔2〕自非朝廷侍从之列：除非皇帝身边的高级官员。列，行列，地位。

〔3〕钱：铜钱，古代货币的最小单位。

〔4〕守选：等候由朝廷的人事部门量才授官，即候差。

〔5〕待除：等候调任新职。“除”是拜官，有除去旧官就任新官的意思。

〔6〕守缺通之：守缺，等候补官，即候补或候缺。通之，通通计算起来。
〔7〕厮（sī）养：奴仆。
〔8〕窘：窘迫，困苦。
〔9〕中人：品德中等的人。
〔10〕泰：安定。
〔11〕以力胜：用强力去压制。
〔12〕故制行不以己：所以制定措施不以自己为标准。制，规定准则。行，行动，措施。
〔13〕利导：向有利的方面引导。
〔14〕毁廉耻：败坏廉耻，即贪污受贿，徇私舞弊，寡廉鲜耻。
〔15〕交赂遗（wèi）：交，相互授受。赂遗，用财物买通别人。
〔16〕营资产：谋求财产，搞钱。
〔17〕毁：坏名声。
〔18〕贩鬻（yù）：做买卖。
〔19〕乞丐：指官吏向别人索取财物。
〔20〕负累：负罪。
〔21〕偷惰取容：懈怠懒惰，求人宽容。
〔22〕矜奋自强：严谨认真，奋发图强。矜，自重，严谨。奋，发奋。
〔23〕职业：本职工作。
〔24〕委法：枉法，不守纪律。
〔25〕侵牟：侵害。牟（móu），即"蛑"，食苗根的害虫。引申为贪取、侵夺。
〔26〕饶：使生活宽裕。

婚丧、奉养、服食〔1〕、器用之物，皆无制度以为之节，而天下以奢为荣，以俭为耻。苟其财之可以具，则无所为而不得。有司既不禁，而人又以此为荣。苟其财不足，而不能自称于流俗，则其婚丧之际，往往得罪于族人亲姻〔2〕，而人以为耻矣。故富者贪而不知止，贫者则强勉其不足以追之。此士之所以重困〔3〕，而廉耻之心毁也。凡此所谓不能约之以礼也。

〔1〕奉养、服食：供养父母、穿的和吃的。
〔2〕亲姻：由婚姻而结成的亲戚。
〔3〕重（chóng）困：深感困难。

方今陛下躬行俭约，以率天下〔1〕，此左右通贵之臣所亲见。然而其闺门之内〔2〕，奢靡无节，犯上之所恶，以伤天下之教者〔3〕，有已甚者矣〔4〕，未闻朝廷有所放绌〔5〕，以示天下。昔周之人，拘群饮而被之以杀刑者，以为酒之末流生害[6]，有至于死者众矣，故重禁其祸之所自生。重禁祸之所自生，故其施刑极省，而人之抵于祸败者少矣。今朝廷之法所尤重者，独贪吏耳。重禁贪吏，而轻奢靡之法，此所谓禁其末而弛其本。然而世之识者，以为方今官冗[7]，而县官财用已不足以供之[8]，其亦蔽于理矣[9]。今之入官诚冗矣，然而比诸前世置员盖甚少，而赋禄又如此之薄[10]，则财用之所不足，盖亦有说矣[11]。吏禄岂足计哉？臣于财利，固未尝学，然窃观前世治财之大略矣。盖因天下之力，以生天下之财；取天下之财，以供天下之费。自古治世，未尝以不足为天下之公患也，患在治财无其道耳。今天下不见兵革之具，而元元安土乐业[12]，人致己力，以生天下之财；然而公私尝以困穷为患者，殆以理财未得其道[13]，而有司不能度世之宜而通其变耳[14]。诚能理财以其道，而通其变，臣虽愚，固知增吏禄不足以伤经费也。方今法严令具，所以罗天下之士[15]，可谓密矣。然而亦尝教之以道艺，而有不帅教之刑以待之乎？亦尝约之以制度，而有不循理之刑以待之乎？亦尝任之以职事，而有不任事之刑以待之乎？夫不先教之以道艺，诚不可以诛其不帅教[16]；不先约之以制度，诚不可以诛其不循理；不先任之以职事，诚不可以诛其不任事。此三者，先王之法所尤急也，今皆不可得诛；而薄物细故[17]，非害治之急者，为之法禁，月异而岁不同。为吏者至于不可胜记，又况能一一避之而无犯者乎？此法令所以玩而不行[18]，小人有幸而免者，君子有不幸而及者焉。此所谓不能裁之以刑也。凡此皆治之非其道也。

〔1〕率：做表率。

〔2〕闺门：内室，指家里。

〔3〕伤：损害，违反。

〔4〕已甚：太过。

〔5〕放绌（chù）：放逐，贬退。绌，通“黜”。

〔6〕末流生害：这里指喝酒过量的后果。

〔7〕官冗（rǒng）：官多而杂。冗，多余而无用的意思。

〔8〕县官：汉代称皇帝为县官，这里指国家。

〔9〕蔽于理：不通情达理。蔽，蒙蔽。

〔10〕赋禄：给予俸禄。

〔11〕有说：有原因，有说法。

〔12〕元元：指老百姓。

〔13〕殆(dài)：大概，恐怕。

〔14〕度：揣度，量度。

〔15〕罗：捕鸟的网，这里引申为防范的意思。

〔16〕诛：处罚。

〔17〕薄物细故：无关紧要、微不足道的事。

〔18〕玩：玩忽，藐视法令。

方今取士，强记博诵[1]，而略通于文辞，谓之茂才异等[2]、贤良方正[3]。茂才异等、贤良方正者，公卿之选也[4]。记不必强，诵不必博，略通于文辞，而又尝学诗赋，则谓之进士[5]。进士之高者，亦公卿之选也。夫此二科所得之技能，不足以为公卿，不待论而后可知。而世之议者，乃以为吾常以此取天下之士，而才之可以为公卿者常出于此，不必法古之取人而后得士也。其亦蔽于理矣。先王之时，尽所以取人之道，犹惧贤者之难进，而不肖者之杂于其间也。今悉废先王所以取士之道，而驱天下之才士，悉使为贤良、进士，则士之才可以为公卿者，固宜为贤良、进士，而贤良、进士亦固宜有时而得才之可以为公卿者也。然而不肖者，苟能雕虫篆刻之学[6]，以此进至乎公卿；才之可以为公卿者，困于无补之学，而以此绌死于岩野[7]，盖十八九矣。夫古之人有天下者，其所以慎择者，公卿而已。公卿既得其人，因使推其类以聚于朝廷，则百司庶府[8]，无不得其人也。今使不肖之人幸而至乎公卿，因得推其类聚之朝廷，此朝廷所以多不肖之人，而虽有贤智，往往困于无助[9]，不得行其意也。且公卿之不肖，既推其类以聚于朝廷；朝廷之不肖，又推其类以备四方之任使；四方之任使者，又各推其不肖以布于州郡，则虽有同罪举官之科[10]，岂足恃哉？适足以为不肖者之资而已[11]。其次九经[12]、五经[13]、学究[14]、明法之科[15]，朝廷固已尝患其无用于世，而稍责之以大义矣[16]。然大义之所得，未有以贤于故也。今朝廷又开明经之选，以进经术之士[17]。然明经之所取，亦记诵而略通于文辞者，则得之矣。彼通先王之意，而可以施于天下国家之用者，顾未必得与于此选也。其次则恩泽子弟[18]，庠序不教之以道艺，官司不考问其才能，父兄不保任其行义[19]，而朝廷辄以官予之，而任之以事。武王数纣之罪，则曰："官人以世[20]。"夫官人以世，而不计其才行，此乃纣之所以乱亡之道，而治世之所无也。又其次曰流外[21]。朝廷固已挤之于廉耻之外，而限其进取之路矣，顾属之以州县之事，使之临士民之上。岂所谓以贤治不肖者乎？以臣使事之所及，一路数千里之间，州县之吏出于流外者，往往而有，可属任以事者，殆无二三，而当防闲其奸者[22]，皆是也。盖古者有贤不肖之分，而无流品之别[23]。故孔子之圣，而尝为季氏吏[24]，盖虽为吏，而亦不害其为公卿。及后世有流品之别，则凡在流外者，其所成立[25]，固尝自置于廉耻之外，而无高人之意矣。夫以近世风俗之流靡[26]，自虽士大夫之才，势足以进取，而朝廷尝奖之以礼义者，晚节末路[27]，往往怵而为奸[28]，况又其素所成立无高人之意，而朝廷固已挤之于廉耻之外，限其进取者乎？其临人亲职[29]，放僻邪侈，固其理也。至于边疆、宿卫之选，则臣固已言其失矣。凡此皆取之非其道也。

〔1〕强记博诵：记忆力强，读的书多。

〔2〕茂才异等：茂才即秀才，后汉时因为避汉光武帝刘秀名讳，改"秀才"为"茂才"。异等，即特等，指才能特异。

〔3〕贤良方正：汉文帝二年开始下令给地方，选取"贤良方正"之士。后来唐、宋均设"贤良方正"为推荐和选拔官吏的科目之一。

〔4〕公卿：指三公九卿，各个王朝所指不完全相同，但都是朝廷大臣。公卿泛指封建王朝的高级官员。

〔5〕进士：唐、宋时代最重要的一个科举项目。凡各地举人在京都应礼部考试，以诗赋录取的称为进士，以经义录取的称为明经。王安石变法后，废除明经科，并废除了以诗赋取士的办法，改为以经义策论来考取进士。

〔6〕雕虫篆刻：即雕虫小技，微不足道的技能。这里指"茂才异等"、"贤良方正"二科出身的官员，只会写些应试诗文，没有实际工作能力。

〔7〕绌死：绌，通"黜"，被排斥后抑郁而死。

〔8〕百司庶府：政府的所有部门。"百司"与"庶府"同义，即众府的意思。

〔9〕困于无助：苦于得不到帮助。

〔10〕同罪举官之科：官员犯了罪，他的举荐人也要一并治罪的法律条文。科，法律条文。

〔11〕资：凭借，利用。

〔12〕九经：宋代的科举项目，九经科要考《易》、《书》、《诗》、《礼记》、《春秋》、《周礼》、《孝经》、《论语》、《孟子》等九部儒家经典。

〔13〕五经：宋代的科举项目，九经中的前五部即五经。

〔14〕学究：宋代的科举项目，学究科只考一经，即明经科。

〔15〕明法之科：宋代的科举项目，考法令。

〔16〕稍责之以大义：对参加考试的人略为测验一点儒家经典的主要精神和基本原理，而不像以前那样单纯考经典章句的解释。宋仁宗皇祐五年(1053)规定各科考试，问"大义"十道。

〔17〕经术：根据儒家经典来管理国家政治的学问。

〔18〕恩泽子弟：因父兄当官而袭爵封官的贵族世家子弟。

〔19〕保任：保证，担保。

〔20〕官人以世：凭家世任用官吏。

〔21〕流外：从魏晋时起，官职划分为九品，以一品为最高级，把九品以下的佐属人员称为流外。北宋时期便把不是由进士、明经出身的低级官吏看作流外，一般不能担任高级官吏。

〔22〕防闲：防范。

〔23〕流品之别：即九品和流外的区别。

〔24〕季氏：春秋时鲁国的大夫季孙氏，孔子最初曾当过他的家臣，管理仓库，事见《史记·孔子世家》。

〔25〕成立：成就。

〔26〕流靡：萎靡不振。

〔27〕晚节末路：晚年失意。末路，原指路走到尽头，这里比喻失意。

〔28〕怵而为奸：被引诱做坏事。《汉书·食货志下》："善人怵而为奸邪。"怵(chù)，诱惑。

〔29〕临人亲职：在百姓头上做了官。临，居高临下。

方今取之既不以其道，至于任之，又不问其德之所宜，而问其出身之后先〔1〕；不论其才之称否，而论其历任之多少〔2〕。以文学进者，且使之治财。已使之治财矣，又转而使之典狱〔3〕。已使之典狱矣，又转而使之治礼。是则一人之身，而责之以百官之所能备，宜其人才之难为也。夫责人以其所难为，则人之能为者少矣。人之能为者少，则相率而不为〔4〕。故使之典礼，未尝以不知礼为忧，以今之典礼者未尝学礼故也。使之典狱，未尝以不知狱为耻，以今之典狱者未尝学狱故也。

〔1〕出身：指做官的最初资历。

〔2〕历任：任职的经历。

〔3〕典狱：管理刑狱。典，管理，掌管。

〔4〕相率：互相跟随着。率，跟从。

天下之人亦已渐渍于失教〔1〕，被服于成俗〔2〕，见朝廷有所任使，非其资序〔3〕，则相议而讪之。至于任使之不当其才，未尝有非之者也。且在位者数徙〔4〕，则不得久于其官，故上有不能狃习而知其事，下不肯服驯而安其教；贤者则其功不可以及于成，不肖者则其罪不可以至于著。若夫迎新将故之劳〔5〕，缘绝簿书之弊〔6〕，固其害之小者，不足悉数也。设官大抵皆当久于其任，而至于所部者远〔7〕，所任者重，则尤宜久于其官，而后可以责其有为。而方今尤不得久于其官，往往数日辄迁之矣。

〔1〕渐渍于失教：习惯于没有教导。渐渍，浸染，习惯。

〔2〕被服于成俗：被服比喻被覆盖，引申为同化的意思。成俗，已形成的风俗习惯。

〔3〕资序：资历。宋代按照做官年资长短升迁官职。

〔4〕数徙：多次迁移变动。

〔5〕若夫迎新将故之劳：至于迎新送旧的劳苦。若夫，至于。将，送。故，旧。

〔6〕缘绝簿书之弊：文书交接完毕，官员也就没有责任的弊病。缘，联系。绝，断绝。簿书，文书。

〔7〕所部者远：所管的地方较远。

取之既已不详，使之既已不当，处之既已不久，至于任之则又不专，而又一一以法束缚之，使不得行其意。臣故知当今在位多非其人，稍假借之权而不一一以法束缚之〔1〕，则放恣而无不为。虽然，在位非其人而恃法以为治，自古及今，未有能治者也。即使在位皆得其人矣，而一一以法束缚之，不使之得行其意，亦自古及今未有能治者也。夫取之既已不详，使之既已不当，处之既已不久，任之又不专，而一一以法束缚之，故虽贤者在位，能者在职，与不肖而无能者殆无以异〔2〕。夫如此，故朝廷明知其贤能足以任事，苟非其资序，则不以任事而辄进之，虽进之，士犹不服也。明知其无能而不肖，苟非有罪，为在事者所劾〔3〕，不敢以其不胜任而辄退之，虽退之，士犹不服也。彼诚不肖无能，然而士不服者何也？以所谓贤能者任其事，与不肖而无能者，亦无以异故也。臣前以谓不能任人以职事，而无不任事之刑以待之者，盖谓此也。

夫教之、养之、取之、任之，有一非其道，则足以败天下之人才，又况兼此四者而有之？则在位不才、苟简〔4〕、贪鄙之人，至于不可胜数，而草野闾巷之间，亦少可任之才，固不足怪。《诗》曰："国虽靡止，或圣或否。民虽靡膴，或哲或谋，或肃或艾。如彼泉流，无沦胥以败。"〔5〕此之谓也。

〔1〕稍假借之权：稍微给他们一点权力。稍，略为。假借，给予。

〔2〕殆：几乎。

〔3〕劾（hé）：弹劾，揭发罪状。

〔4〕苟简：只图眼前，得过且过。

〔5〕"《诗》曰"七句：出自《诗经·小雅·小旻（mín）》。意思是：国家即使不大，有圣明的人也有普通人。人民虽然不多，有聪明的人，有会出主意的人，有的人很严肃，有的人很会办事。就像泉水一样，要好好利用，不

要让它白白流到积水潭里腐臭了。虽,即使。靡,无。止,大。或,有的。膴(wǔ),大,多。艾(yì),治理。沦胥,互相陷在水里。

夫在位之人才不足矣,而闾巷草野之间,亦少可用之才,则岂特行先王之政而不得也,社稷之托,封疆之守[1],陛下其能久以天幸为常,而无一旦之忧乎?盖汉之张角[2],三十六方同日而起,所在郡国莫能发其谋。唐之黄巢[3],横行天下,而所至将吏无敢与之抗者。汉、唐之所以亡,祸自此始。

〔1〕封疆:边疆。

〔2〕张角:东汉末年河北巨鹿(今河北省平乡县)人,黄巾军起义的领袖。他把起义军编为36个军事单位,每单位的统领称为"方"(将军),张角统一指挥。

〔3〕黄巢:山东冤句县(今山东菏泽县)人,唐末农民起义的领袖。广明元年(880),攻克都城长安,即皇帝位,国号大齐。

唐既亡矣,陵夷以至五代[1],而武夫用事,贤者伏匿消沮而不见[2],在位无复有知君臣之义[3],上下之礼者也。当是之时,变置社稷[4],盖甚于弈棋之易,而元元肝脑涂地,幸而不转死于沟壑者无几耳[5]。夫人才不足,其患盖如此,而方今公卿大夫,莫肯为陛下长虑后顾,为宗庙万世计[6],臣窃惑之。

〔1〕陵夷以至五代:衰败的形势一直延续到五代。陵夷,衰败。五代,我国历史上的后梁、后唐、后晋、后汉、后周五个朝代的统称。

〔2〕伏匿:隐遁。　消沮:泄气,沮丧。

〔3〕君臣之义:君臣的名分。义,名分。

〔4〕变置社稷:改朝换代。

〔5〕转死:尸首抛置野外。死,假借为"尸"。

〔6〕宗庙:帝王或诸侯祀祖宗的处所古代王室的代称,指国家。

昔晋武帝趋过目前,而不为子孙长远之谋[1],当时在位亦皆偷合苟容[2],而风俗荡然,弃礼义,捐法制,上下同失,莫以为非。有识固知其将必乱矣,而其后果海内大扰,中国列于夷狄者[3],二百余年。伏惟三庙祖宗神灵所以付属陛下[4],固将为万世血食[5],而大庇元元于无穷也。臣愿陛下鉴汉、唐、五代之所以乱亡，惩晋武苟且因循之祸[6]，明诏大臣，思所以陶成天下之才。虑之以谋[7]，计之以数[8]，为之以渐[9]，期为合于当世之变，而无负于先王之意，则天下之人才不胜用矣[10]。人才不胜用，则陛下何求而不得，何欲而不成哉？

〔1〕“昔晋武帝趋过目前”两句：晋武帝司马炎平定东吴之后，大封同姓子弟为诸侯王。他死后不久，皇室内部就发生了争夺权力的八王混战，终于亡国。趋过目前，得过且过，只顾眼前。

〔2〕当时在位亦皆偷合苟容：贾充、何曾等贵戚大臣，苟且迎合，保住官位，谋取爵禄。

〔3〕列于夷狄：被外族所分裂。

〔4〕三庙：庙是指宗庙。这里“三庙”是指宋代最早的三个皇帝宋太祖、宋太宗和宋真宗的庙宇。

〔5〕万世血食：子孙昌盛，祭祀不衰。因祭祀有牛、羊等祭品，故称祭祀为“血食”。

〔6〕惩：警惕。

〔7〕虑之以谋：考虑怎样培养造就国家的人才。虑，考虑。谋，事先估计，预见。之，造就人才。

〔8〕计之以数：预先策划，心中有数。计，策划。数，心中有数。

〔9〕为之以渐：逐步加以推行。为，推行。渐，逐步。

〔10〕不胜用：用不了。胜，尽。

夫虑之以谋，计之以数，为之以渐，则成天下之才甚易也。臣始读《孟子》，见孟子言王政之易行[1]，心则以为诚然。及见与慎子论齐鲁之地[2]，以为先王之制国，大抵不过百里者，以为今有王者起，则凡诸侯之地，或千里，或五百里，皆将损之至于数十里而后止。于是疑孟子虽贤，其仁智足以一天下[3]，亦安能毋劫之以兵革[4]，而使数百千里之强国，一旦肯损其地之十八九，比于先王之诸侯？至其后，观汉武帝用主父偃之策[5]，令诸侯王地悉得推恩封其子弟[6]，而汉亲临定其号名[7]，辄别属汉[8]，于是诸侯王之子弟，各有分土，而势强地大者，卒以分析弱小[9]，然后知虑之以谋，计之以数，为之以渐，则大者固可使小，强者固可使弱，而不至乎倾骇变乱败伤之衅[10]。孟子之言不为过，又况今欲改易更革，其势非若孟子所为之难也。臣故曰：“虑之以谋，计之以数，为之以渐，则其为甚易也。”

〔1〕见孟子言王政之易行：语本《孟子·梁惠王上》。孟子认为梁惠王不实行王道是“不为也，非不能也”。

〔2〕及见与慎子论齐鲁之地：据《孟子·告子下》记载，慎到做了鲁国的将军，准备攻占齐国的领土。孟

子劝慎子实行仁政，不要发兵齐国取地，因为按规定，“天子的土地纵横一千里”，“诸侯的土地纵横一百里”，而现在鲁国的土地已超过规定的五倍，恐怕鲁国的地方，还要削减，何必用兵去夺取别国的土地呢？慎子即慎到，战国时期的法家。

〔3〕一天下：统一天下。一，动词，统一。

〔4〕安能毋劫之以兵革：却怎么能不用武力胁迫。毋，不要。兵革，兵器、盔甲，引申为武力或战争。

〔5〕主父（fǔ）偃：西汉临淄（今山东）人，主父是复姓，汉武帝时任中大夫。当时诸侯国的力量很大，不利于中央集权。汉武帝采纳了他的建议，命令诸侯王“推恩”，把自己的封地分封给子弟，从此诸侯的封地愈来愈小，势力削弱，加强了西汉中央集权的统治。

〔6〕推恩：推爱，推广恩泽。把自己的封地再分给子弟。

〔7〕号名：官爵称号。

〔8〕辄别属汉：分别直属汉朝中央。

〔9〕分析弱小：由于土地分封给子弟而变得弱小。

〔10〕衅（xìn）：灾祸。

然先王之为天下，不患人之不为，而患人之不能；不患人之不能，而患己之不勉〔1〕。何谓不患人之不为而患人之不能？人之情所愿得者，善行、美名、尊爵、厚利也，而先王能操之以临天下之士〔2〕。天下之士有能遵之以治者，则悉以其所愿得者以与之。士不能则已矣，苟能，则孰肯舍其所愿得，而不自勉以为才？故曰：不患人之不为，患人之不能。何谓不患人之不能而患己之不勉？先王之法，所以待人者尽矣，自非下愚不可移之才〔3〕，未有不能赴者也〔4〕。然而不谋之以至诚恻怛之心，力行而先之，未有能以至诚恻怛之心，力行而应之者也。故曰：不患人之不能，而患己之不勉。陛下诚有意乎成天下之才，则臣愿陛下勉之而已。

〔1〕勉：努力。

〔2〕操之：掌握它。　临：统治。

〔3〕下愚不可移：王安石不赞成人性“生而不可移”的观点，他认为是上智还是下愚，要看后天学习发展的结果，只有“习于恶”而又一直不改变的，才能称为“下愚不可移”。

〔4〕赴：趋向。

臣又观朝廷异时欲有所施为变革，其始计利害未尝熟也，顾一有流俗侥幸之人，不悦而非之，则遂止而不敢为〔1〕。夫法度立，则人无独蒙其幸者。故先王之政虽足以利天下，而当其承弊坏之后、侥幸之时，其创法立制，未尝不艰难也。以其创法立制〔2〕，而天下侥幸之人，亦顺悦以趋之，无有龃龉[3]，则先王之法，至今存而不废矣。惟其创法立制之艰难，而侥幸之人，不肯顺悦而趋之，故古之人欲有所为，未尝不先之以征诛而后得其意[4]。《诗》曰："是伐是肆，是绝是忽，四方以无拂。"[5]此言文王先征诛而后得意于天下也。夫先王欲立法度，以变衰坏之俗而成人之才，虽有征诛之难，犹忍而为之，以为不若是不可以有为也。及至孔子，以匹夫游诸侯，所至则使其君臣捐所习，逆所顺，强所劣，憧憧如也，卒困于排逐。然孔子亦终不为之变，以为不如是，不可以有为[6]。此其所守，盖与文王同意。夫在上之圣人，莫如文王；在下之圣人，莫如孔子，而欲有所施为变革，则其事盖如此矣。今有天下之势，居先王之位，创法立制，非有征诛之难也。虽有侥幸之人不悦而非之，固不胜天下顺悦之人众也。然而一有流俗侥幸不悦之言，则遂止而不敢为者，惑也。陛下诚有意乎成天下之才，则臣又愿断之而已[7]。

注释

〔1〕"臣又观朝廷异时欲有所施为变革"五句：这是指宋仁宗庆历年间（1041—1045）以范仲淹为代表的革新派提出一系列改革政治的措施，并一度为宋仁宗所采纳。后来因保守派章得象等人的反对，攻击范仲淹交纳朋党，宋仁宗动摇了，"庆历新政"就这样失败了。异时：往时，过去。这里指庆历年间。流俗侥幸之人：投机取巧的人，这里指章得象，他是个大赌徒，靠投机取巧、巴结权贵向上爬，宋仁宗时官至宰相。

〔2〕以：同"若"，如果。

〔3〕龃龉（jǔyǔ）：原意是指上下牙齿对不上，比喻意见不合。

〔4〕征诛：用武力制裁、讨伐。

〔5〕"《诗》曰"三句：见《诗经·大雅·皇矣》。内容是歌颂周文王讨伐一部落酋长崇侯的战功。意思是出现了反对周文王的崇国，要征伐攻击，要纵兵掠夺，要消灭敌人，从此四方就太平了。伐，征伐。肆，纵兵。绝，杀绝。忽，消灭。无拂，不敢叛逆。王安石引用此诗是要说明，变法就要果断，要与保守派斗争。

〔6〕"及至孔子"七句：等到孔子以平民的身份周游列国，游说诸侯，到处劝说列国君臣抛弃旧习俗，扭转不良趋向，加强他们的薄弱之处，到处奔波，最终被排斥、被驱逐。憧憧，来往奔波。王安石是以孔子周游列国推行他的主张的事来坚定宋仁宗改革的决心。

〔7〕断之：果断行事。断，果断。

夫虑之以谋，计之以数，为之以渐，而又勉之以成[1]，断之以果[2]，然而犹不能成天下之才，则以臣所闻，盖未有也。然臣之所称，流俗之所不讲[3]，而今之议者以谓迂阔而熟烂者也[4]。窃观近世士大夫所欲悉心力耳目以补助朝廷者有矣。彼其意，非一切利害，则以为当世所不能行者[5]。士大夫既以此布世[6]，而朝廷所取于天下之士，亦不过如此。至于大伦[7]、大法[8]、礼义之际[9]，先王之所力学而守者，盖不及也。一有及此，则群聚而笑之，以为迂阔。今朝廷悉心于一切之利害[10]，有司法令于刀笔之间[11]，非一日也，然其效可观矣。则夫所为迂阔而熟烂者，惟陛下亦可以少留神而察之矣。

〔1〕勉之以成：努力地去完成。勉，尽力。成，完成。

〔2〕断之以果：果断地加以处理。断，决断，处理。果，果断。

〔3〕流俗：庸俗之辈，指反对变法的顽固派。

〔4〕迂阔而熟烂者：指脱离实际的陈辞滥调。

〔5〕"彼其意"三句：保守派目光短浅，他们所考虑的无非是眼前利益，稍为长远一点，就认为行不通。

〔6〕希世：迎合时世，追随流俗。

〔7〕大伦：指封建社会君臣、父子之间的伦理关系。

〔8〕大法：国家的法纪。

〔9〕礼义：封建社会的典章制度和道德规范。

〔10〕朝廷悉心于一切之利害：朝廷只关心一些暂时的利害问题。

〔11〕有司法令于刀笔之间：各有关部门的法令只在刀笔之间转圈子。刀笔，汉代以前的文书是刻在竹简上的，写错了字则用刀子削去。这里是指在文辞上的修饰。

昔唐太宗贞观之初[1]，人人异论，如封德彝之徒[2]，皆以为非杂用秦汉之政，不足以为天下。能思先王之事开太宗者，魏文正公一人尔[3]。其所施设，虽未能尽当先王之意，抑其大略，可谓合矣。故能以数年之间，而天下几致刑措[4]，中国安宁，蛮夷顺服，自三王以来，未有如此盛时也。唐太宗之初，天下之俗，犹今之世也，魏文正公之言，固当时所谓迂阔而熟烂者也，然其效如此。贾谊曰[5]："今或言德教之不如法令，胡不引商、周、秦、汉以观之[6]？"然则唐太宗之事，亦足以观矣。

〔1〕贞观：唐太宗李世民的年号(627—649)，是历史上的盛世。

〔2〕封德彝(yí)：唐太宗时任右仆射(yè)官，即宰相。名伦，观州蓨县(今河北景县)人。

〔3〕魏文正公：魏徵，文正是他的谥号，唐太宗时任谏议大夫、侍中等官，是历史上著名的良臣。

〔4〕刑措：没有人犯法，刑法废置无用。措，废掉。

〔5〕贾谊(前200—前168)：西汉政论家、文学家。汉文帝时召为博士，后迁太中大夫，后谪为长沙王太傅。

〔6〕"今或言德教之不如法令"两句：见《汉书·贾谊传》，意思是现在有人认为用道德教育人民，还不如推行法令制度好。他为什么不看看商朝、周朝、秦朝、汉朝的事实呢？

臣幸以职事归报陛下，不自知其驽下无以称职[1]，而敢及国家之大体者，以臣蒙陛下任使，而当归报。窃谓在位之人才不足，而无以称朝廷任使之意；而朝廷所以任使天下之士者，或非其理，而士不得尽其才，此亦臣使事之所及，而陛下之所宜先闻者也。释此不言，而毛举利害之一二〔2〕，以污陛下之聪明，而终无补于世，则非臣所以事陛下惓惓之义也〔3〕。伏惟陛下详思而择其中，天下幸甚！

〔1〕驽(nú)：劣马，比喻庸才。

〔2〕毛举：琐细地列举。

〔3〕惓惓(quán)：恳切、深切。

《上仁宗皇帝言事书》主要陈述的内容是：一，首先对国家的内忧外患进行了全面的分析，其根本原因在于统治者“不知法度”。只有改革腐败的吏制，才能挽救北宋王朝严重的政治危机。二，强调选拔和任用有革新思想的人才，是实行变法革新的首要条件。系统地提出了关于造就、培养、选拔人才的方针政策。三，提出了改革教育问题。王安石提出了宋代教育制度的种种弊端，指出了儒家经书是脱离实际的“无补之学”，从而提出了一整套改革教育和科举制度的具体措施，以学以致用的原则改革学习内容，不能只学文，而且还要学武，学有专长的人才才能担负起变法图强、保卫国家的重任。四，王安石估计到变法革新要遭到保守势力的强烈反对，因此劝谏皇上要坚决果断地实行变法，对于反对者要严惩不贷，清除革新道路上的一切障碍，变法图强，把社会治理成唐太宗时那样的太平盛世。

文章洋洋洒洒，气势磅礴。全文长达9000余字，俗称万言书，情真意切地表达了对国家命运的思考，写得恢弘恣肆，内容透彻，语言流畅，虽长达万言，却无冗赘之感。在我国古代政论文中，这是不可多得的宏篇巨制，奏章珍品，表现出杰出政治家博大的胸怀。王安石的意见虽未被仁宗皇帝采纳，但这篇文章却产生了深远的影响，为宋神宗时的“熙宁变法”奠定了理论基础，也为后人留下了政论文的典范作品。

度支副使厅壁题名记

这是宋仁宗嘉祐五年(1060)王安石在三司度支判官任内写的一篇短文。度

支副使是三司（宋神宗元丰以前国家的财政机关）副使之一，掌管国家的财政收支。以员外郎以上历任三路转运使及六路发运使充任，而政府选拔执政侍从大臣，有时是直接从度支副使擢升而来。（详见《续通志》卷一百三十）度支副使是一个重要职位，王安石曾任度支判官，深知富商豪民兼并土地、垄断经济给国家财政带来的危害，所以王安石在这篇文章中指出财政管理工作的重要性，强调度支副使任用得其人则世治；不得其人，则富商豪民就纵其私欲，兼并土地，垄断经济。作者站在维护宋王朝统治阶级利益的立场上，抑制大地主、富商豪民垄断经济，具有一定的进步意义。

三司副使〔1〕，不书前人姓名〔2〕。嘉祐五年〔3〕，尚书户部员外郎吕君冲之〔4〕，始稽之众史〔5〕，而处李纮已上至查道〔6〕，得其名〔7〕，自杨偕已上〔8〕，得其官〔9〕，自郭劝已下〔10〕，又得其在事之岁时〔11〕，于是书石而镵之东壁〔12〕。

〔1〕三司副使：宋沿袭五代的制度，置三司使，以总管国家财政开支，凡户口、赋税、田产、钱谷、食货等政令皆归于三司。三司分盐铁、户部、度支三部，以三司使一人总领三部，各部设副使一人。各部副使又称“三司副使”。

〔2〕不书前人姓名：没有把以往历任三司副使的姓名记下来。

〔3〕嘉祐五年：即1060年。嘉祐是宋仁宗年号。

〔4〕吕冲之：名景初，开封酸枣（今河南延津县）人。以户部员外郎兼侍御史知杂事，判都水监，改度支副使。《宋史》卷三百二有传。

〔5〕稽之众史：考察宋代开国以来有关三司的资料文献。稽，考察。

〔6〕李纮（hóng）：字仲纲，宋州楚邱（今河南滑县东）人。历梓州、陕西、河北路转运使，迁侍御史，后迁知杂事，后为三司度支副使。《宋史》卷二百八十七《李昌龄传》附《李纮传》。　查道：字湛林，歙州休宁（今安徽休宁县）人。咸平四年（1001）举贤良方正之士，授左正言，直史馆，不久，出为西京转运使。咸平六年（1003），始令三司使分部置副，召入，拜工部员外郎、充度支副使。《宋史》卷二百九十六有传。查道是三司使置各部副使时任度支副使的第一人。

〔7〕得其名：知道他们的名字。

〔8〕杨偕：字次公，坊州中部（今陕西中部县）人。以尚书户部员外郎兼侍御史知杂事，判吏部流内铨，徙三司度支副使。《宋史》卷三百有传。宋仁宗景祐年间杨偕任度支副使。

〔9〕得其官：知道以什么品秩的官任度支副使。

〔10〕郭劝：字仲褒，郓州须城（今山东东平县）人，曾以兵部员外郎兼起居舍人的官职出使西夏，回到北宋后以兼侍御史知杂事，权判流内铨，迁工部郎中、度支副使。《宋史》卷二百九十七有传。

〔11〕得其在事之岁时：知道他们任度支副使的年月。

〔12〕镵（chán）：镌刻。

夫合天下之众者，财；理天下之财者，法；守天下之法者，吏也。吏不良，则有法而莫守[1]；法不善，则有财而莫理。有财而莫理，则阡陌闾巷之贱人[2]，皆能私取予之势[3]，擅万物之利[4]，以与人主争黔首[5]，而放其无穷之欲[6]，非必贵强桀大而后能[7]。如是而天子犹为不失其民者，盖特号而已耳[8]。虽欲食蔬衣敝，憔悴其身，愁思其心，以幸天下之给足而安吾政[9]，吾知其犹不得也。然则善吾法，而择吏以守之，以理天下之财，虽上古尧、舜犹不能毋以此为先急[10]，而况于后世之纷纷乎[11]！

〔1〕莫守：不能执行遵守。

〔2〕阡陌闾巷之贱人：民间没有官职爵禄的人，这里指富商豪民。这是作者站在士大夫立场对没有官职爵禄之人的看法。阡陌，田间小路。闾巷，乡间街巷。

〔3〕私：占有。　取予之势：指对人民榨取和供给物资的势力。

〔4〕擅万物之利：独占万物的利益，指垄断物质财富。

〔5〕黔首：百姓，因为平时不戴帽子，露出头发，故名。黔，黑色。

〔6〕放其无穷之欲：放纵他们无穷的私欲。

〔7〕桀：同"杰"，特别。

〔8〕盖特号而已耳：只不过具有皇帝的名号罢了。特，只是，仅仅。

〔9〕以幸天下之给足而安吾政：希望天下富足而政治安定。

〔10〕不能毋以此为先急：不能不以理财为最急迫的事。毋，不。

〔11〕纷纷：纷乱扰攘。

三司副使，方今之大吏，朝廷所以尊宠之甚备[1]。盖今理财之法，有不善者，其势皆得以议于上而改为之[2]。非特当守成法，吝出入[3]，以从有司之事而已。其职事如此，则其人之贤不肖，利害施于天下如何也[4]！观其人，以其在事之岁时，以求其政事之见于今者，而考其所以佐上理财之方，则其人之贤不肖，与世之治否，吾可以坐而得矣。此盖吕君之志也[5]。

〔1〕备：周到，详备。

〔2〕其势皆得以议于上而改为之：有权力议于朝廷而改变它。

〔3〕吝出入：严格掌握财政支出和收入。

〔4〕利害施于天下：天下人都受益或受害。

〔5〕此盖吕君之志也：这就是吕君刻石的用意。

文题虽叫“题名记”，其实是一篇短小精悍的议论文。仅在第一段记叙“厅壁题名”的大概，接着就借题发挥，直抒政见，论述“理财”以及“用人”的重要性，为后来的变法制造舆论，首尾照应，最后又归结到“厅壁题名”上来。

文章论断明确，斩钉截铁。推论清晰，详略得当，结构紧凑。表现出王安石改革弊政的气魄和决心。

上时政疏

宋仁宗嘉祐六年（1061），王安石给宋仁宗赵祯写下了这篇申述变法主张的奏疏，这个奏章从总结历史经验教训来论述变法革新的迫切性。王安石反对因循守旧，贪图安逸，要求有所作为、以古鉴今。

年、月、日，具位臣某昧死再拜上疏尊号皇帝陛下〔1〕：臣窃观自古人主享国日久〔2〕，无至诚恻怛忧天下之心〔3〕，虽无暴政虐刑加于百姓，而天下未尝不乱。自秦以下，享国日久者，有晋之武帝、梁之武帝、唐之明皇〔4〕。此三帝者，皆聪明智略有功之主也。享国日久，内外无患，因循苟且，无至诚恻怛忧天下之心，趋过目前，而不为久远之计，自以祸灾可以无及其身，往往身遇灾祸而悔无所及。虽或仅得身免，而宗庙固已毁辱〔5〕，而妻子固已困穷，天下之民固已膏血涂草野〔6〕，而生者不能自脱于困饿劫束之患矣。夫为人子孙，使其宗庙毁辱；为人父母〔7〕，使其比屋死亡〔8〕，此岂仁孝之主所宜忍者乎？然而晋、梁、唐之三帝以晏然致此者〔9〕，自以为其祸灾可以不至于此，而不自知忽然已至也。

〔1〕具位臣：唐宋以来，官吏在起草向皇帝报告的文件时，常把本人的官爵、品级，简写为“具官”或“具位臣”，意思是挂了个名而不称职。又常把皇帝的尊号省略，写作“尊号皇帝”，因为皇帝的尊号往往很长，当时宗仁宋就自称是“景祐体天法道仁明孝德皇帝”。 某：作者的自称。 疏：人臣向皇帝陈述事情的一种文体。

〔2〕人主享国日久：皇帝在位时间长。人主，皇帝。享国，享有国家统治权，指皇帝在位之年。

〔3〕至诚恻怛忧天下之心：十分真诚地为天下忧虑的心思。恻怛（dá）：忧伤，同情。

〔4〕有晋之武帝、梁之武帝、唐之明皇：晋武帝（236—290），即司马炎，晋朝的建立者，在位26年。他分封同姓子弟作诸侯王，死后不久，西晋就灭亡了。梁武帝（464—548），即萧衍，南朝梁的建立者，在位45

年。他信奉佛教，不理政事，后来被叛臣侯景率兵包围，饿死在南京的台城。唐明皇（658—762），即李隆基，唐代皇帝，庙号玄宗，在位44年。他宠幸杨贵妃，不理朝政，致使发生了“安史之乱”。王安石认为这三位皇帝开始都有所作为，后来因为苟且偷安，只顾眼前，没有深谋远虑，导致国家的衰败灭亡。

〔5〕宗庙：皇帝祭祖的庙宇，象征封建国家。

〔6〕膏血：指人民的血肉。膏，脂肪。

〔7〕为人父母：皇帝作为人民的父母。上文“为人子孙”的人是指皇帝是其祖宗的子孙。

〔8〕比屋：屋子连着屋子，即家家户户的意思，形容人数之多。

〔9〕晏然：安然、安逸的样子。

盖夫天下至大器也〔1〕，非大明法度〔2〕，不足以维持；非众建贤才〔3〕，不足以保守。苟无至诚恻怛忧天下之心，则不能询考贤才〔4〕，讲求法度。贤才不用，法度不修，偷假岁月〔5〕，则幸或可以无他〔6〕，旷日持久〔7〕，则未尝不终于大乱。

〔1〕大器：宝贵的器物，这里比喻封建政权。语出于《荀子·王霸》：“国者，天下之大器也。”

〔2〕大明法度：大力严明法律制度。

〔3〕众建贤才：广泛培养能推行这些法律制度的人才。众，大量，广泛。建，培植，培养。

〔4〕询考：询问，考察。

〔5〕偷假岁月：苟且度日。

〔6〕幸或：也许。

〔7〕旷日持久：多费时日，拖得很久。

伏惟皇帝陛下有恭俭之德，有聪明睿智之才，有仁民爱物之意。然享国日久矣〔1〕，此诚当恻怛忧天下，而以晋、梁、唐三帝为戒之时。以臣所见，方今朝廷之位，未可谓能得贤才；政事所施，未可谓能合法度。官乱于上，民贫于下，风俗日以薄〔2〕，财力日以困穷，而陛下高居深拱〔3〕，未尝有询考讲求之意。此臣所以窃为陛下计而不能无慨然者也〔4〕。

〔1〕然享国日久矣：宋仁宗于1023年即位，到王安石上这道奏章时，他已在位38年。

〔2〕风俗日以薄：指当时政治腐败，兼并日盛，官僚大地主的生活奢华的社会风气。

〔3〕高居深拱：高高在上，无所事事。深拱，两手交叉合抱，比喻无所作为。

〔4〕慨然：叹气。

夫因循苟且逸豫而无为〔1〕，可以侥幸一时，而不可以旷日持久。晋、

梁、唐三帝者，不知虑此，故灾稔祸变生于一时[2]，则虽欲复询考讲求以自救，而已无所及矣！以古准今[3]，则天下安危治乱，尚可以有为。有为之时，莫急于今日。过今日，则臣恐亦有无所及之悔矣。然则以至诚询考而众建贤才，以至诚讲求而大明法度，陛下今日其可以不汲汲乎[4]？《书》曰："若药不瞑眩，厥疾弗瘳[5]。"臣愿陛下以终身之狼疾为忧[6]，而不以一日之瞑眩为苦。

注释

〔1〕逸豫而无为：安逸享乐，无所作为。

〔2〕灾稔(rěn)：即灾年。稔，庄稼成熟。

〔3〕准：衡量。

〔4〕汲汲：不停息的样子，这里是抓紧不放松的意思。

〔5〕若药不瞑眩，厥疾弗瘳：引自《尚书·说(yuè)命》。如果吃了药不感到头昏眼花，病就不会痊愈。瞑眩(míngxuàn)，昏乱。厥，他的。瘳(chōu)，病愈。

〔6〕狼疾：指致命的疾病。狼，形容疾病的严重。

臣既蒙陛下采擢[1]，使备从官[2]，朝廷治乱安危，臣实预其荣辱[3]。此臣所以不敢避进越之罪[4]，而忘尽规之义[5]。伏惟陛下深思臣言，以自警戒，则天下幸甚！

〔1〕采擢(zhuó)：录用提拔。

〔2〕使备从官：任命我做侍从官。备从官，聊备从官之数，是表示谦卑的话。王安石当时是任知制诰，皇帝的秘书，所以是宋仁宗的侍从官。

〔3〕预：参与。

〔4〕进越之罪：超越权限的罪过。

〔5〕尽规之义：尽自己规劝的责任。义，义务，责任。

文章向宋仁宗陈述了北宋社会在太平的假象背后潜伏着严重的政治危机，"官乱于上，民贫于下，风俗日薄，财力日以困穷"。王安石分析了晋武帝司马炎、梁武帝萧衍、唐明皇李隆基等古代君主丧失政权的历史事例，得出了因循守旧必然走向衰败的结论。提醒宋仁宗，如果"因循苟且"，"偷假岁月"，就会招致"灾稔祸变"。应该实行变法革新，呼吁"大明法度"，"众建贤才"，以免重蹈晋武帝、梁武帝和唐明皇由兴盛走向衰败的覆辙，要实行变法，改革弊政，有所作为。文章态度诚恳，列举典型的历史事件为论据，议论北宋的社会情况，从正反两方面分析变法革新的迫切性，分析透彻，有很强的说服力。

本朝百年无事札子

题解

札子，古代公牍文的一种。用于向皇帝或长官进言议事。这篇奏章写于宋神宗熙宁元年(1068)。《续资治通鉴》卷六十六记载宋神宗熙宁元年四月，宋神宗召见王安石，问王安石："祖宗守天下，能百年无大变，粗致太平，以何道也？"数留数问，王安石退而写此奏章。这篇奏章可分前后两部分，前一部分解释了宋初百余年间太平无事的情况和原因；后一部分指陈时弊，揭露了当时危机四伏的社会状况，向宋神宗说明变法革新的必要性和迫切性。王安石分析了当时臃肿瘫痪的官僚机构，指出了农民生活贫困、军队软弱无力和国家财政空虚等社会危机，表明他改革和调整是为了巩固北宋王朝的统治。这篇文章是王安石变法的前奏曲。宋神宗非常重视这篇奏章，次年二月任命王安石为参知政事，开始实行变法。

臣前蒙陛下问及本朝所以享国百年〔1〕，天下无事之故。臣以浅陋，误承圣问〔2〕，迫于日晷〔3〕，不敢久留，语不及悉〔4〕，遂辞而退。窃惟念圣问及此〔5〕，天下之福，而臣遂无一言之献，非近臣所以事君之义〔6〕，故敢昧冒而粗有所陈〔7〕。

〔1〕陛下：对皇帝的尊称。享国：享有国家，指在位掌权。

〔2〕误承圣问：承蒙皇帝下问。误承，误受，谦恭说法。圣问，皇帝下问。

〔3〕迫于日晷：迫于时间短促。日晷(guǐ)，按照日影的移动来测定时间的仪器，这里是指时间。

〔4〕悉：详尽。

〔5〕窃惟念：我私下在想。窃，表谦副词，私下。

〔6〕近臣：皇帝亲近的大臣。当时王安石任翰林学士，负责起草诏命，并备顾问，是侍从官。

〔7〕昧冒：就是冒昧。此为自谦之词。

伏惟太祖〔1〕，躬上智独见之明〔2〕，而周知人物之情伪〔3〕；指挥付托，必尽其材；变置施设，必当其务。故能驾驭将帅〔4〕，训齐士卒〔5〕；外以捍夷狄〔6〕，内以平中国〔7〕。于是除苛赋，止虐刑，废强横之藩镇〔8〕，诛贪残之官吏。躬以简俭为天下先〔9〕，其于出政发令之间，一以安利元元为事〔10〕。太宗承之以聪武〔11〕，真宗守之以谦仁〔12〕，以至仁宗〔13〕、英宗〔14〕，无有逸德[15]。此所以享国百年，而天下无事也。

〔1〕太祖：赵匡胤，宋朝开国皇帝。

〔2〕躬上智独见：本身具有极高的智慧和独到的见解。躬，本身，这里用为动词，本身具有。

〔3〕情伪：真诚与虚伪。

〔4〕驾驭：统率、指挥。

〔5〕训齐：训练整治（军队）。

〔6〕捍夷狄：抵抗外族入侵，捍卫国家。夷狄，旧时对少数民族侮辱性的称呼，实指契丹、西夏。

〔7〕中国：指中原地区。

〔8〕废强横之藩镇：指宋太祖用“杯酒释兵权”的手段，解除了禁军将领石守信、节度使王彦超的兵权。

〔9〕躬：亲自。

〔10〕安利元元：使老百姓得到平安与好处。元元，老百姓。

〔11〕太宗：赵光义，宋太祖之弟。太宗继承太祖做皇帝，在位22年（976—997）。

〔12〕真宗：赵恒，宋太宗之子。真宗继承太宗的皇位，在位25年（997—1042）。

〔13〕仁宗：赵祯，宋真宗之子。仁宗继承真宗的皇位，在位41年（1022—1063）。

〔14〕英宗：赵曙，太宗的曾孙，濮王允让之子。继承仁宗的皇位，在位4年（1063—1067）。

〔15〕逸德：失德，过失。

仁宗在位，历年最久，臣于时实备从官[1]，施为本末[2]，臣所亲见，尝试为陛下陈其一二，而陛下详择其可，亦足以申鉴于方今[3]。伏惟仁宗之为君也，仰畏天，俯畏人[4]；宽仁恭俭[5]，出于自然，而忠恕诚悫[6]，终始如一；未尝妄兴一役，未尝妄杀一人，断狱务在生之[7]，而特恶吏之残扰[8]，宁屈己弃财于夷狄[9]，而终不忍加兵；刑平而公，赏重而信；纳用谏官御史，公听并观[10]，而不蔽于偏至之谗[11]；因任众人耳目[12]，拔举疏远[13]，而随之以相坐之法[14]。盖监司之吏以至州县[15]，无敢暴虐残酷，擅有调发以伤百姓[16]，自夏人顺服[17]，蛮夷遂无大变，边人父子夫妇，得免于兵死，而中国之人，安逸蕃息，以至今日者，未尝妄兴一役，未尝妄杀一人，断狱务在生之，而特恶吏之残扰，宁屈己弃财于夷狄，而不忍加兵之效也。大臣贵戚，左右近习[18]，莫敢强横犯法，其自重慎，或甚于闾巷之人[19]，此刑平而公之效也。募天下骁雄横猾以为兵[20]，几至百万，非有良将以御之[21]，而谋变者辄败[22]；聚天下财物，虽有文籍[23]，委之府史[24]，非有能吏以钩考[25]，而断盗者辄发[26]；凶年饿岁，流者填道[27]，死者相枕[28]，而寇攘者辄得[29]；

此赏重而信之效也。大臣贵戚，左右近习，莫能大擅威福，广私货赂，一有奸慝[30]，随辄上闻，贪邪横猾，虽间或见用，未尝得久，此纳用谏官御史、公听并观、而不蔽于偏至之谗之效也。自县令京官以至监司台阁[31]，升擢之任[32]，虽不皆得人，然一时之所谓才士，亦罕蔽塞而不见收举者[33]，此因任众人之耳目、拔举疏远、而随之以相坐之法之效也。升遐之日[34]，天下号恸[35]，如丧考妣[36]，此宽仁恭俭出于自然、忠恕诚悫终始如一之效也。

〔1〕臣于时实备从官：王安石在宋仁宗时曾任知制诰，负责起草国家的诏令，为皇帝的侍从官。

〔2〕施为本末：一切措施从始到终经过的情形。

〔3〕申鉴于方今：引申为当前措施的借鉴。

〔4〕仰畏天，俯畏人：表示戒惧、谨慎之意。《论语·季氏篇》："君子有三畏：畏天命，畏大人，畏圣人之言。"

〔5〕宽仁恭俭：《宋史·仁宗本纪赞》："仁宗恭俭仁恕，出于天性。"

〔6〕诚悫(què)：诚恳。

〔7〕生：使之生。

〔8〕恶(wù)：厌恶。

〔9〕宁屈己弃财于夷狄：指用献币纳绢的办法向契丹等北方民族统治者屈服妥协。这是替宋仁宗曲为辩解的话。

〔10〕公听并观：多听多看。

〔11〕偏至之谗：片面的谗言。

〔12〕因任：凭借，依靠。

〔13〕拔举疏远：提拔、起用疏远的人。

〔14〕相坐之法：被推荐人如果后来失职，推荐人连带受到处罚。古有相坐之法，就是株连治罪法。

〔15〕监司之吏：监察州郡的官员。宋朝设置诸路转运使、安抚使、提点刑狱、提举常平四司，兼有监察的职责，称为监司。　州县：指地方官员。

〔16〕调发：征调。

〔17〕夏人：西夏，是由党项族建立的政权，当时占据西北地区。

〔18〕左右近习：皇帝周围亲近的人，即太监、宫女之类。

〔19〕闾巷之人：平民百姓。闾巷，街巷。

〔20〕募天下骁雄横猾以为兵：宋代采取募兵制，应募者多为懒惰、负罪亡命之徒。骁雄横猾，勇猛强暴而奸诈的人。

〔21〕御：统率、管理。

〔22〕辄(zhé)：就。

〔23〕文籍：账册。

〔24〕府吏：书吏，办事员。

〔25〕钩考：查核。

〔26〕断盗者:截留盗窃之人。

〔27〕流者:流亡的人。

〔28〕死者相枕:尸体枕着尸体,形容死者极多。

〔29〕寇攘者:强盗。往往是统治者对农民起义的称谓。

〔30〕奸慝(tè):邪恶不正的行为。

〔31〕台阁:指尚书台,这里指中枢的执政大臣。

〔32〕升擢(zhuó):提升。

〔33〕收举:任用提升。

〔34〕升遐:对皇帝(这里指宋仁宗)死亡的讳称。

〔35〕号恸(tòng):痛哭。

〔36〕考妣(bǐ):称已死的父母。古时父亲死后称考,母亲死后称妣。

然本朝累世因循末俗之弊[1],而无亲友群臣之议,人君朝夕与处,不过宦官女子,出而视事,又不过有司之细故[2],未尝如古大有为之君[3],与学士大夫讨论先王之法,以措之天下也[4]。一切因任自然之理势[5],而精神之运[6],有所不加;名实之间[7],有所不察。君子非不见贵,然小人亦得厕其间[8];正论非不见容,然邪说亦有时而用;以诗赋记诵求天下之士[9],而无学校养成之法;以科名资历叙朝廷之位[10],而无官司课试之方;监司无检察之人,守将非选择之吏;转徙之亟[11],既难于考绩,而游谈之众[12],因得以乱真;交私养望者[13],多得显官[14];独立营职者[15],或见排沮[16]。故上下偷惰取容而已[17],虽有能者在职,亦无以异于庸人。农民坏于徭役,而未尝特见救恤,又不为之设官,以修其水土之利;兵士杂于疲老,而未尝申敕训谏[18],又不为之择将,而久其疆埸之权[19],宿卫则聚卒伍无赖之人[20],而未有以变五代姑息羁縻之俗[21];宗室则无教训选举之实,而未有以合先王亲疏隆杀之宜[22]。其于理财,大抵无法,故虽俭约,而民不富,虽忧勤,而国不强。赖非夷狄昌炽之时,又无尧、汤水旱之变[23],故天下无事,过于百年,虽曰人事,亦天助也。盖累圣相继[24],仰畏天,俯畏人,宽仁恭俭,忠恕诚悫,此其所以获天助也。

〔1〕因循末俗:沿袭着以往的旧习俗。

〔2〕有司之细故:官吏们细小的事情。

〔3〕大有为之君:《孟子·公孙丑下》:"故将大有为之君,必有所不召之臣,欲有谋焉则就之。"大有为,大有作为。

〔4〕措之：把它实施到。
〔5〕自然之理势：客观形势。理势，发展趋势。
〔6〕精神之运：主观努力。
〔7〕名实：名目与实效。
〔8〕厕：参与，混进中间。
〔9〕诗赋：唐宋时考试的科目。
〔10〕科名资历：科名指科第、名次；资历指资格、履历。
〔11〕转徙：调动官职。
〔12〕游谈之众：夸夸其谈的人。
〔13〕交私养望者：交结私党以提高自己声望的人。
〔14〕显官：显要的官职。
〔15〕独立营职者：不靠别人、勤于职守的人。
〔16〕排沮(jǔ)：排挤、压抑。沮，止。
〔17〕取容：讨好于人。
〔18〕申敕(chì)：发布政府的命令，这里引申为告诫、约束的意思。
〔19〕久其疆埸(yì)之权：长期在外担任武官。
〔20〕宿卫：禁卫军，皇宫的卫队。
〔21〕姑息羁縻：纵容笼络、胡乱收编的意思。
〔22〕亲疏隆杀之宜：亲近或疏远、恩宠或冷落的区别原则。
〔23〕尧、汤水旱之变：相传尧时有九年的水患，商汤时有七年的旱灾。
〔24〕累圣：历代皇帝，指前面提到的太祖、太宗、真宗、仁宗、英宗。

伏惟陛下，躬上圣之质〔1〕，承无穷之绪〔2〕，知天助之不可常恃，知人事之不可怠终〔3〕，则大有为之时，正在今日。臣不敢辄废将明之义〔4〕，而苟逃讳忌之诛〔5〕，伏惟陛下，幸赦而留神，则天下之福也。取进止〔6〕。

〔1〕躬上圣之质：自身具备最圣明的资质。
〔2〕承无穷之绪：继承皇业，传之无穷。绪，事业。
〔3〕不可怠终：到了后期不可流于懈怠。
〔4〕将明之义：实施和说明的职责。将，实施。明，明辨。
〔5〕苟逃讳忌之诛：逃避因触犯皇帝忌讳应该受到的惩罚。
〔6〕取进止：这是写给皇帝奏章结尾使用的套语，意思是请对我的意见是否可以采纳做出决定。

这篇文章中，王安石回顾了北宋立国以来的历史，总结了历史经验，暗示宋神宗应该继承优秀的历史传统，才能有所作为。接着王安石分析了宋仁宗在位时积贫积弱的社会局面和种种政治弊病，欲抑先扬，并指出在“百年无事”的现象背

后正酝酿着严重的社会危机。"百年无事"只是由于天助,不能苟且偷安,必须实行变法革新,并驳斥了保守派"祖宗之法固不可变"的谬论,为变法革新确立了理论依据。

文章从太祖起论直至英宗,由远及近,详近略远,重点突出,着重议论宋仁宗统治四十年的得失。"仁宗在位,历年最久",王安石在朝为官,所论都是"臣所亲见",使文中内容有可信性、可借鉴性。论仁宗之政绩,言简意赅;言社会弊端,具体详细。

文章组织严密,说理透彻,措辞委婉得体,体现出王安石政论文的特色。对偶、排比等修辞手法的运用,也使文章增色生辉。总括和分述前后关联,有开有合,结构紧凑。

乞制置三司条例

题解

宋神宗熙宁二年(1069)二月,王安石任参知政事,开始实行变法。为了挽救北宋积贫积弱的局面,必须重视理财。为此建立了一个指导变法的新机构——制置三司条例司,并制定了一系列新法。这篇奏疏是王安石以制置三司条例司主管官的名义于同年七月向宋神宗提交的一份请示,请求批准推行均输法条例。这是王安石制定的第一个政策性法令。文中详述了准备推行的均输法的具体内容,等待批准之后,就可以皇帝的名义下发制置三司条例司施行。王安石的这个报告被批准后,宋神宗从国库中拨出五百万贯钱和三百万石米作为发运司的本钱,由曾任发运使的薛向主持推行均输法,改善了运输供应工作,限制了囤积居奇、大肆谋利的活动,打击了兼并和投机行为。

窃观先王之法[1],自畿之内[2],赋入精粗,以百里为之差[3],而畿外邦国各以所有为贡。又为通财移用之法以懋迁之[4],其治市之货财[5],则无者使有,害者使除;市之不售、货之滞于民用,则吏为敛之[6],以待不时而买者[7]。凡此非专利也。

盖聚天下之人而治之[8],不可以无财;理天下之财,不可以无义[9]。夫以义理天下之财,则转输之劳逸不可以不均,用度之多寡不可以不通,货贿之有无不可以不制[10],而轻重敛散之权不可以无术[11]。

〔1〕先王之法：指《周礼·大司徒》中关于均齐贡赋的一段。王安石采用汉代桑弘羊等人的经济思想，对此作了新的解释。

〔2〕畿(jī)：指国都附近的地区。

〔3〕赋入精粗，以百里为之差：征收的实物赋税质量有精有粗，按一百里的地域范围来划分等级。差，差别，等级。

〔4〕通财移用：货币和其他实物可以灵活通用。 懋迁：交易。

〔5〕治市之货财：管理市场上的货物。

〔6〕则吏为敛之：那么官家就把它收购起来。敛，收，收购。

〔7〕不时：临时，随时。

〔8〕盖聚天下之人而治之：凝聚全国人民，管理好他们。盖，发语词。

〔9〕义：指合理的方法。

〔10〕货贿：古代把金玉称为货，布帛称为贿，货贿均当通货使用。

〔11〕轻重敛散：轻重指货价的低或高；敛散指对货物的收购或卖出。

今天下财用窘急无余〔1〕，典领之官拘于弊法〔2〕，内外不以相知，盈虚不以相补。诸路上供〔3〕，岁有定额；丰年便道，可以多致，而不敢不赢〔4〕；年俭物贵〔5〕，难于供备，而不敢不足。远方有倍蓰之输〔6〕，中都有半价之鬻〔7〕。三司发运使按簿书〔8〕、促期会而已，无所可否增损于其间，至遇军国郊祀之大费〔9〕，则遣使铲刷，殆无余藏〔10〕。诸司财用事，往往为伏匿，不敢实言，以备缓急〔11〕，又忧年计之不足〔12〕，则多为支移、折变以取之〔13〕，民纳租税数至或倍其本数。而朝廷所用之物，多求于不产，责于非时，富商大贾因时乘公私之急，以擅轻重敛散之权〔14〕。

〔1〕窘急无余：贫困紧张没有剩余。窘，贫困。

〔2〕典领之官拘于弊法：主管官员死守着不合理的旧制度。拘，固守，拘泥。

〔3〕上供：向朝廷输送贡税钱物。

〔4〕赢：多，盈馀。

〔5〕年俭：荒年。

〔6〕倍蓰(xǐ)：五倍叫蓰，倍蓰指提高一倍至五倍。

〔7〕中都有半价之鬻：汴京只能卖半价。

〔8〕发运使：主持发运司的官员。发运司是宋代掌管物资运输供应工作的机关。

〔9〕军国郊祀之大费：国家重大的军事开支和皇帝到郊外祭天的重大花费。

〔10〕遣使铲刷，殆无余藏：派官吏到四处搜刮，财物几乎被洗劫一空。铲刷，搜刮。

〔11〕缓急：偏义复词，指紧急。

〔12〕年计：年度预算。

〔13〕支移、折变：支移，缴粮本有固定的地点，但官府有时要税粮户把粮送到别的地区，甚至遥远的边塞。折变，官吏征收时任意将这种实物折合成那种实物，或将实物折合为钱。这是宋代官府增加税额的两种手段。

〔14〕擅：据有，此处为操纵的意思。

臣等以谓：发运使总六路之赋入〔1〕，而其职以制置茶〔2〕、盐、矾税为事，军储国用，多所仰给〔3〕，宜假以钱货〔4〕，继其用之不给〔5〕，使周知六路财赋之有无而移用之。凡籴买税敛上供之物，皆得徙贵就贱，用近易远〔6〕，令预知在京库藏、年支，见在之定数所当供办者，得以从便变易蓄卖〔7〕，以待上令。稍收轻重敛散之权归之公上〔8〕，而制其有无，以便转输。省劳费，去重敛〔9〕，宽农民，庶几国用可足〔10〕，民财不匮矣〔11〕。

所有本司合置官属〔12〕，许令辟举〔13〕，及应有合行事件〔14〕，令依条例以闻。奏下制置司参议施行〔15〕。

〔1〕六路：指北宋王朝在长江中下游地区设置的行政区，即两浙路、江南东西路、淮南路和荆湖南北路，包括今天的江苏、浙江、安徽、江西、湖北和湖南六省，是当时经济发达地区。

〔2〕制置：设立。

〔3〕仰给：依靠他们供给。

〔4〕假以钱货：拨给他们一笔钱款。

〔5〕不给：不足。

〔6〕徙贵就贱，用近易远：离开高价地区到便宜地区，改远地采购为近地办理。

〔7〕变易蓄卖：货物或蓄积或卖出，灵活处理。

〔8〕公上：公家，朝廷。

〔9〕重敛：重税。

〔10〕庶几：或许。

〔11〕匮：缺乏。

〔12〕官属：官员。

〔13〕许令辟举：允许征聘和推荐。辟，征召。

〔14〕合行事件：应该办的事情。

〔15〕制置司：指制置三司条例司。

新评

文章的主旨是：一，针对北宋积贫积弱的局面，提出“理天下之财，不可以无义”的主张，阐明了变法必须从经济入手，从理财开始。二，提出了“收轻重敛散之权，归之公上”的原则，打击囤积居奇、操纵市场的大官僚大地主和投机商人，加强国家对经济的管理。三，揭露北宋政府在财政管理特别是物资运输方面的严重问题,要求通过实行均输来补救。王安石制定的均输法,有利于商品经济的发展,增强了国家的财政收入,对于增强国力、抵御外来侵略,有重大的意义。文章充分体现出政治家的远见卓识。

进戒疏

这篇文章写于熙宁二年(1069)。宋神宗(赵顼)即位的第二年,王安石被任命为参知政事(相当于副相)。文章就是王安石给即位不久的年轻皇帝宋神宗的一封奏疏。文章列举古代圣人贤士的事例,指出不近声色、不贪财货的重要性。从正反两个方面论述了节制和放纵耳目之欲的不同结果,提醒皇帝保持警惕。最后又说皇帝年轻,享受天下供养,容易沉溺于耳目之欲;皇帝处于万人之上,应自重自爱,方能大有作为。作者勉励皇帝,拳拳忠心,溢于言表。表现出立志改革、挽救国势的政治家王安石对新任皇帝宋神宗的无限希望。

臣某昧死再拜上疏皇帝陛下:

臣窃以为陛下既终亮阴〔1〕,考之于经,则群臣进戒之时,而臣待罪近司〔2〕,职当先事有言者也。窃闻孔子论为邦,先放郑声〔3〕,而后曰远佞人〔4〕;仲虺称汤之德〔5〕,先不迩声色〔6〕,不殖货利〔7〕,而后曰用人惟己。盖以谓不淫耳目于声色玩好之物,然后能精于用志;能精于用志,然后能明于见理;能明于见理,然后能知人;能知人,然后佞人可得而远,忠臣良士,与有道之君子,类进于时,有以自竭。则法度之行,风俗之成,甚易也。若夫人主虽有过人之材,而不能早自戒于耳目之欲,至于过差以乱其心之所思〔8〕,则用志不精;用志不精,则见理不明;见理不明,则邪说诐行〔9〕,必窥间乘殆而作〔10〕。则其至于危乱也,岂难哉?

〔1〕陛下既终亮阴:陛下已经完成了守丧之礼。终,完结。亮阴,古代礼制用语,专指天子守丧。

〔2〕臣待罪近司:臣下不才,身负近侍大臣的职责。待罪,是封建时代担任官职的自谦之词。近司,皇帝身边的显要官职。

〔3〕先放郑声:首先排斥淫荡的音乐。郑声,郑国音乐,大多表现爱情,古代借指靡靡之音。

〔4〕而后曰远佞人:然后再说疏远巧言令色的奸邪小人。远(yuàn),动词,疏远。佞(nìng)人,花言巧语的奸邪小人。

〔5〕仲虺称汤之德:仲虺称颂商汤的高尚品德。仲虺(huǐ),商王成汤的左相。《尚书·仲虺之诰》中仲

飏赞美成汤不接近音乐女色,不贪图财物。

〔6〕迩(ěr):近。

〔7〕不殖货利:不贪图生财谋利。殖,孳生。

〔8〕至于过差以乱其心之所思:以致荒淫无度,搞得思想昏乱。过差,过失,错误。

〔9〕邪说诐行:不正当的言论和行径。诐(bì),不平正。诐行,不正当的行为。

〔10〕必窥间乘殆而作:一定会利用君主麻痹松懈乘机兴风作浪。窥间(jiàn),窥伺空隙,乘机而入。乘殆(dài),乘其懈怠麻痹之时。殆,通"怠"。

伏惟陛下即位以来〔1〕,未有声色玩好之过闻于外。然孔子圣人之盛,尚自以为七十而后敢从心所欲也〔2〕;今陛下以鼎盛之春秋〔3〕,而享天下之大奉,所以惑移耳目者为不少矣,则臣之所豫虑,而陛下之所深戒,宜在于此。

天之生圣人之材甚吝〔4〕,而人之值圣人之时甚难〔5〕。天既以圣人之材付陛下,则人亦将望圣人之泽于此时〔6〕。伏惟陛下自爱以成德,而自强以赴功〔7〕,使后世不失圣人之名,而天下皆蒙陛下之泽,则岂非可愿之事哉?

臣愚不胜惓惓〔8〕,惟陛下恕其狂妄〔9〕,而幸赐省察〔10〕!

〔1〕伏惟:低头细想。伏是古代下属对待上司的敬词。

〔2〕七十而后敢从心所欲:出自《论语·为政篇》:"七十而从心所欲,不踰矩。"意思是过了七十岁后才能怎么想的就怎么去做,不会违背法度。

〔3〕鼎盛之春秋:正当年轻。鼎盛,正当壮盛。鼎,正当。春秋,年岁。

〔4〕吝(lìn):吝惜。这里的意思是极少,难得。

〔5〕值:遇上。

〔6〕泽:君主施与人民的恩德。

〔7〕赴功:成就功业。

〔8〕惓惓:同"拳拳",诚恳。

〔9〕惟:副词,表示希望或请求的意思。

〔10〕省察:仔细审阅。

文章语言诚恳。用顶真格式,剖析事理,层层深入,语意连贯。运用反问句,增强语气,发人深省。这篇奏疏语气深沉而又委婉得体。

答司马谏议书

题解

这是王安石写给谏议大夫司马光的一封回信。王安石变法，遭到了以司马光为代表的保守派的强烈反对。宋神宗熙宁三年（1070）二月，司马光写信给王安石，对新法提出了种种指责，王安石只简单作了回复。三月，司马光再次致书王安石，要求罢新法、复旧制，于是王安石就写了这封回信，对司马光指责他实行新法有“侵官”、“生事”、“征利”、“拒谏”、“致谤”五大罪状进行了反驳，并对士大夫不恤国事、苟且偷安、墨守成规的保守思想表示不满。表明要打破苟且习气，坚定改革政治的信念。

某启〔1〕：昨日蒙教〔2〕，窃以为与君实游处相好之日久〔3〕，而议事每不合〔4〕，所操之术多异故也〔5〕。虽欲强聒〔6〕，终必不蒙见察〔7〕，故略上报〔8〕，不复一一自辨〔9〕。重念蒙君实视遇厚〔10〕，于反复不宜卤莽〔11〕，故今具道所以〔12〕，冀君实或见恕也〔13〕。

〔1〕某启：如说安石禀告。某，古人用在信稿上替代自己的名字。根据书稿编的文集，也常保留不动。但正式发出信件，还是将“某”改作本名。启，古人写信的惯用语，表示开始陈述。

〔2〕蒙教：承蒙您赐教，意即收到来信。

〔3〕窃：私下。谦指自己。　君实：司马光的字。　游处：交游相处。意即交往。

〔4〕每：常常。

〔5〕操：持。　术：指治国之术，即治国的方法。

〔6〕强聒（guō）：硬在您耳边叨唠，指强作辩解。聒，吵吵嚷嚷，声音嘈杂，这里指话多。

〔7〕见察：被理解。

〔8〕上报：指回信。

〔9〕辨：同“辩”，辩白。

〔10〕重念：又想到。　视遇厚：看待优厚，看重。

〔11〕反复：指书信来往。　卤莽：粗疏草率。卤，同“鲁”。

〔12〕具：详细。　所以：是说之所以这样做的理由。

〔13〕冀：希望。　或见恕：或许能被谅解。

盖儒者所争〔1〕，尤在于名实〔2〕，名实已明，而天下之理得矣〔3〕。今君实所以见教者〔4〕，以为侵官〔5〕、生事〔6〕、征利〔7〕、拒谏〔8〕，以致天下怨谤也〔9〕。某则以为受命于人主〔10〕，议法度而修之于朝廷〔11〕，以授之于有司〔12〕，不为侵官；举先王之政〔13〕，以兴利除弊，不为生事；为天下理财〔14〕，不为征利；辟邪说〔15〕，难壬人〔16〕，不为拒谏。至于怨诽之多，则固前知其如此也〔17〕。人习于苟且非一日〔18〕，士大夫多以不恤国事〔19〕、同俗自媚于众为善〔20〕。上乃欲变此〔21〕，而某不量敌之众寡，欲出力助上以抗之，则众何为而不汹汹然〔22〕？盘庚之迁〔23〕，胥怨者民也〔24〕，非特朝廷士大夫而已〔25〕。盘庚不为怨者故改其度〔26〕；度义而后动〔27〕，是而不见可悔故也〔28〕。如君实责我以在位久，未能助上大有为，以膏泽斯民〔29〕，则某知罪矣；如曰今日当一切不事事〔30〕，守前所为而已〔31〕，则非某之所敢知〔32〕。

无由会晤〔33〕，不任区区向往之至〔34〕。

〔1〕盖：发语词。　儒者：指儒士，信奉孔子学说的人。

〔2〕尤在于名实：是说尤其在于名称与事实是否一致。

〔3〕得：获得，掌握。

〔4〕所以见教者：所以，所用来。见教，教导我，指教我。

〔5〕侵官：侵夺原有官吏的职权，指王安石设立主持新法的总机构“制置三司条例司”。

〔6〕生事：无端惹是生非，滋生事端，制造纷乱。

〔7〕征利：认为王安石设法增加国家财富是与民争利。

〔8〕拒谏：拒绝别人的劝告，不接受批评。

〔9〕以致天下怨谤：以致，因而招致。怨谤，怨恨、诽谤。

〔10〕受命于人主：接受皇帝的命令。

〔11〕议法度而修之于朝廷：议法度，议定法律制度。修之于朝廷，在朝廷上讨论修订。

〔12〕授之于有司：交给主管官吏去执行。有司，指专职官吏。古代设官分职，各有专司。

〔13〕举：实行，推行。　先王：古代的圣贤之君。

〔14〕为天下理财：为国家管理整顿财政。

〔15〕辟邪说：驳斥荒谬的言论。辟，驳斥，抨击。邪说，荒谬的言论。

〔16〕难(nàn)壬(rén)人：责难巧言谄媚、不行正道的奸人。

〔17〕则固前知：那是我本来就预料到的。固，本来。前知，早就知道了。

〔18〕苟且：因循守旧，得过且过。

〔19〕恤(xù)：顾念，关心。

〔20〕同俗自媚于众：附和世俗之见，讨好众人。

〔21〕上：皇上，指宋神宗。

〔22〕汹汹然：大吵大闹的样子。汹汹，通“讻讻”，喧扰，吵闹。

〔23〕盘庚之迁：《史记·殷本纪》记载，盘庚是商代中兴的君主，即位后将国都从奄(今山东曲阜)迁到殷(今河南安阳小屯村)，遭到贵族及被其煽动的一些人的反对。

〔24〕胥(xū)怨：相与怨恨。胥，共，都。

〔25〕非特：不仅仅。特，只是，仅仅。

〔26〕不为怨者故改其度：不因为有人怨恨的缘故而改变他的计划。度(dù)，这里指计划。

〔27〕度义而后动：考虑到这样做合理，然后采取行动。度(duó)，考虑。义，合理，正确。

〔28〕是而不见可悔故：认定是对的就看不出有什么可后悔的缘故。是，意动用法，认为……正确。

〔29〕膏泽斯民：施恩惠于百姓。膏泽本义是油脂和雨露，这里用为动词，是施加恩惠的意思。

〔30〕一切不事事：什么事都不做。前一个"事"是动词，后一个"事"是名词。

〔31〕守前所为：墨守前人(祖宗)的陈规旧法。

〔32〕敢知：敢于领教的。

〔33〕无由会晤：没有机会见面。

〔34〕不任区区向往之至：这是古代书信礼节性的结束语。衷心仰慕无限向往之情叫人无法承受呀。不任(rén)，不能承担。区区，诚恳，发自内心。向往之至，仰慕到极点。

北宋熙宁二年(1069)，宋神宗任命王安石为参知政事，力图通过整军理财以求富国强兵。新法的实行，抑制了大官僚大地主和豪强的特权，激起了既得利益者的强烈反对。保守派代表人物司马光一再致书王安石，要求罢黜新法，恢复旧制。王安石以此信作答，驳斥保守势力对新法的种种责难，表示了坚持改革、决不为流言俗议所动的决心。这篇文章理足气盛，是王安石政论文的代表作。

这篇文章是一篇书信形式的驳论文章，作者先确立了一个为"儒者"所公认的是非标准，即名与实必须相符，然后针对司马光来信中强加于新法的"侵官"、"生事"、"征利"、"拒谏"、"致谤"等所谓罪名，逐条进行驳斥，观点鲜明，要言不烦，毫无枝蔓，切中要害，势如破竹，采用了简明有力的驳论方法。

文章观点鲜明，态度坚定，但措辞委婉得体，具有寓刚于柔的特点。在反复向司马光叙友情、求谅解的同时，却毫不讳言地承认他们二人之间的分歧是不可调和的；在坦率地承认新法遭到"天下怨谤"的同时，却婉转地揭示出怨谤来源于士大夫阶层的平庸腐败，并表示自己坚定不移地推行新法的决心；在表示愿意接受责备、"知罪"的同时，却用了两个假设句暗示自己坚持改革、力争"大有为"的决心，并批评了士大夫因循守旧、苟且偷安、不恤国事的保守思想。这种行文风格是由于书信体的需要，也出于朋友同僚之间的情谊，但也表现出王安石胸怀坦荡、委婉有礼的政治家风度。

答曾公立书

王安石推行变法的主要内容之一就是制定了青苗法，有利于发展农业生产，抑制了大官僚大地主的高利盘剥和土地兼并。但是，保守派就以政府贷款向农户

收利息为借口，攻击青苗法是"图利"，熙宁三年(1070)王安石写了这封信，对保守派的攻击污蔑进行反驳。

某启：示及青苗事〔1〕。治道之兴〔2〕，邪人不利〔3〕，一兴异论，群聋和之〔4〕，意不在于法也。孟子所言利者〔5〕，为利吾国(如曲防遏籴)〔6〕，利吾身耳，至狗彘食人食则检之，野有饿莩则发之〔7〕，是所谓政事。政事所以理财，理财乃所谓义也〔8〕。一部《周礼》，理财居其半〔9〕，周公岂为利哉？奸人者因名实之近，而欲乱之，眩惑上下〔10〕，其如民心之愿何？

〔1〕青苗：熙宁二年(1069)九月，王安石推行青苗法。青苗法规定，在青黄不接时朝廷贷款给农户，收成后按十分之二的利息归还；如遇灾荒，可推迟到下一造清还。在当时，对于限制官僚大地主的高利贷剥削，有一定的积极作用。

〔2〕治道：指熙宁新法，即王安石于熙宁年间推行的均输法、市易法、青苗法、保甲法等。

〔3〕邪人：指代表大官僚大地主利益的顽固派。与下文的"奸人"相同。

〔4〕群聋和之：一些不明事理的人随声附和。

〔5〕孟子所言利者：见《孟子·梁惠王上》，指孟轲对梁惠王说要讲"仁义"，不要讲"利"。王安石用自己的见解对孟子的话作了新的解释，以此反驳顽固派的非议。

〔6〕曲防遏籴(dí)：见《孟子·告子下》，据说齐桓公在魁丘与诸侯会盟，订下了几条协议，其中有一条规定各诸侯国之间"无曲防，无遏籴"。意思是在两国边界上，双方不得设立关卡，刁难邻国的商人，不能禁止邻国来采购粮食。曲，违反王法。防，防禁，引申为关卡。遏，禁止。籴，采购粮食。

〔7〕"至狗彘食人食则检之"二句：语本《孟子·梁惠王上》："狗彘食人食而不知检，途有饿莩而不知发。"意思是猪狗吃掉了人们的粮食，却不知道去禁止，路上有饿死的人，却不开仓赈济。孟子认为只要实行仁义，就可以消除这些不合理现象。王安石借以说明青苗法不是为了利，而是像孟子所说的政治措施。彘(zhì)，猪。检，同"敛"，禁止的意思。饿莩(piǎo)，饿死的人。

〔8〕"政事所以理财"二句：政治措施是用来理财的，理财就是大义。王安石变法的两大内容就是整军和理财。

〔9〕一部《周礼》，理财居其半：王安石曾主持修撰《三经新义》，对《诗》、《书》、《周礼》重新训释，其中最重要的是他亲自撰写的《周官新义》。《周官》即《周礼》。王安石训释《周礼》是为反兼并、整理财政制度的，所以他说："一部《周礼》，理财居其半。"《周礼》记载了周王朝初年的等级制度和道德规范，也记述了周王朝财政管理制度。相传是周公(姬旦)制定，由后人追述的。

〔10〕眩惑上下：迷惑朝廷和人民。上，指朝廷。下，指人民。

始以为不请，而请者不可遏；终以为不纳，而纳者不可却。盖因民之所利而利之，不得不然也。"然二分不及一分〔1〕，一分不及不利而贷之，贷之不若与之。"然不与之而必至于二分者，何也？为其来日之不可继也。不可继则是惠而不知为政，非惠而不费之道也〔2〕。故必贷。然而有官吏之俸，辇运之费[3]，水旱之逋[4]，鼠雀之耗，而必欲广之[5]，以待其饥不足而直与之也，则无二分之息可乎？则二分者，亦常平之中正也[6]，岂可易哉？

公立更与深于道者论之[7]，则某之所论无一字不合于法，而世之哓哓者[8]，不足言也。因书示及，以为如何？

〔1〕二分：指青苗钱每次收十分之二的利息。按青苗法规定，每年可借贷两次，一次在正月三十日以前，叫做"夏料"；一次在五月三十日以前，叫做"秋料"。

〔2〕惠而不费：既给人民恩惠，又不耗费钱财。

〔3〕辇运：载运输送。辇（niǎn），古代泛指人力拉的车子。

〔4〕逋（bū）：拖欠，逃亡。

〔5〕广：同"扩"。

〔6〕常平：指常平仓，丰收时籴谷贮存，荒年时开仓出粜，为了平抑粮价。 中正：指常平仓的正常办法。

〔7〕更与深于道者论之：进一步和深明大义的人讨论这件事情。更，进一步。

〔8〕哓哓（náo）：争辩的声音，引申为无理取闹。

信中首先明确实行青苗法是利国利民的仁义之举，为的是改变"狗彘食人食"、"野有饿莩"的悲惨现实。这关系到整顿国家财政和人民生活的大事，并非"图利"。王安石解释了国家实行低息贷款对于发展生产的积极意义，并尖锐地批评了顽固派反对青苗法是为了维护大官僚大地主的私利。全文义正辞严，锋芒毕露，表现了王安石不畏艰难，坚持变法的决心。

上人书

上人，呈给人。从文中"试于事则有待"、"书杂文献左右"等语，推测可能是作者少年时所作。在这篇简短的书信里，阐明了王安石对文学的见解和主张。首先强调文章的社会作用，强调文学为礼教政治服务。文学必须有利于国家人民，"务为有补于世"。其次，作者认为文章的形式和内容是统一的，形式服务于内容。"以适用为本，以刻镂绘画为之容"。但他又认为文章"诚使适用，亦不必巧且华"，对艺术形式的作用又估计不足。王安石的论文主张体现出政治家注重功利的文学观。

尝谓文者，礼教治政云尔[1]。其书诸策而传之人[2]，大体归然而已[3]。而曰“言之不文，行之不远”云者[4]，徒谓“辞之不可以已也”[5]，非圣人作文之本意也[6]。

〔1〕尝谓文者，礼教治政云尔：我曾说过文章就是反映伦理道德政治教化罢了。礼教，礼制、教化。

〔2〕书诸策：写在书本上。诸，“之于”的合音。策，简，古时用竹简写字，所以用简代指书本。

〔3〕大体归然而已：大体都归于礼教政治而已。

〔4〕“言之不文，行之不远”：引文为孔子语，见《左传·襄公二十五年》。大意是文章缺少文采，就不能流传很远。

〔5〕徒谓“辞之不可以已也”：只是说不能取消文辞修饰。已，废止。

〔6〕圣人：指孔子。

自孔子之死久，韩子作[1]，望圣人于百千年中[2]，卓然也[3]。独子厚名与韩并[4]。子厚非韩比也[5]。然其文卒配韩以传[6]，亦豪杰可畏者也。韩子尝语人文矣[7]，曰云云，子厚亦曰云云[8]。疑二子者，徒语人以其辞耳[9]，作文之本意，不如是其已也[10]。孟子曰：“君子欲其自得之也。自得之，则居之安；居之安，则资之深；资之深，则取之左右逢其原。”[11]独谓孟子之云尔[12]，非直施于文而已[13]，然亦可托以为作文之本意[14]。

〔1〕韩子作：韩愈出现了。作，兴起，出现。

〔2〕望圣人于百千年中：韩愈是千百年之后继承孔子之道的特殊人物。望，仰望，引申为继承。

〔3〕卓然也：挺拔突出的样子。

〔4〕子厚：柳宗元字子厚，和韩愈同为唐代古文运动的倡导者。

〔5〕子厚非韩比也：柳宗元不能和韩愈相比。

〔6〕然其文卒配韩以传：但是他的文章，终于和韩愈的文章一同流传后世。

〔7〕语人文：告诉人们作文的方法。韩愈文集中有《答李翊书》、《答崔立之书》等论文书信。

〔8〕子厚亦曰云云：柳宗元也告诉别人作文的方法。如《答韦中立论师道书》。

〔9〕徒语人以其辞耳：韩、柳只是告诉人家文章的语言辞采。（其实韩愈主张文以载道，柳宗元主张文以明道，这是王安石的片面看法。）

〔10〕不如是其已也：不仅是这样就完了。

〔11〕“孟子曰”四句：引文见《孟子·离娄下》，原文的首句为“君子深造之以道，欲其自得之也。”引文大意是，深入地探究学问，努力使自己有真正的心得。真正“自得”了，才能牢固地掌握而不动摇，才能积蓄深厚，取之不尽，最后达到左右逢源、得心应手的境界。

〔12〕独谓：原无此二字，据南宋龙舒本增。　孟子之云尔：孟子所说的几句话。

〔13〕非直施于文而已：不只是用于作文。直，但，仅。

〔14〕然亦可托以为作文之本意：也可以看作是作文之根本。

且所谓文者，务为有补于世而已矣〔1〕。所谓辞者，犹器之有刻镂绘画也〔2〕。诚使巧且华，不必适用〔3〕；诚使适用，亦不必巧且华。要之〔4〕，以适用为本，以刻镂绘画为之容而已〔5〕。不适用，非所以为器也〔6〕。不为之容，其亦若是乎否也〔7〕？然容亦未可已也，勿先之，其可也〔8〕。

某学文久〔9〕，数挟此说以自治〔10〕。始欲书之策而传之人〔11〕，其试于事者，则有待矣〔12〕。其为是非邪，未能自定也〔13〕。执事正人也〔14〕，不阿其所好者〔15〕；书杂文十篇献左右〔16〕，愿赐之教，使之是非有定焉。

〔1〕务为有补于世而已矣：一定要做到对社会、国家有实用价值。这是王安石主要的文学观。

〔2〕刻镂：雕刻。

〔3〕诚使巧且华，不必适用：即使巧妙华丽，不一定适用。不必，不一定。

〔4〕要之：总之。

〔5〕容：外貌，指形式。

〔6〕不适用，非所以为器也：不适用，就不成为一个器物了。

〔7〕不为之容，其亦若是乎否也：不讲究形式（外表）的美观，是不是也不成其为一个器物呢？

〔8〕“然容亦未可已也”三句：美观的形式是不能没有的，只要不把它放在首位就可以了。

〔9〕某：用以代表作者自己的名字。

〔10〕数挟此说以自治：我经常坚持这种观点来写文章。数（shuò），时常。挟，持。自治，自修。

〔11〕始欲书之策而传之人：开始想把我的观点写成书传授给别人。

〔12〕其试于事者，则有待矣：从事写作的人就有了依据了。

〔13〕其为是非邪，未能自定也：我这个说法对不对？还不能自己肯定。

〔14〕执事：对受书者的尊称。

〔15〕阿（ē）：曲从。

〔16〕左右：对对方的尊称。

王安石具有卓越的文学才能和丰富的文学创作经验，在文学理论方面也颇有建树。这篇文章，集中地阐述了他的文学主张。

王安石注重文学的社会功能，指出文学“务为有补于世”，文学是“礼教治政”的一种手段。用形象的比喻说明形式与内容的关系，内容比之器，文辞则是器具上的装饰，内容决定文辞，遣词造句要注意以适用为本。文章谈古论今都围绕文学的要义，言简意赅，内容充实，文风质朴。

张刑部诗序

张刑部，一个在刑部做官的人，名字及生平不详。这篇文章是王安石青年时期给张刑部写的一篇序文。文中比较全面地阐述了王安石对诗歌的看法，坚持现实主义的创作方法，提出“明而不华”的文学主张，反对“西昆体”华而不实的形式主义文风。文章写于庆历三年(1043)，当时王安石23岁。

刑部张君诗若干篇，明而不华[1]，喜讽道而不刻切[2]，其唐人善诗者之徒欤[3]？

君并杨、刘[4]。杨、刘以其文词染当世[5]，学者迷其端原[6]，靡靡然穷日力以摹之[7]。粉墨青朱[8]，颠错丛庞[9]，无文章黼黻之序[10]；其属情藉事[11]，不可考据也[12]。方此时，自守不污者少矣[13]。君诗独不然，其自守不污者也？子夏曰：“诗者，志之所之也。”[14]观君之志然，则其行亦自守不污者耶？岂唯其言而已！

畀余诗而请序者，君之子彦博也[15]。彦博字文叔，为抚州司法[16]。还自扬州识之[17]，日与之接云[18]。庆历三年八月序[19]。

〔1〕明而不华：明白易懂而不堆砌华丽的词藻。

〔2〕喜讽道而不刻切：喜欢以委婉的语言解释道理而不把话说得生硬刻板。讽，讽喻。刻切，刻板绝对，把话说得过分生硬。

〔3〕其唐人善诗者之徒欤：张刑部与唐代善于作诗的人是同一类人吧？之徒，之类，同一类的人。

〔4〕君并杨、刘：张刑部和杨亿、刘筠(yún)都是同代人。并，同时。杨亿、刘筠都是北宋初年的诗人，《西昆酬唱集》的主要作者，他们的诗堆砌词藻，华而不实。

〔5〕染当世：影响当时的文坛。染，沾染，影响。

〔6〕端原：根本，方向。

〔7〕靡靡然穷日力以摹之：对西昆派诗人非常崇拜，耗尽了时间和精力去摹仿他们。靡靡然，倾倒的样子，形容非常崇拜。穷，用尽。

〔8〕粉墨青朱：比喻作品中辞采华丽。粉，白色。朱，红色。

〔9〕颠错丛庞：颠倒错乱，混乱庞杂。

〔10〕黼黻之序：黼黻(fǔfú)是古代礼服上绣的图案花纹。黼，礼服上半黑半白的花纹。黻，礼服上半黑半青的花纹。序，次序，条理。

〔11〕属情藉事：寄托感情，陈述事情。

〔12〕考据：考察，依据。

〔13〕自守不污者少矣：能够保持自己的文风，不受刘筠、杨亿西昆体的影响的人很少。

〔14〕"子夏曰"句：子夏，孔子的弟子，姓卜，名商。这句话见《毛诗·大序》，相传是子夏作的，实为汉代人所假托。所之，所往，所向。

〔15〕"畀余诗"二句：把诗稿给我，请我写序的人，是张刑部的儿子张彦博。畀(bì)，给予，付与。

〔16〕抚州司法：抚州，地名，州治在今江西省临川县。司法，掌管狱讼的小官。

〔17〕还自扬州识之：王安石于庆历二年(1042)中进士，任淮南推官，淮南路治所在扬州。第二年，王安石从扬州回到家乡临川途中结识了张彦博。

〔18〕日与之接云：每天都和他见面。接，接触，交往。

〔19〕庆历三年：1043年。

这篇文章表明年轻的王安石对西昆体不满。西昆体在当时的影响很大，不受其影响的文人很少，因此他赞扬张刑部的诗"明而不华，喜讽道而不刻切"，坚持了传统儒家诗教和温柔敦厚的诗风。王安石由文及人，由文风谈到人品，肯定了张刑部自守不污的品行。

王安石对文学的见解，也偏于重道崇经。他认为文章应当"详评政体，缘饰治道，以古今参之，以经术断之"，强调文章为政治服务的实用功能。

太 古

王安石在这篇短文中，批评了保守派司马光的"祖宗之法不可变"的主张，阐述了"太古之道"绝不能"行之万世"的道理。

太古之人〔1〕，不与禽兽朋也几何〔2〕？圣人恶之也〔3〕，制作焉以别之〔4〕。下而戾与后世〔5〕，侈裳衣〔6〕，壮宫室〔7〕，隆耳目之观〔8〕，以嚣天下〔9〕，君臣、父子、兄弟、夫妇皆不得其所当然，仁义不足泽其性〔10〕，礼乐不足锢其情〔11〕，刑政不足网其恶〔12〕，荡然复与禽兽朋矣〔13〕。圣人不作〔14〕，昧者不识所以化之之术〔15〕，顾引而归之太古〔16〕。太古之道果可行之万世，圣人恶用制作于其间〔17〕？必制作于其间，为太古之不可行也。顾欲引而归之，是去禽兽而之禽兽也〔18〕，奚补于化哉〔19〕？吾以为识治乱者当言所以化之之术，曰归之太古，非愚则诬〔20〕。

〔1〕太古：远古。

〔2〕几何：多少。

〔3〕恶(wù)：厌恶。

〔4〕制作焉以别之：圣人制定礼乐，于是人和禽兽才区别开来。制作，制礼作乐。焉，于是，语气助词兼有指示作用。

〔5〕戾(lì)：同"莅"，到。

〔6〕侈裳衣：讲究衣服的奢华。侈作动词用。

〔7〕壮宫室：使宫室壮丽。壮作动词用。

〔8〕隆耳目之观：注重耳目声色之乐。隆，高大，引申为注重、崇尚，作动词用。

〔9〕嚣：喧哗，轰动。

〔10〕泽：滋润，引申为陶冶。

〔11〕锢：控制，制约。

〔12〕网：引申为防范、约束。

〔13〕荡然：放荡。

〔14〕作：兴起，出现。

〔15〕化之之术：教化他们的方法。

〔16〕顾引而归之太古：只是想把社会拉回到太古时代去。顾，连词，但，只是。归，回复。

〔17〕恶(wū)：疑问代词，何。

〔18〕去：离开。 之：动词，往。相当于"回到……中去"。

〔19〕奚(xī)：何，什么。

〔20〕非愚则诬(wū)：不是愚蠢就是欺骗。诬，欺骗。

在这篇短文里，王安石阐明了"太古之道"不能"行之万世"的道理，主张改革奢侈享乐不求进取的弊政，建立仁义、礼乐、刑政的社会风气和社会制度。对复古思想进行了严厉的批评，指出持这种主张的人不是蠢材就是骗子。文章先指明太古之人的落后，再谈圣人制礼作乐的贡献，得出今人要以礼乐刑政改革社会的结论。

这篇文章也反映了王安石的历史进化论观点。人类历史是进化的，如果违背历史规律，回到远古时代去，这样的人，不是蠢材，就是骗子。

文章短小精悍，文笔雄健，逻辑严密，不枝不蔓。特别是结尾，锋芒毕露，一语破的，令人难忘。

答李资深书

李资深，李定，字资深，北宋江西临川（今江西抚州）人，王安石的同乡和朋友。他积极支持王安石变法，但又担心王安石受保守派的攻击，因此写信给王安石，提醒和规劝王安石。这篇文章是王安石的回信，信中表示在严峻的政治环境中，在保守派的诽谤攻击下，王安石要坚持己见，坚持变法革新，表现出王安石“人言不足恤”的精神和推行新法的坚强意志。

某启：辱书，勤勤教我以义命之说[1]。此乃足下忠爱于故旧[2]，不忍捐弃[3]，而欲诱之以善也[4]。不敢忘！不敢忘！虽然[5]，天下之变故多矣[6]，而古之君子，辞受、取舍之方不一[7]。彼皆内得于己[8]，有以待物，而非有待乎物者也[9]。非有待乎物，故其迹时若可疑[10]；有以待物，故其心未尝有悔也[11]。若是者，岂以夫世之毁誉者概其心哉[12]？若某者不足以望此，然私有志焉[13]。顾非与足下久相从而熟讲之，不足以尽也[14]。多病无聊[15]，未知何时得复晤语[16]，书不能一一[17]，千万自爱[18]。

〔1〕勤勤：诚恳。 义命之说：义理和天命的学说。

〔2〕忠爱于故旧：忠诚和爱护老朋友。故旧，老朋友。

〔3〕捐弃：抛弃。捐，丢弃。

〔4〕诱之以善：向好的方向劝导我。诱，劝诱。

〔5〕虽然：即使这样。

〔6〕变故：事物的突然变化。故，事。

〔7〕辞受、取舍：推辞或接受、采取或舍弃。

〔8〕内得于己：在内心中有所得，指内心里都有正确的原则。

〔9〕有以待物，而非有待乎物者也：能主动地支配事物，而不被事物所支配。物，这里特指保守派的攻击。乎，于，介词，表示被动。

〔10〕故其迹时若可疑：所以他的行为有时好像是可疑的。

〔11〕未尝有悔：从不后悔。未尝，不曾。

〔12〕“若是者”两句：像这样的人，难道还会把社会上的诋毁赞誉放在心上吗？岂，难道。毁，诋毁。誉，赞誉。概其心，放在心上。

〔13〕“若某者”两句：像我这样的人还没有达到这个境界，但我个人有志气向这个目标努力。私，私自，个人。

〔14〕“顾非”两句：但是不能和你长期相处而反复讨论，是不能详细地说清楚的。顾，但。久相从，常往来。熟讲，反复讨论。

〔15〕无聊：由于生病而烦闷。

〔16〕得复晤语：能够再次见面说话。得，能够。晤，会面。

〔17〕书不能一一：信里不能把每件事都谈到。

〔18〕千万自爱：一定要爱护自己，保重身体。

这篇文章仅有二百余字，短小精悍，但却写得雄健有力。语言流畅，结构谨

严，是一篇言简意赅的好文章。

上五事札子

题解

这篇札子写于宋神宗熙宁五年（1072）年底。王安石变法已推行了4年，保守派对王安石推行的免役、保甲、市易等新法的攻击日趋激烈，当时，宋神宗赵顼和一些革新派成员也有些动摇，王安石写下了这篇札子，对新法实施4年的经验作了总结，反驳了保守派的攻击，坚定了宋神宗和革新派坚持变法的信心。

陛下即位五年更张改造者数千百事〔1〕，而为书具〔2〕，为法立〔3〕，而为利者何其多也！就其多而求其法最大、其效最晚、其议论最多者，五事也：一曰和戎〔4〕，二曰青苗〔5〕，三曰免役〔6〕，四曰保甲〔7〕，五曰市易〔8〕。今青唐、洮河〔9〕，幅员三千余里〔10〕，举戎羌之众二十万〔11〕，献其地，因为熟户〔12〕。则和戎之策已效矣。昔之贫者举息之于豪民〔13〕，今之贫者举息之于官，官薄其息〔14〕，而民救其乏。则青苗之令已行矣。惟免役也，保甲也，市易也，此三者，有大利害焉。得其人而行之〔15〕，则为大利；非其人而行之，则为大害。缓而图之〔16〕，则为大利；急而成之，则为大害。

〔1〕更张改造：更改的意思，这里指变法。

〔2〕为书具：已具备了条例。

〔3〕为法立：已经确立了法令。

〔4〕和戎：指在出兵收复熙河地区时，争取藏族共同抵抗西夏侵扰的政策。熙宁五年（1072），王安石派王韶领兵出征，收复熙河地区（今甘肃临夏、临洮一带）。次年冬，共收复失陷二百多年的土地两千多里，招附藏族百姓三十多万人，是北宋立国八十年来最大的一次军事胜利。

〔5〕青苗：即青苗法，于熙宁二年（1069）开始实施。青苗法规定，凡是州县的农户在夏秋两造收割之前，可向当地政府借贷现钱或粮谷，补助耕作。所借的钱粮于夏收、秋收后归还政府，每造付息二分。上一造的借贷还清后，就可以在规定的时间借下一造的青苗钱。青苗法实行后，在一定程度上抑制了豪强兼并之家的高利贷盘剥，增加了国家的收入，也有利于发展农业生产。

〔6〕免役：役，指征调民众去为政府做无偿的劳动，甚至还要自己负担生活费用。北宋的劳役极为沉重，由于大官僚大地主享受免役的特权，所以差役的负担主要落在小地主和自耕农身上。这里的免役是指免役法，也称募役法、雇役法，于熙宁四年（1071）开始实行。免役法规定由各州、县政府出钱雇人应役，雇人的费用由民户按户等（宋朝将民户按资产多少分为五等）高低分担。这样，原来免役的大官僚大地主也要出免役钱，部分地取消了大官僚大地主享受的免役特权，减轻了小地主和部分农民的负担，对发展农业生产起到了一定的作用。

〔7〕保甲：即保甲法，于熙宁三年（1070）创立实行。保甲法规定把民众编为保甲，以十家为保，五十家为大保，十大保为一都保，保和大保各设长。一家有两个男壮丁，其中一人要做保丁，接受军事训练。这是寓兵于农、寓兵于民的政策，加强了抵抗辽、西夏侵扰的战备力量。

〔8〕市易：即市易法，于熙宁五年（1072）开始推行。市易法规定：在京都设市易为总机构，在各地市场设立市易务，控制市场。凡市场上滞销的货物，可以货抵款，定期归还，半年付息十分之一，全年加倍，以此平衡物价，打击大地主和投机商人囤积居奇的不法行为。

〔9〕青唐：指青唐族，藏族的一支，居住在湟水流域。　洮（táo）河：在今甘肃省西南部。当时住在这两个地区周围三千余里内的都是藏族。西夏统治者利用藏族首领内部的战争，乘机控制了这个地区，作为侵扰宋朝陕西各路的走廊。王安石于熙宁五年（1072）派王韶率兵西征，收复了大片失地，使二十万藏族人归附宋朝。

〔10〕幅员：方圆。幅，宽度。员，周围。

〔11〕举：整个。

〔12〕熟户：宋朝在西部地区招募藏族进行屯田，分给田地耕种，并任命其大小首领为官吏。这些被招募安置的藏族人称为熟户。

〔13〕举息：借债付息。　豪民：土豪。

〔14〕官薄其息：官府把利息定得很低。薄，轻微，这里用动词，定得很低。

〔15〕其人：指拥护并有能力推行新法的人。

〔16〕缓：缓慢，逐步。

传曰〔1〕："事不师古，以克永世，匪说攸闻〔2〕。"若三法者，可谓师古矣。然而知古之道，然后能行古之法，此臣所谓大利害者也。盖免役之法〔3〕，出于《周官》所谓"府、史、胥、徒"，《王制》所谓"庶人在官者"也〔4〕。然而九州之民，贫富不均，风俗不齐，版籍之高下不足据〔5〕，今一旦变之，则使之家至户到，均平如一，举天下之役，人人用募〔6〕；释天下之农，归于畎亩。苟不得其人而行，则五等必不平〔7〕，而募役必不均矣。保甲之法，起于三代丘甲〔8〕。管仲用之齐〔9〕，子产用之郑〔10〕，商君用之秦〔11〕，仲长统言之汉〔12〕，而非今日之立异也。然而天下之人，凫居雁聚〔13〕，散而之四方而无禁也者〔14〕，数千百年矣。今一旦变之，使行什伍相维〔15〕，邻里相属〔16〕，察奸而显诸仁〔17〕，宿兵而藏诸用〔18〕。苟不得其人而行之，则搔之以追呼〔19〕，骇之以调发〔20〕，而民心摇矣。市易之法，起于周之司市〔21〕，汉之平准〔22〕。今以百万缗之钱〔23〕，权物价之轻重〔24〕，以通商而贯之〔25〕，令民以岁入数万缗息〔26〕。然甚知天下之货贿未甚行，窃恐希功幸赏之人〔27〕，速求成效于年岁之间，则吾法隳矣〔28〕。

〔1〕传：泛指古书。以下三句引自《尚书·说命下》，是商朝宰相傅说对商王武丁说的话。

〔2〕事不师古,以克永世,匪说攸闻:办事如果不效法古人,而能长久的,我还没有听说过。克,能。匪,同“非”。说,傅说自称其名。攸闻,所闻。王安石引傅说的话,强调师古的重要性,主要是师承管仲、商鞅等革新措施。

〔3〕盖:发语词。

〔4〕“出于《周官》”两句:《周官》即《周礼》,据《周礼·天官·冢宰》记载,西周王朝的官制,除了周王任命的王臣以外,下面还有各部门自己任用的不具有王臣资格的4种人:府、史、胥、徒,都是老百姓被征调去官府当差役的,即《礼记·王制》所说的“庶人在官者”。府是掌管仓库的;史是管理文书的;胥是十个差役的差头;徒是差役。

〔5〕版籍:名册,户籍,即户口册。

〔6〕用募:出钱雇人服役。

〔7〕五等:募役法规定,凡乡村及街坊、近郊的百姓,分别按财产数量的多少划分为五个等级,每年在夏秋两季按等级交免役钱。

〔8〕三代丘甲:丘甲是春秋时期鲁成公元年(前590)制定的一种军赋制度。规定四平方里为一丘,每丘要向国家出军马一匹,牛三头。四个丘叫甸,每甸要出战车一辆,军马四匹,牛十二头,甲士三人,步兵七十二人。王安石在这里说夏、商、周三代时已有丘甲制,不符合史实。

〔9〕管仲:春秋中期齐国政治家,齐国颖上(颍水之滨)人,名夷吾,字仲。前685年齐桓公任管仲为相,管仲帮助齐桓公进行政治改革,推行保甲法,从此国力大振,使齐桓公成为春秋时第一个霸主。

〔10〕子产(?—前522):即公孙侨、公孙成子。郑简公十二年(前555)为卿。子产执政后实行改革,整顿田地疆界和沟洫,有利于农业生产。后又创立按“丘”征“赋”制度,把“刑书”(法律条文)铸在鼎上公布,不毁乡校,以听取国人意见。这些改革给郑国带来了新气象。

〔11〕商君:即商鞅(约前390—前338),战国时的政治家。秦孝公六年(前356年,一说三年),任用商鞅变法,重农抑商,奖励耕织与垦荒,废除贵族世袭特权,制定按军功大小给予爵位的等级制度;采用李悝《法经》作为法律,推行连坐法。秦孝公十二年进一步变法,合并乡邑为三十一县(一说四十一县),废除井田制,准许土地买卖;创立按丁男征赋办法,规定一户有两个丁男必须分居,否则加倍征赋;颁布统一的度量衡制。商鞅变法,奠定了秦国富强的基础。

〔12〕仲长统(180—220):字公理,东汉末年的哲学家,当过尚书郎,参与过曹操的军事活动。他在所著的《昌言》里说:“明版籍以相数阅,审什伍以相连持。”就是要按军队的编制来组织地方的壮丁,近于后世的保甲法。

〔13〕凫(fú)居雁聚:像野鸭大雁一样群居。凫,野鸭的一种。

〔14〕禁:制止,控制。

〔15〕什伍相维:十家五家相互联系。维,维系。

〔16〕邻里相属(zhǔ):邻居之间组织起来。属,联结。

〔17〕察奸而显诸仁:清查坏人,以显示政府对百姓的爱护。诸,其。仁,爱人。

〔18〕宿兵而藏诸用:寓兵于农以备战事。宿,寄寓。

〔19〕则搔之以追呼:就用追逼、叱责的手段去骚扰百姓。如后世的抓壮丁。搔,骚扰。追,追逼。呼,叱责。

〔20〕骇之以调发:用征调征派的办法来吓唬老百姓。骇,惊恐。调发,征调,征派。

〔21〕司市:古代官名,负责管理市场。见《周礼·地官·司徒下》。

〔22〕平准:指汉代实行过的平衡价格制度。

〔23〕缗(mín):串钱的丝绳。古时以一千文串在一起为一贯,又叫一缗。

〔24〕权：衡量。

〔25〕以通商而贳(shì)之：贷款给商人，使商人有钱做生意，用以流通商品。贳，贷款。

〔26〕令民以岁入数万缗息：使商人每年缴纳给国家几千万文的利息。岁，年。入，缴纳。

〔27〕窃恐希功幸赏之人：私下担心那些贪功求赏的人。希功，追求取得功劳。幸赏，希望得到奖赏。

〔28〕隳(huī)：毁坏。

臣故曰：三法者，得其人缓而谋之，则为大利；非其人急而成之，则为大害。故免役之法成，则农时不夺而民力均矣[1]；保甲之法成，则寇乱息而威势强矣[2]；市易之法成，则货贿通流而国饶矣[3]。

〔1〕夺：失去。　民力：民众为官府服役的劳动力。

〔2〕则寇乱息而威势强矣：异族入侵、犯上作乱就会平息，国家的威力也就强大了。寇，外族的侵扰。乱，指国内人民造反。

〔3〕饶：丰富。

文章对和戎、青苗、免役、保甲、市易五项革新措施进行分析，得出和戎和青苗两法实效显著。引用历史事实说明免役、保甲、市易三法的历史依据和历史作用，如果培养得力的人才，有计划地推行新法，一定会取得均民力、强威势、饶国用的“大利”。王安石强调，正确的法令，不同的人去推行，势必会产生不同的结果。培养人才是需要时间的，短期不能奏效；新法的效果，也需要时间才能显现，不能急于求成。王安石引经据典、有理有据地陈述新法的社会作用，对于坚定宋神宗和改革派坚持实行变法的信心，有一定的积极作用。

祭欧阳文忠公文

这篇文章写于宋神宗熙宁五年(1072)。欧阳修在北宋仕宦40年，历任知制诰、翰林学士、参知政事等朝廷重臣和地方官。宋神宗熙宁五年，卒于颍州(今安徽阜阳)。欧阳修是北宋诗文运动的主将，政治上也积极参与改革吏制的政治活动，宦海沉浮，仕途坎坷。王安石与欧阳修同朝为官，在文学上也受到了欧阳修的提携，但在对待青苗法上二人有分歧。欧阳修去世后，王安石歌颂了欧阳修的文学成就和政治气节，并抒发了自己的仰慕之情。

夫事有人力之可致，犹不可期[1]，况乎天理之溟溟[2]，又安可得而推[3]？惟公生有闻于当时[4]，死有传于后世，苟能如此足矣，而亦又何悲[5]？

〔1〕事有人力之可致，犹不可期：有些尽人力能办到的事情，还不一定能成功。致，做到。期，必，一定。

〔2〕溟溟：隐秘，深奥。

〔3〕推：推知。

〔4〕闻于当世：在当世很有名望。闻，名望。

〔5〕又何悲：又悲伤什么。这一段期、推、悲押韵。

如公器质之深厚[1]，智识之高远，而辅学术之精微[2]。故充于文章[3]，见于议论[4]，豪健俊伟，怪巧瑰琦[5]。其积于中者[6]，浩如江河之停蓄[7]；其发于外者[8]，烂如日星之光辉。其清音幽韵[9]，凄如飘风急雨之骤至[10]；其雄辞闳辩，快如轻车骏马之奔驰。世之学者，无问乎识与不识[11]，而读其文，则其人可知[12]。

〔1〕器质：指才能、度量和品质。

〔2〕精微：精粹深邃。

〔3〕充于文章：表现在文章里。充，充塞。

〔4〕见于议论：表现在议论中。见，通“现”。

〔5〕怪巧瑰琦：异常巧妙，奇特美好。瑰(guī)琦，奇异美好。

〔6〕其积于中者：蕴蓄在胸中的。

〔7〕停蓄：汇聚，汇积。

〔8〕其发于外者：表现在文章方面的。外，指文章。

〔9〕清音幽韵：清幽的音韵。

〔10〕飘风：疾风。

〔11〕无问乎识与不识：不论认识他的或不认识他的。无问，不论。乎，介词。

〔12〕知：了解。这一段微、辉、知押韵。

呜呼！自公仕宦四十年[1]，上下往复[2]，感世路之崎岖[3]；虽屯邅困踬[4]，窜斥流离[5]，而终不可掩者[6]，以其公议之是非[7]。既压复起，遂显于世[8]。果敢之气，刚正之节，至晚而不衰[9]。

〔1〕自公仕宦四十年:从欧阳修(公)做官前后四十年。仕宦,就是做官。欧阳修于天圣八年(1030)中进士,充西京(今河南洛阳市)留守推官,到熙宁四年(1071)在知蔡州任上以观文殿学士、太子少师致仕(辞官,告老回乡),其间共四十年。

〔2〕上下往复:上,升官。下,降职。往复,指贬官外调和召回朝中。

〔3〕世路:世间经历的一切。　崎岖:高低不平的样子。比喻处境艰难。

〔4〕屯(zhūn)邅(zhān)困踬(zhì):遭遇了许多困难。屯邅,难行不进的样子。出于《易经·屯》:"屯如邅如。"屯,难进。邅,曲折。困踬,困顿挫折。踬,被绊倒。

〔5〕窜斥流离:放逐流亡。窜斥,放逐排斥。

〔6〕掩:掩盖,遮蔽。

〔7〕以其公议之是非:因为是非自有公论。宋仁宗景祐三年(1036),范仲淹得罪宰相吕夷简,贬知饶州(今江西省波阳县)。余靖、尹洙都因为营救范仲淹被贬斥。欧阳修写信给谏官高若讷,指责他不肯给范仲淹说公道话。高若讷很生气,把这封信上奏皇帝,于是欧阳修被贬为夷陵(今湖北省宜昌市)县令。蔡襄为作《四贤一不肖诗》,四贤为范、余、尹、欧阳,一不肖为高若讷,当时到处传诵。

〔8〕既压复起,遂显于世:欧阳修被贬为夷陵令后,几经迁调,到宋仁宗康定元年(1040)召回朝中。以后逐渐显达,受到皇帝的信任。压,压抑,指被贬。起,起用。

〔9〕衰(cuī):减少。这一段"离"、"非"、"衰"押韵。

方仁宗皇帝临朝之末年,顾念后事,谓如公者,可寄以社稷之安危〔1〕。及夫发谋决策〔2〕,从容指顾,立定大计〔3〕,谓千载而一时〔4〕。功名成就,不居而去〔5〕,其出处进退〔6〕,又庶乎英魄灵气〔7〕,不随异物而腐散〔8〕,而长在乎箕山之侧与颍水之湄〔9〕。

〔1〕"方仁宗皇帝临朝之末年"四句:宋仁宗无子,末年,臣子们争先恐后上疏请立皇嗣。欧阳修于宋仁宗嘉祐六年(1061)为参知政事(副相),与宰相韩琦奏请仁宗立其侄曙(初名宗实,后改名曙,庙号英宗)为皇子。嘉祐八年三月,仁宗病死,欧阳修等又辅佐英宗即位。方,当。临朝,治理朝政。顾,眷念。可寄以社稷之安危,可以把关系国家安危的大事托付给他。社稷,指国家。

〔2〕及夫发谋决策:嘉祐八年(1063)三月三十日夜间,仁宗突然病死。次日黎明,辅臣韩琦、欧阳修入宫,奉皇后命召皇子(英宗)即皇帝位。当时英宗只有"皇子"之名,还没有立为太子。仓猝之间靠辅臣帮助皇后当机立断,英宗才顺利即位。

〔3〕从容指顾,立定大计:从容而迅速地决定立英宗为皇帝。从容,沉着,不忙乱。指顾,手指眼看,比喻迅速敏捷的行动。

〔4〕谓千载而一时:一时间建立了千载的功勋。

〔5〕功名成就,不居而去:不自居有功而请求退职。欧阳修在宋英宗时期极受尊重。治平四年(1067),英宗死,神宗即位。欧阳修因受朝臣的攻击,称病请求解职。先以观文殿学士、刑部尚书出知亳州(今安徽省亳县),后又改知青州(今山东省益都县),知蔡州(今河南省汝南县),仍屡次上表辞官,最后才允许他退职。

〔6〕出处进退:出处与进退意思相同。出,出任官职;处,在家隐居。

〔7〕又庶乎英魄灵气:大概您的英灵魂魄。庶乎,大概可以说。英魄灵气,指死者的灵魂。

〔8〕不随异物而腐散:不会随草木而腐败散失。异物,人以外的东西,指草木之类。

〔9〕箕山之侧与颍水之湄:指隐士居住的地方。相传上古之时,尧想把帝位传给许由,他不肯接受,逃到颍水(发源于河南省登封县的颍谷)之阳,箕山(今河南省登封县东南)之下,耕田为生。湄,河岸,水滨。这一段危、时、湄押韵。

然天下之无贤不肖〔1〕,且犹为涕泣而歔欷〔2〕,而况朝士大夫〔3〕,平昔游从〔4〕,又予心之所向慕而瞻依〔5〕?

呜呼!盛衰兴废之理自古如此,而临风想望不能忘情者,念公之不可复见而其谁与归〔6〕!

〔1〕无贤不肖:无论贤人还是不贤的人。不肖,指不如贤人的人。

〔2〕歔欷(xūxī):抽泣,叹息。

〔3〕朝士大夫:同朝做官的人。

〔4〕平昔游从:从前交游往来的人。平昔,往日。游,交往。从,相从。

〔5〕向慕:向往仰慕。　瞻依:瞻仰,依托。这一段欷、依押韵。

〔6〕其谁与归:即"归与谁",同谁在一道呢?这一段归押韵。

这篇祭文,对欧阳修的一生作了很高的评价,颂扬了欧阳修"精微"之学识,"烂如日星之光辉"的文学成就,概括了欧阳修果敢刚正的品格和卓越的政治才能。欧阳修和王安石是朋友,但政见不合,欧阳修晚年不赞成青苗法,曾上书表示反对,两人关系因此产生了隔膜。尽管如此,深沉的悼念和真挚的景仰之情充溢字里行间。蔡上翔说这篇祭文对欧阳修"其人其文,其立朝大节,其坎坷困顿,与夫平生知己之感,死后临风想望之情,无不具见于其中。"(《王荆公年谱考略》卷一七)

作者善于选择典型材料,突出重点内容;善于运用比喻,使文章生动形象。全文文句整饬,音韵和谐,辞清韵幽,行文简洁。在当时众多文人所作的欧阳修的祭文中,这是评价最高的一篇。

这篇祭文是骈文,但杂用散文句法,骈散结合,变化灵活,押韵和谐自然。

泰州海陵县主簿许君墓志铭

泰州海陵县(今江苏省泰州市)主簿许元,《宋史·许元传》记载,元历知扬、

越、泰州，只做过太庙斋郎、县主簿之类低级官吏。元在江淮十三年，以聚敛刻剥为能。急于进取，多聚珍奇，以赂遗京师权贵。王安石为这样一个急功近利的人写墓志铭是比较尴尬的，既要顾全家属的情面，又要对死者客观评价，只好用含蓄隐晦的手法。

君讳平，字秉之，姓许氏。余尝谱其世家，所谓"今泰州海陵县主簿"者也。君既与兄元相友爱称天下，而自少卓荦不羁，善辩说；与其兄俱以智略为当世大人所器〔1〕。宝元时，朝廷开方略之选，以招天下异能之士，而陕西大帅范文正公〔2〕、郑文肃公争以君所为书以荐〔3〕。于是得召试，为太庙斋郎，已而选泰州海陵县主簿。贵人多荐君有大才，可试以事，不宜弃之州县，君亦尝慨然自许，欲有所为。然终不得一用其智能以卒。噫！其可哀也已。

士固有离世异俗，独行其意，骂讥、笑侮、困辱而不悔，彼皆无众人之求，而有所待于后世者也，其龃龉固宜〔4〕。若夫智谋功名之士，窥时俯仰，以赴势利之会，而辄不遇者，乃亦不可胜数。辩足以移万物，而穷于用说之时〔5〕；谋足以夺三军，而辱于右武之国——此又何说哉？嗟乎！彼有所待而不悔者，其知之矣！

君年五十九，以嘉祐某年某月某甲子，葬真州之扬子县甘露乡某所之原〔6〕。夫人李氏，子男瓌〔7〕，不仕；璋，真州司户参军〔8〕；琦，太庙斋郎；琳，进士。女子五人，已嫁二人：进士周奉先，泰州泰兴令陶舜元。铭曰：

有拔而起之，莫挤而止之。呜呼许君，而已于斯——谁或使之？

〔1〕为当世大人所器：为当代达官贵人所赏识。

〔2〕范文正公：范仲淹。

〔3〕郑文肃公：郑戬，苏州吴县人，曾任陕西四路都总管兼经略招讨使，卒谥文肃，《宋史》有传。

〔4〕龃龉(jǔyǔ)：上下牙齿不齐，比喻意见不合。

〔5〕用说(shuì)之时：崇尚游说的年代。

〔6〕真州之扬子县：今江苏省仪征市。

〔7〕子男瓌(guī)：儿子许瓌。

〔8〕司户参军：管理户口册籍的官员。

从《宋史·许元传》中看，许元是一个急功近利、贿赂权贵的人。王安石用含

蓄朦胧的笔法，隐晦曲折地表达对许元的评价："自少卓荦不羁，善辩说，与其兄俱以智略为当世大人所器。"这些语言，游移在褒贬之间，使认识许元之人一目了然。士不遇有两种情况，独行其意，离世异俗者不遇；窥时俯仰，汲汲以求者也不遇。许元属于后者。文章中多次出现反问句引发读者的思考，暗示读者认识许元的人品。这就使这篇墓志铭不落单纯经历记叙的俗套，暗含着作者的点评。文章议论确切，语言精当，特色殊异。

与王子醇书(其三)

题解

王安石的这封信是在熙宁六年(1073)二月王韶攻克河州(今甘肃临夏)后写的。熙宁五年(1072)，王安石派王韶领兵出征，收复熙河地区(今甘肃临夏、临洮一带)，到次年冬，共收复已失陷二百多年的土地两千多里，招附藏族人民三十多万人。王安石写给王韶共四封信，这是第三封。信中说明自己对少数民族地区的耕战与民族政策的意见。作为封建时代思想家的局限，使他主张恩威并举，持有为我所用的民族思想。

某启：得书，喻以御寇之方[1]。上固欲公毋涉难冒险[2]，在百全取胜，如所喻，甚善，甚善！

方今熙河所急，在修守备，严戒诸将勿轻举动[3]。武人多欲以讨杀取功为事，诚如此而不禁，则一方忧未艾也[4]。窃谓公厚以恩信抚属羌[5]，察其材者收之为用。今多以钱粟养戍卒，乃适足备属羌为变，而未有以事秉常[6]、董毡也[7]。诚能使属羌为我用，则非特无内患，亦宜赖其力以乘外寇矣[8]。自古以好坑杀人致叛[9]，以能抚养收其用，皆公所览见。且王师以仁义为本[10]，岂宜以多杀敛怨耶[11]？喻及青唐既与诸族作怨[12]，后无复合，理固然也。然则近董毡诸族事定之后，以兵威临之，而宥其罪，使讨贼自赎，随加厚赏，彼亦宜遂为我用，无复与贼合矣。与讨而驱之，使坚附贼为我患，利害不侔也[13]。事固有攻彼而取此者[14]，服诚能挫董毡[15]，则诸羌自服。安所事讨哉？

又闻属羌经讨者，既亡蓄积，又废耕作，后无以自存，安得不屯聚为寇，以梗商旅往来[16]？如募之力役及伐材之类[17]，因以活之，宜有可为，幸留意念恤[18]。边事难遥度[19]，想公自有定计，意所及，尝试言之。春暄[20],为国自爱,不宣[21]。

〔1〕喻:告知。

〔2〕上固欲公毋涉难冒险:皇上(宋神宗)本来就希望你不要冒险轻进。公,指王韶(1030—1081),字子醇,江西德安人。他于熙宁元年(1068)向宋神宗提出《平戎策》,指出西夏正将熙河地区变为侵扰内地的走廊,建议出兵收复熙河地区。这个建议在王安石支持下被宋神宗采纳。毋,不要。涉难,即冒险。

〔3〕"方今熙河所急"三句:现在熙河路急于解决的问题,在于搞好防御之事,巩固胜利,不可冒险轻进。熙河,指熙河路,熙宁五年冬十月,宋朝新置熙河路,这是以王韶收复的熙河地区为中心的新行政区。王韶被任为该路的经略安抚使。

〔4〕艾:止,尽。

〔5〕抚属羌:安抚归附的羌人。羌,这里是指分布在今甘肃、青海境内的藏族。抚,安抚。属,附属,归属。

〔6〕秉常:北宋时西夏的国主,在位期间(1069—1086),曾多次对北宋发动掠夺性的战争。

〔7〕董毡:北宋时吐蕃青唐族首领。

〔8〕乘:防守。以上八句表现了王安石抗击西夏的策略思想,就是争取熙河地区的少数民族共同抵抗西夏,而不是把他们驱逼到西夏的一边。王安石在另一封信中指示王韶应招募藏族人为弓箭手,与汉族士兵混编。王韶执行了王安石的指示,因而在收复熙河的战役中大获全胜。

〔9〕坑杀:活埋。

〔10〕且王师以仁义为本:北宋的军队以施行仁义为根本方针。

〔11〕敛:积聚。

〔12〕青唐:藏族吐蕃的一支。9世纪中叶,藏族奴隶主建立的吐蕃政权在奴隶大起义中灭亡以后,吐蕃分散四方,藏族地区出现了割据局面。11世纪初,居住在青海、甘肃湟水流域的青唐族,在首领唃厮罗的统治下一度强大起来,曾经和宋王朝协力抵御西夏的侵扰。董毡是唃厮罗的儿子。

〔13〕侔:相等,相同。

〔14〕攻彼而取此者:把北宋与西夏之间的董毡争取过来,其他的藏族自然归附。

〔15〕服诚能挫董毡:说服就能挫败董毡。服诚,说服。挫,挫败。

〔16〕以梗商旅往来:妨碍商旅的往来。梗,阻塞,妨碍。商旅,商贩,流动的商人。

〔17〕募之力役及伐材之类:招收他们做工或砍伐木材一类的事情。

〔18〕恤(xù):怜惜,体恤。

〔19〕遥度(duó):在远处估计。

〔20〕春暄:春暖。暄,暖和。

〔21〕不宣:其他的事情不尽说了。古人写信常用的结束语。

在王韶出征熙河地区期间,王安石曾多次去信,对军事、政治、经济等方面的工作做了详尽的部署。在这封信中,王安石指示在军事上当务之急是注意在收复地区加强守备,"王师以仁义为本",要严戒轻举妄动、滥杀邀功;要安抚藏民,搞好关系。要鼓励农业生产,改善藏民生活,争取藏民与宋王朝一起抗击西夏。王安石的这些指示，对于熙河地区社会经济的恢复与发展，巩固边防，促进汉藏民族的交流和合作，起到了积极的作用。

原　过

题解

原过就是探讨人们犯错误的根源。天覆地载，化育万物，最伟大的天地也不是完美无缺的。世上同样也没有完美无缺的人，只要他能认识错误、改过自新，并不妨害他成为圣贤。然而，有些人不肯与人为善，对待犯过错误的人态度不正确，说人家改正错误不是出于本性，而是故作姿态，迷惑世人，这种论调是对善良人性的摧残。文中作者认为人有天赋的善性，是孟子的性善论观点。文中认为人性经过改造可以变好甚至成为圣贤，圣贤也不能不犯错误，是比较客观正确的观点。

天有过乎？有之，陵历斗蚀是也〔1〕。地有过乎？有之，崩弛竭塞是也〔2〕。天地举有过〔3〕，卒不累覆且载者何？善复常也。人介乎天地之间，则固不能无过，卒不害圣且贤者何？亦善复常也。故太甲思庸〔4〕，孔子曰勿惮改过〔5〕，扬雄贵迁善〔6〕，皆是术也。

予之朋，有过而能悔，悔而能改，人则曰："是向之从事云尔。今从事与向之从事弗类，非其性也，饰表以疑世也。"夫岂知言哉？天播五行于万灵〔7〕，人固备而有之。有而不思则失，思而不行则废，一日咎前之非〔8〕，沛然思而行之，是失而复得，废而复举也；顾曰"非其性"，是率天下而戕性也〔9〕。

且如人有财，见篡于盗〔10〕，已而得之〔11〕，曰："非夫人之财，向篡于盗矣〔12〕。"可欤？不可也！财之在己，固不若性之为己有也。财失复得，曰"非其财"，且不可；性失复得，曰"非其性"，可乎？

〔1〕陵历斗蚀是也：星宿遭到冲犯，或有其他星斗经过，彼此撞击，日食月食，都是天体运行中的反常现象。陵，冲犯。历，经过。斗，撞击。

〔2〕崩弛竭塞是也：山丘崩塌、滑坡，河流干涸，交通阻塞，这都是地面上的反常现象。崩，山陵倒塌。弛，松散，岩石风化。竭，河流干涸。塞，阻塞。

〔3〕举：副词，全，都。

〔4〕太甲思庸：太甲，商代帝王，太丁之子。思庸，《尚书·太甲上》："太甲既立，不明。伊尹放诸桐。三年，复归于亳，思庸。伊尹作《太甲》三篇。"意思是说，太甲已经即位，不懂为其祖父汤王守丧的礼仪。宰

相伊尹把他放逐到汤王葬地桐宫反省过失。三年以后迎他回到亳都，因为他醒悟后思念常道，伊尹就作《太甲》上、中、下篇。

〔5〕孔子曰勿惮改过：出自《论语·学而篇》："过则勿惮改。"意思是有过错不要害怕改正。

〔6〕扬雄贵迁善：扬雄《法言》："是以君子贵迁善。迁善也者，圣人之徒欤？"扬雄高度赞扬能转变学好的人。

〔7〕天播五行于万灵：上天赋予众生仁、义、礼、智、信五种善性。五行，即五常，儒家认为人生而具备的五种善性。

〔8〕咎(jiù)：用作动词，认识错误，悔过。

〔9〕是率天下而戕性也：是引导人们去摧残善良人性的行为。戕(qiāng)，伤害，摧残。

〔10〕见篡于盗：被强盗夺走了。见，表示被动。篡，夺走。

〔11〕已而得之：不久以后这些财产又找回来了。已而，不久以后。

〔12〕向：从前，过去。

文章运用了多种修辞手法。文章开头健笔凌云，提出设问："天有过乎？……地有过乎？"结尾又以找回被盗的财产比喻找回善良的人性，并提出反诘，驳斥了对待改正错误之人的不正确的观点。

文章论点鲜明，论证有力，气势充沛，有强烈的感情色彩。

复仇解

关于为报父兄之仇而复仇杀人的问题，古代经典有各种记载，后世文人也颇多议论。唐代陈子昂、韩愈、柳宗元对此都撰写过文章。王安石的这篇文章表达了他以法治国的思想。从皇帝至大臣乃至各级官吏各司其职，遵守法律，从根本上杜绝好人无辜被杀的事件，偶有冤案发生，应通过申诉的法律手段来解决。只有皇帝昏庸、政治黑暗的时代，才会经常发生父兄无辜被杀，子弟报仇杀人的事。报仇杀人固然令人同情，但不能从根本上铲除造成冤枉的根源。即使处于社会混乱的时代，复仇者也应克制自己，不要复仇杀人，触犯法律，以致断了祖先的祭祀。

或问复仇〔1〕，对曰：非治世之道也〔2〕。明天子在上，自方伯〔3〕、诸侯，以至于有司〔4〕，各修其职，其能杀不辜者少矣〔5〕。不幸而有焉，则其子弟以告于有司，有司不能听；以告于其君，其君不能听；以告于方伯，方伯不能听；以告于天子，则天子诛其不能听者，而为之施刑于其仇。乱世，则天子、诸侯、方伯，皆不可以告。故《书》说纣曰〔6〕："凡有辜罪，乃罔恒获[7]，小民方兴，相为敌仇。"盖仇之所以兴，以上之不可告，辜罪之不常获也。方是时，有父兄之仇，而辄杀之者[8]，君子权其势[9]，恕其情，而与之可也。

〔1〕或：代词，有的人，有的。

〔2〕治世：政治稳定而有秩序的时代。

〔3〕方伯：西周所设的官职，总领一方诸侯，也称诸侯中的霸主。后来像东汉的刺史、唐代的藩镇等地方长官也称方伯。

〔4〕有司：指官吏。

〔5〕不辜：无罪。辜，罪过。

〔6〕《书》：指《尚书》，以下引语见于《尚书·微子》。

〔7〕罔：无，不。　恒：经常。

〔8〕辄(zhé)：就。

〔9〕权：衡量，揣度。

故复仇之义[1]，见于《春秋》传[2]，见于《礼记》[3]，为乱世之为子弟者言之也。《春秋》传以为，父受诛[4]，子复仇，不可也。此言不敢以身之私，而害天下之公。又以为，父不受诛，子复仇，可也。此言不以有可绝之义，废不可绝之恩也。《周官》之说曰[5]："凡复仇者，书于士，杀者无罪[6]。"疑此非周公之法也[7]。凡所以有复仇者，以天下之乱，而士之不能听也。有士矣，不使听其杀人之罪以施行，而使为人之子弟者仇之[8]，然则何取于士而禄之也[9]？古之于杀人，其听之可谓尽矣，犹惧其未也，曰："与其杀不辜，宁失不经[10]。"今书于士，则杀之无罪，则所谓复仇者，果所谓可仇者乎？庸讵知其不独有可言者乎[11]？就当听其罪矣[12]，则不杀于士师，而使仇者杀之，何也？故疑此非周公之法也。

〔1〕义：道理，义理。

〔2〕《春秋》传：《春秋》有三传：《公羊传》、《穀梁传》、《左传》，合称"春秋三传"。传，解释经文的著作。

〔3〕《礼记》：是一部记载古代礼制和孔子及其弟子言行的资料汇编，内容庞杂，由汉代学者辑录成书。《礼记·曲礼上》曾说："父之仇，弗与共戴天。"

〔4〕父受诛：父亲犯罪应当判处死刑。

〔5〕《周官》：《周礼》又称《周官》。以下引语出自《秋官司寇·朝士》。

〔6〕"凡复仇者"三句：这段引文与原文略有不同，原文为："凡报仇雠者，书于士，杀之无罪。"士，朝士，古代掌管刑狱的官员。

〔7〕周公之法：旧说周公作《周礼》。

〔8〕仇：报仇杀人。

〔9〕禄：动词，给予官禄。

〔10〕与其杀不辜，宁失不经：此句引自《尚书·大禹谟》。不辜，指无罪的人。不经，指违法乱纪的人。

〔11〕庸讵知其不独有可言者乎：怎么知道其中不会偏偏有可以讨论的呢？庸讵（jù），反诘副词连用，难道，怎么。可言，值得讨论，所说与事实有出入。

〔12〕就当听其罪矣：即使应当审理那个仇人的罪行。就，连词，即使，纵然。

或曰：世乱而有复仇之禁，则宁杀身以复仇乎？将无复仇而以存人之祀乎〔1〕？曰：可以复仇而不复，非孝也；复仇而殄祀〔2〕，亦非孝也。以仇未复之耻〔3〕，居之终身焉，盖可也。仇之不复者，天也；不忘复仇者，己也。克己以畏天〔4〕，心不忘其亲，不亦可矣？

〔1〕宁杀身以复仇乎？将无复仇而以存人之祀乎：宁愿牺牲生命来为父兄复仇呢？还是不要复仇以便保持祖先的祭祀呢？将：表示选择的连词，“宁……乎？将……乎？”意思是“宁愿……呢？还是……呢？”

〔2〕殄（tiǎn）：灭绝，断绝。

〔3〕以：带着。

〔4〕克己以畏天：克制自己想为父兄复仇的欲念来敬畏天命。封建思想把人的荣辱祸福全都归结为天命，父兄之仇不能报，也是天命所致。

王安石对人们视若神明的古代经典《周礼》公然表示怀疑，《周礼》曰：“凡复仇者，书于士，则杀者无罪。”这难免会错杀无辜之人。王安石认为如果听任个人复仇，国家的司法机构就会闲置无用。必须依法治国，通过法律解决个人复仇的问题，才能从根本上解决问题。文中用两个设问句展开议论，结构紧凑，条理井然。无论是立论，还是驳论，都言之有理，持之有据。词锋犀利，气势逼人。

风　俗

这是一篇反对兼并的文章。北宋时期，土地兼并严重。大官僚大地主霸占土地，对农民进行投机剥削。他们比奢侈、斗豪华，败坏了社会风气。针对这种社会状况，王安石提出了“变风俗、立法度”的主张，要制止兼并，革除奢华风俗，发展农业生产，使国家富强起来。

夫天之所爱育者民也，民之所系仰者君也[1]。圣上承天之意，下为民之主，其要在安利之[2]。而安利之之要不在于它[3]，在乎正风俗而已。故风俗之变，迁染民志[4]，关之盛衰，不可不慎也。

〔1〕系仰：依靠，仰望。

〔2〕安利之：使人民生活安定富裕。

〔3〕要：要点，关键。

〔4〕迁染民志：改变影响人民的思想。迁，改变。志，思想。

君子制俗以俭，其弊为奢[1]；奢而不制，弊将若之何[2]！夫如是，则有殚极财力[3]，僭渎拟伦[4]，以追时好者矣。且天地之生财也有时，人之为力也有限，而日夜之费无穷。以有时之财，有限之力，以给无穷之费，若不为制，所谓积之涓涓而泄之浩浩[5]，如之何使斯民不贫且滥也[6]！国家奄有诸夏[7]，四圣继统[8]，制度以定矣，纪纲以缉矣[9]，赋敛不伤于民矣，徭役以均矣，升平之运[10]，未有盛于今矣。固当家给人足，无一夫不获其所矣。然而窭人之子[11]，短褐未尽完[12]；趋末之民[13]，巧伪未尽抑[14]。其故何也？殆风俗有所未尽淳欤？

〔1〕“君子制俗以俭”两句：君子（指统治者）用俭朴来约束社会风俗，风俗的流弊就是趋于奢侈。制，约束。

〔2〕若之何：怎么样。

〔3〕殚（dān）：竭尽。

〔4〕僭渎拟伦：不守本分，模仿富人，追求时尚。僭（jiàn），超越本分。渎（dú），水沟，引申为界限。拟伦，模仿那类奢侈的人。拟，模仿。伦，类。

〔5〕积之涓涓而泄之浩浩：点滴积蓄却像流水一样地花钱。

〔6〕滥：没有节制，胡乱花钱。

〔7〕国家奄有诸复：国家拥有华夏的疆土。奄有，拥有。诸复，古代华夏族居住的地方，这里指北宋王朝的疆土。

〔8〕四圣继统：宋太祖、宋太宗、宋真宗、宋仁宗四个圣贤的皇帝相继承袭帝位。

〔9〕缉：协调，和同。

〔10〕升平之运：社会秩序安定太平的时运。

〔11〕窭（jù）：贫穷。

〔12〕短褐（hè）：古时穷人穿的粗麻短衫。

〔13〕趋末：指从事投机性的工商业。

〔14〕巧伪未尽抑：指下文所说的衣冠车马、器物服玩方面竞作奇巧的活动没有完全被抑制。

且圣人之化，自近及远，由内及外。是以京师者，风俗之枢机也〔1〕，四方之所面内而依仿也〔2〕。加之士民富庶〔3〕，财物毕会〔4〕，难以俭率〔5〕，易以奢变。至于发一端，作一事，衣冠车马之奇，器物服玩之具〔6〕，旦更奇制〔7〕，夕染诸夏。工者矜能于无用〔8〕，商者通货于难得〔9〕。岁加一岁，巧眩之性不可穷〔10〕，好尚之势多所易。故物有未弊而见毁于人，人有循旧而见嗤于俗〔11〕。富者竞以自胜，贫者耻其不若，且曰："彼人也，我人也，彼为奉养若此之丽，而我反不及！"由是转相慕效，务尽鲜明〔12〕，使愚下之人，有逞一时之嗜欲〔13〕，破终身之资产而不自知也。

〔1〕枢机：指事物运动的关键。

〔2〕面内：面向。

〔3〕富庶：财力富裕，人口众多。

〔4〕毕会：全部集中。毕，全，都。

〔5〕难以俭率：难以用节俭朴素来引导社会风俗。率，带领，引导。

〔6〕具：齐备。

〔7〕更：换。

〔8〕矜能：夸耀才能。

〔9〕难得：指难得的奇货。

〔10〕巧眩之性不可穷：炫耀奇巧的习性就无法禁止。穷，止。

〔11〕嗤(chī)：讥笑。

〔12〕务尽鲜明：力求漂亮。

〔13〕逞：图痛快，满足愿望。

且山林不能给野火，江海不能实漏巵〔1〕，淳朴之风散，则贪饕之行成〔2〕；贪饕之行成，则上下之力匮。如此则人无完行〔3〕，士无廉声〔4〕，尚陵逼者为时宜〔5〕，守检押者为鄙野〔6〕，节义之民少〔7〕，兼并之家多〔8〕，富者财产满布州域〔9〕，贫者困穷不免于沟壑〔10〕。夫人之为性，心充体逸则乐生〔11〕，心郁体劳则思死〔12〕。若是之俗，何法令之能避哉！故刑罚所以不措者此也〔13〕。

〔1〕漏巵(zhī)：渗漏的酒器。

〔2〕则贪饕之行成：贪财的恶行就会形成。饕(tāo)，贪财。

〔3〕完行：完美的德行。

〔4〕廉声：廉洁的名声。

〔5〕尚陵逼者为时宜：以欺压百姓为能事的大官僚大地主实行兼并被认为是合乎时宜。陵逼，欺凌，压迫。

〔6〕检押：规矩。

〔7〕节义：节操、义气，即正派的意思。这里与"兼并"相对而言，和理学的节义不同。

〔8〕兼并：指土地兼并。王安石主张"榷制兼并，均济贫乏，变通天下之财"。他继承西汉桑弘羊"施并兼之路"的思想，主张财产和权力的重新调整与分配。

〔9〕州域：一州的区域。宋制，地方一级的行政区称为路，路下有州，州下有县。

〔10〕沟壑：山沟，引申为野外。

〔11〕心充体逸则乐生：心里满足、身体安闲就乐意活着。

〔12〕心郁体劳则思死：心里忧郁、身体劳累就想死去。

〔13〕措：停止闲置不用。

且坏崖破岸之水〔1〕，原自涓涓；干云蔽日之木〔2〕，起于青葱。禁微则易，救末则难。所宜略依古之王制，命市纳价〔3〕，以观好恶。有作奇技淫巧以疑众者，纠罚之〔4〕；下至物器馔具〔5〕，为之品制以节之〔6〕；工商逐末者，重租税以困辱之。民见末业之无用，而又为纠罚困辱，不得不趋田亩。田亩辟，则民无饥矣。以此显示众庶，未有辇毂之内治而天下不治矣〔7〕。

〔1〕坏崖破岸：冲毁山崖堤岸。

〔2〕干云蔽日：插入云层，遮住太阳，形容参天大树。干，冲，犯。

〔3〕市：指负责管理市场的官吏。

〔4〕有作奇技淫巧以疑众者，纠罚之：有制作奇异淫巧的服饰物件来迷惑大家的，就处罚他。《礼记·王制》："作淫声异服、奇技奇器以疑众，杀。"

〔5〕馔(zhuàn)具：用具，食具。

〔6〕品制：等级规定。品，等级。制，规定。

〔7〕辇毂：指京都。辇，皇家的车子。毂，车轮中心的部分，有圆孔，可以插轴。

王安石在文章中揭露了达官显贵大量兼并，财产"满布州域"，贫困者死于郊野山沟的社会状况。他认为"风俗之变，迁染民志"是关系国家盛衰的大事，社会上奢侈、贪婪的风气必然导致财力匮乏。风俗的流弊在于追逐奢侈豪华，所以必须"正风俗"，树立勤俭节约的社会风尚。

老　子

题解

《老子》是春秋战国时期道家的经典著作。老子的朴素的辩证法思想,也充满了启人心智的作用。老子最精彩的思想就是无为而治:"我无为,而民自化;我好静,而民自正;我无事,而民自富。"司马光就利用老子"无为"的观点攻击王安石,指责新法搞得老百姓"纷纷扰扰,莫安其居",违反了老子的主张。(见司马光《与王介甫书》)王安石写这篇文章,通过分析《老子》的"无为"论,对司马光的主张进行了有力的回击。

道有本有末〔1〕。本者,万物之所以生也;末者,万物之所以成也。本者,出之自然,故不假乎人之力而万物以生也〔2〕;末者,涉乎形器〔3〕,故待人力而后万物以成也。夫其不假人之力而万物以生,则是圣人可以无言也,无为也;至乎有待于人力而万物以成,则是圣人之所以不能无言也,无为也。故昔圣人之在上而以万物为己任者,必制四术焉〔4〕。四术者,礼、乐、刑、政是也,所以成万物者也。故圣人唯务修其成万物者〔5〕,不言其生万物者,盖生者尸之于自然〔6〕,非人力之所得预矣〔7〕。

〔1〕道:法则、规律。韩非《解老》:"道,万物之所然也,万理之所稽也。"把道解释为万物产生变化的总规律。与具体事物的"器"相对,又与事物特殊规律的"德"相对。

〔2〕假:借助,依靠。

〔3〕形器:指人为努力产生的具体事物,礼、乐、刑、政也都包括在内,不限于有形体的东西。

〔4〕术:指治理国家的办法、手段。

〔5〕圣人唯务修其成万物者:圣人只是致力于如何去治理万物。务,专一从事。修,治理。

〔6〕尸:主宰。

〔7〕预:参预。

老子者,独不然,以为涉乎形器者皆不足言也,不足为也,故抵去礼、乐、刑、政而唯道之称焉〔1〕。是不察于理而务高之过矣。夫道之自然者,又何预乎?唯其涉乎形器,是以必待于人之言也,人之为也。其书曰〔2〕:"三十辐共一毂,当其无,有车之用〔3〕。"夫毂辐之用,固在于车之无用,然工之琢削未尝及于无者,盖无出于自然之力,可以无与也。今之治车者知治其毂辐，而未尝及于无也，然而车以成者，盖毂辐具，则无必为用矣。如其知无为用而不治毂辐，则为车之术固已疏矣[4]。

〔1〕抵：排斥。

〔2〕其书：指《老子》，下文所引见《老子》十一章。

〔3〕"三十辐共一毂"三句：这三句的意思是三十根辐条集中在一个车毂上，把车轴穿进毂中间的孔内，才能发挥车的作用。辐，车轮上的辐条。毂(gǔ)，车轮的中心部分，有圆孔，可以插轴。无，是指毂中的轴孔。老子借此阐发其哲学意义上"无"的概念。

〔4〕为车之术固已疏矣：这种造车子的方法太离谱了。已，太，甚。疏，疏漏，粗略。

今知无之为车用，无之为天下用，然不知所以为用也。故无之所以为车用者[1]，以有毂辐也；无之所以为天下用者，以有礼、乐、刑、政也。如其废毂辐于车，废礼、乐、刑、政于天下，而坐求其无之为用也[2]，则亦近于愚矣。

〔1〕故：同"夫"，发语词。

〔2〕坐：徒然。王安石在这里驳斥"坐求其无之为用"的保守派。

王安石用天人相分的观点对《老子》的道作了解释，把"道"分为根本的和具体的两种。根本的"道"是指自然产生的一些事物，人们无法干预，只能"无为"；具体的"道"是经过人为努力产生的，就不能无为。对《老子》中阐发"无为"的论据(车轮中心轴孔的作用)加以批驳，并进一步论证国家必须有所作为的观点。

王安石的认识也有一定的局限。在自然面前"无为"，王安石还没有认识到人可以认识自然改造自然。王安石强调国家必须有所作为，有力地回击了保守派，为变法提供了理论支持。

性　说

这是一篇阐述人性问题的哲学论文，专为批评韩愈《原性》而作。

孔子曰："性相近也，习相远也[1]。"吾是以与孔子也[2]。韩子之言性也[3]，吾不有取焉。然则孔子所谓“中人以上可以语上，中人以下不可以语上”[4]，“惟上智与下愚不移”[5]，何说也？曰：习于善而已矣，所谓上智者；习于恶而已矣，所谓下愚者；一习于善，一习于恶，所谓中人者。上智也，下愚也，中人也，其卒也命之而已矣[6]。有人于此，未始为不善也，谓之上智可也；其卒也去而为不善，然后谓之中人可也。有人于此，未始为善也，谓之下愚可也；其卒也去而为善，然后谓之中人可也。惟其不移，然后谓之上智；惟其不移，然后谓之下愚。皆于其卒也命之，夫非生而不可移也。

〔1〕性相近也，习相远也：见《论语·阳货篇》。孔子认为人初生时本性都是相近于善的，由于后天所受到社会习染不同才相差远了。

〔2〕与：赞同。

〔3〕韩子之言性：韩子就是韩愈(768—824)，字退之，唐代河南河阳(今河南孟县)人。著有《原道》、《原性》，阐述了自尧舜至孔孟一脉相传的道统。

〔4〕“中人以上可以语上”二句：见《论语·雍也》。中等以上的人可以告诉他高深的道理；中等以下的人不可以告诉他高深的道理。中，中等。上，第一个上是方位词，第二个是形容词，高深。

〔5〕惟上智与下愚不移：见《论语·阳货》，只有上智与下愚是改变不了的。移，改变。

〔6〕其卒也命之而已矣：根据他最后的结果，来决定他是上智、下愚或中人。命，称呼，命名，这里引申为决定，下结论。

且韩子之言弗顾矣[1]，曰：“性之品三[2]，而其所以为性五[3]。”夫仁、义、礼、智、信，孰而可谓不善也[4]？又曰：“上焉者之于五，主于一而行于四[5]；下焉者之于五，反于一而悖于四[6]。”是其于性也，不一失焉[7]，而后谓之上焉者；不一得焉，而后谓之下焉者。是果性善，而不善者，习也。

〔1〕且韩子之言弗顾矣：可是韩愈的观点却不顾上面所讲的事实和道理。弗顾，不顾。

〔2〕性之品三：人的本性分为三等，韩愈认为上等人是全善，没有杂质，越学越好；下等人是全恶，只能对其采取强制办法。上等人和下等人都是天生不变的，只有中等人可上可下是可以改变的。

〔3〕所以为性五：构成人性的是仁、义、礼、智、信五种道德。

〔4〕孰：哪一种。

〔5〕主于一而行于四：以仁为核心，而通于义、礼、智、信这四德。

〔6〕反于一而悖于四：违反了仁德，也就背离了义、礼、智、信这四德。悖(bèi)，逆，背离。

〔7〕不一失焉：没有一样失去，即完全具备的意思。

然则尧之朱、舜之均[1]，瞽瞍之舜[2]、鲧之禹[3]，后稷[4]、越椒[5]、叔鱼之事[6]，后所引者[7]，皆不可信耶？曰：尧之朱、舜之均，固吾所谓习于恶而已者；瞽瞍之舜、鲧之禹，固吾所谓习于善而已者。后稷之诗以异云[8]，而吾之所论者常也[9]。诗之言，至以为人子而无父。人子而无父，犹可以推其质常乎？夫言性，亦常而已矣。无以常乎，则狂者蹈火而入河[10]，亦可以为性也。越椒、叔鱼之事，徒闻之左丘明[11]，丘明固不可信也。以言取人，孔子失之宰我[12]；以貌，失之子羽[13]。此两人者，其成人也[14]，孔子朝夕与之居，以言貌取之而失。彼其始生也，妇人者以声与貌定，而卒得之[15]，妇人者独有过孔子者耶？

注释

〔1〕尧之朱、舜之均：尧舜都是史前传说人物。有这样的历史传说：尧本应当传位于儿子丹朱，因丹朱傲慢荒淫，才传给舜；舜本应当传位于儿子商均，因商均傲慢荒淫，才传给禹。

〔2〕瞽瞍之舜：瞽瞍是传说中舜的父亲，相传他多次想杀掉舜，舜仍然对他十分孝顺。

〔3〕鲧之禹：鲧(gǔn)，传说他曾从天帝那里偷来了“息壤”(一种能不断自己增长的土壤)，用来防治洪水，因而受到天帝的惩罚。性格刚愎自用的鲧，因治水无功而被舜所杀，舜派鲧的儿子禹去治水。

〔4〕后稷(jì)：周族的始祖。传说他是有邰(tái)氏之女姜嫄因为踏了天帝的脚印而怀孕出生的圣人。

〔5〕越椒：姓斗，春秋时楚国令尹子文的侄子，子良的儿子。《左传·宣公四年》记载，越椒出生时有熊虎之状，发豺狼之声。子文说他长大后必将破家灭族，主张及早杀掉，免除后患，子良不听，后来越椒长大，果然起兵攻楚王，被灭族。

〔6〕叔鱼：姓羊舌，春秋时晋国大夫叔向的弟弟。出生时相貌凶恶，其母认为他长大后会因财而死，后来果然因受贿被杀。《左传·昭公十三年》有记载。

〔7〕后所引者：后人引用这些事例。丹朱、商均、舜、禹、后稷、越椒、叔鱼的事，韩愈《原性》都引来作为论据，认为人性善恶是先天决定的。

〔8〕后稷之诗以异云：记载后稷出生的《诗经·大雅·生民》篇，是诡怪异常的远古传说。

〔9〕常：正常情况。

〔10〕蹈：跳。

〔11〕左丘明：春秋时鲁国人。相传《左传》、《国语》都是他所著。

〔12〕以言取人，孔子失之宰我：出自《史记·仲尼弟子列传》。意思说：我只根据宰我的言论来评定他的优劣，结果把他看错了，宰我并不好。宰我，宰予，字子我，孔子的学生，因善于说话被孔子收为“言语科”的弟子。后来宰我反对孔子提倡的父母死了儿子要遵从古礼行孝三年；又批评孔子仁不离口的说教。他问孔子：如果有人掉到井里，你这位仁人肯不肯跟着跳下去救人呢？孔子指责他利口巧辩。有一次宰我午睡过了时，孔子骂他是一块不可雕刻的朽木，所以孔子说看错了宰我。

〔13〕以貌，失之子羽：出自《史记·仲尼弟子列传》。孔子只根据子羽的相貌丑陋便认为他无才，后来孔子发现错看了子羽。子羽，澹(dàn)台灭明，字子羽，据说子羽请求做孔子的弟子，因貌丑被拒绝，后来勉强收下。子羽学成后，传播儒学颇有成就，收弟子300人，所以孔子说看错了子羽。

〔14〕其：他们。

〔15〕“彼其始生也”三句：是说叔鱼的母亲以体貌判定刚出生的叔鱼不幸的结果，又以啼哭声判定刚出生的杨食我（羊舌伯石，叔向的儿子）的不幸结局（最后被杀、被灭族，见《左传·昭公二十八年》和《晋语》八），结果都说对了。王安石不赞成这种说法，所以在对比之后说：难道妇人还能超过孔子吗？

在中国历史上，儒家向来认为人性善恶是天生命中注定，不可改变的，孔子曾说“惟上智与下愚不移”，韩愈也认为人性天生可分上、中、下三品，永不变化，并强调“上者可教而下者可制”。王安石反对这种天生命定的人性论，认为人性善、恶、智、愚的不同，都是后天“习”的结果，并非天生不变。王安石的这种观点，具有朴素唯物主义思想，在当时是难能可贵的。王安石这篇文章，通过解释孔子的话来批评韩愈，用语委婉，观点鲜明，有很强的说服力。

◎附 录

王安石年谱简编

宋真宗天禧五年辛酉(1021),一岁

十一月十二日(12月18日)辰时,王安石生于抚州临川(今江西省清江县西临江镇)维崧堂。王安石的父亲王益为临江军判官,维崧堂在府治内。

宋仁宗明道元年壬申(1032),十二岁

王安石致力于学。王安石《与祖择之书》:"某生十二年而学。"(《临川集》卷七十七)

宋仁宗明道二年癸酉(1033),十三岁

王安石因祖父用之卒,随父王益自韶州归临川。王安石在《伤仲永》一文中说:"明道中,从先人还家,于舅家见之。"(《临川集》卷七十一)

宋仁宗景祐三年丙子(1036),十六岁

王安石随其父王益至汴京。王安石《忆昨诗示诸外弟》:"丙子从亲走京国……"(《临川集》卷十三)

宋仁宗景祐四年丁丑(1037),十七岁

随父王益到江宁。《忆昨诗示诸外弟》:"丙子从亲走京国……明年亲作建昌吏,四月挽船江上矶。""建昌"系"建康"之误,建康就是江宁(今江苏省南京市)。

宋仁宗庆历二年壬午(1042),二十二岁

王安石进士及第,出任签书淮南判官(治所在今江苏省扬州市)。

宋仁宗庆历三年癸未(1043),二十三岁

三月,王安石自扬州归临川省亲,五月到家。至曾巩家拜访,有《同学一首别子固》。八月回到扬州。是岁,因事至如皋,遇陈兴之。作《张刑部诗序》,抨击西昆体之靡丽。

宋仁宗庆历七年丁亥(1047),二十七岁

王安石改任明州鄞县知县(治所在今浙江省宁波市鄞州区)。兴修水利,贷谷于民,任期三年,政声颇佳。皇祐二年(1050)期满返乡,游杭州,作《登飞来峰》。任职期间写了《鄞县经游记》、《上杜学士言开河书》、《上运使孙司谏书》等。

宋仁宗皇祐三年辛卯(1051),三十一岁

王安石任舒州通判(治所在今安徽省潜山县),任期三年,作了《发廪》、《感事》、《兼并》等诗歌,写了《芝阁记》。

宋仁宗至和元年甲午(1054),三十四岁

王安石舒州任满还京。七月游褒禅山,作《游褒禅山记》。

宋仁宗嘉祐二年丁酉(1057),三十七岁

五月,王安石离京赴常州知州任。作《上欧阳永叔书》三篇,谢知遇之恩。有《平山堂》诗。

宋仁宗嘉祐三年戊戌(1058),三十八岁

二月,王安石任江南东路的提点刑狱,治所在饶州(今江西省波阳县),十月下旬,北宋政府改任王安石为三司度支判官。作有《上仁宗皇帝言事书》,为宋代政论散文中的巨著。

宋仁宗嘉祐四年己亥(1059),三十九岁

五月,诏令王安石直集贤院。

宋仁宗嘉祐五年庚子(1060),四十岁

春,送契丹贺正旦使至塞上,创作了《飞雁》、《白沟行》、《春风》、《北客置酒》、《出塞》、《入塞》、《思王逢原三首》等诗歌,散文《度支副使厅壁题名记》。编有《唐百家诗选》。

宋仁宗嘉祐六年辛丑(1061),四十一岁

二月,王安石为进士详定官,有《崇政殿详定幕次偶题》、《详定幕次呈圣从乐道》、《详定试卷二首》等诗。作散文《上时政疏》,呼吁修明法度,任用贤才。

宋仁宗嘉祐八年癸卯(1063),四十三岁

八月,王安石母亲吴氏卒于京师,王安石辞去知制诰,回江宁守丧。

宋英宗治平四年丁未(1067),四十七岁

闰三月,王安石以知制诰出知江宁府。《桂枝香·金陵怀古》一词约作于此时。

宋神宗熙宁元年戊申(1068),四十八岁

四月,王安石应诏入京为翰林学士。上有《本朝百年无事札子》。写下了《题西太一宫壁二首》等诗歌。

宋神宗熙宁二年己酉(1069),四十九岁

二月,王安石任参知政事,置三司条例司,开始实行变法。写有《诃势》、《商鞅》等诗。

宋神宗熙宁三年庚戌(1070),五十岁

王安石拜相,实行青苗法。司马光致书王安石反对新法,王安石写了《答司马谏议书》进行回应。《答曾公立书》也写于此年。

宋神宗熙宁七年甲寅(1074),五十四岁

四月,请求罢相,上《乞解机务札子》,六次才获准。以吏部尚书、观文殿大学士出知江宁府。

宋神宗熙宁八年乙卯(1075),五十五岁

王安石第二次拜相,离江宁府赴京就职。作有诗《泊船瓜州》等,著《三经新义》,立于官学。

宋神宗熙宁九年丙辰(1076),五十六岁

十月,王安石再次辞去相位,退居江宁。

宋神宗元丰四年辛酉(1081),六十一岁

王安石居钟山,作《歌元丰》5 首、《元丰行示德逢》、《后元丰行》等。王安石晚年诗律渐趋工细,被称为"荆公体"。

宋神宗元丰七年甲子(1084),六十四岁

苏轼由黄州改贬汝州(今河南临汝),七月过金陵,会王安石,留连累日,唱和甚多。王安石创作了《北山》、《昼寝》、《和子瞻同王胜之游蒋山》、《答俞秀老书》等。

宋哲宗元祐元年丙寅(1086),六十六岁

四月癸巳,王安石卒于金陵,享年六十六岁。卒谥文,世称王文公。

王安石研究主要文献

1. 主要版本

南宋龙舒本《王文公文集》100 卷残本

南宋杭州本《临川先生文集》

宋李壁《王荆文公诗笺注》,中华书局 1958 年版

李壁注《王荆文公诗笺注》,清乾隆间张宗松刻本

李壁注《王荆文公诗笺注》,清绮斋本

明嘉靖抚州刊本《临川集》

茅坤《王文公文钞》

影印元大德间刻宋末刘长翁评点本

清嘉庆间沈钦韩撰《王荆公诗集李壁注勘误补正》四卷,《王荆公文集注》八卷

清扫叶山房刻本《王临川全集》

四部丛刊影印明嘉靖刻本《临川先生文集》

近代《嘉业堂丛书》本

陆心源辑《临川集补》一卷,刻入《群书校补》中

《王荆公诗文沈氏注》,中华书局上海编辑所编辑,中华书局1959年出版
《王文公文集》上下册,上海人民出版社1974年版
《临川先生文集》,中华书局1959年版
《王文公集》,中华书局1961年版

2. 主要著作

蔡上翔著《王荆公年谱考略》,上海人民出版社1973年版
顾栋高著《司马温公年谱·王荆公年谱》,求恕斋本
梁启超著《王荆公》,中华书局1936年版
邓广铭著《北宋政治改革家王安石》,人民出版社1997年版
邓广铭著《王安石—中国十一世纪时的改革家》,人民出版社1975年版
漆侠著《王安石变法》(修订本),河北人民出版社2001年版
漆侠著《王安石变法》,上海人民出版社1959年版
广州铁路局广州分局、广州工具厂、广东省军区、中山大学《王安石诗文选注》,广东人民出版社1975年版
郭预衡著《唐宋八大家散文总集》,河北教育出版社1995年版
徐冲、瞿承楷著《唐宋八大家名篇赏析与译注·王安石卷》, 经济日报出版社1997年版
高海夫著《唐宋八大家文钞校注集评》之《临川文钞》,三秦出版社1998年版
李华瑞著《王安石变法研究史》,人民出版社2004年版

3. 主要论文

颂平《王安石之政治经济政策》 《清华周刊》32卷6期 1929年
颂平《王安石之政治经济政策》(续) 《清华周刊》21卷7期 1929年
梁启超《王荆公序例》 《饮冰室文集》卷43 中华书局聚珍活字本 1926年
梁启超《王荆公选唐诗》 《饮冰室文集》卷47 中华书局聚珍活字本 1926年
雪林《王荆公的诗》 《北新半月刊》45—46期 1927年8—9
李家启《王安石之政治思想》 《中央大学半月刊》1卷10期 1930年3月
施闲《王荆公之政治思想》 《国专丛刊》 1930年2期
唐庆增《王安石之经济思想》 《光华大学半月刊》2卷4、5期 1933年11月、12月
明夷《王安石新政的估价》 《政治月刊》3卷3期 1935年7月
詹寿山《王安石之研究》 《河南政治月刊》5卷8期 1935年8月

陶希圣《王安石的社会思想与经济政策》《北大社会科学季刊》5卷3期 1935年9月

徐振亚《王安石的经学概论初稿》《学艺杂志》14卷7期 1935年9月

程方《宋初政治与王安石新法批判》《中国新论》2卷7期 1936年8月

王毓铨《王安石的改革政策》《政治经济学报》5卷1、2期 1936年10月，1937年11月

陈登元《王荆公新法考序》《金陵学报》6卷2期 1936年11月

张腾法《王安石变法之史的评价》《现代史学》3卷2期 1939年4月

丁则良《王安石"日录"考》《清华学报》13卷2期 1941年1月

程仰之《王安石与司马光》《文史杂志》2卷1期 1942年1月

邹珍璞《王安石新经济政策研究》《财政评论》11卷2期 1944年2月

杨荣国《致宋室于倾复者，王安石新法乎》《中国学术》1期 1946年8月

郭沫若《王安石》《文萃》11期 1946年1月

贺麟《王安石的新学》《思想与时代》41期 1947年1月

漆侠《尹洙、王安石论校事》《申报》"文史"9期 1948年2月7日

檀仁梅《王安石论人生》《协大学报》1949年1期

漆侠《北宋熙宁时代农田水利事业的发展——王安石新法研究之一》《光明日报》 1950年6月21日

漆侠《论王安石的保甲法》《光明日报》1952年2月2日

邓广铭《关于〈王安石〉的几点说明》《光明日报》1954年5月20日

何林陶《关于王安石"免役法"的几个问题》《史学集刊》1956年第1期

程千帆《略谈王安石的诗》《光明日报》1957年2月17日

吴志达《王安石初探》《文史哲》12卷 1957年12月

侯外庐、邱汉生《唯物主义者王安石》《历史研究》1958年1月第10期

杨向奎《论王安石变法》《中华文史论丛》第2辑 1962年11月

陈正夫《王安石哲学思想研究》《江西大学学报》 1963年第1期

陈正夫《王安石自然观初探》《光明日报》1963年5月24日

胡昭曦《关于评价王安石变法的几个问题》《光明日报》1965年3月10日第4版

方立天《王安石反对司马光的斗争》《北京师范大学学报》1974年第1期

邓广铭《王安石——北宋时期杰出的法家》《北京大学学报》1974年第3期

王兴亚《王安石和二程的激烈论战》《郑州大学学报》 1974年第2期

秦华《谈王安石对教育的改革》《光明日报》1974年10月17日第2版

田师源《王安石的爱国主义路线》《人民日报》1974年11月12日第3版

施燕《论王安石的教育改革》《广东师院学报》1974年第3期

郑实希《论王安石的爱国主义思想》《吉林大学学报》1974年第4期

赵继颜《试论王安石变法的历史经验》《山东师院学报》1975年第1期

刘乃昌《北宋农民起义与王安石变法》《光明日报》1975年2月25日第2版

陈统《试谈王安石的经济思想及其改革实践》《厦门大学学报》1975年第10期

漆侠《王安石的哲学思想》《河北大学学报》1978年第3期

程弘《王安石文集的版本》《新华月报》(文摘版)第5辑1978年12月

杨志玖《王安石与孟子》《社会科学战线》1979年第3期

王曾瑜《王安石变法简论》《中国社会科学》1980年第3期

李宗桂《试论王安石的哲学思想》《四川师院学报》1981年第1期

刘乃昌《苏轼同王安石的交往》《东北师大学报》1981年第3期

苗春德《试论王安石的人才思想》《史学月刊》1982年第5期

李伏虎《王安石的人才观》《晋阳学刊》1982年第2期

(日)东一夫《各国对王安石的评论》《中国史研究动态》1982年第2期

孙荣奎《从庆历新政到王安石变法》《社会科学》1984年第2期

史玄冰《王安石变法的性质及其代表利益的问题》《中国史研究》1983年第4期

周良霄《王安石变法纵探》《史学集刊》1985年第1期

刘祚昌《论王安石的政治品质与政治作风》《东岳论丛》1986年第2期

许维勤《王安石的品格作风与熙宁变法的失败》《福建论坛》1986年第5期

史苏苑《关于王安石评价的几个问题》《中州学刊》1988年第6期

汪圣铎《王安石是经济改革家吗?》《学术月刊》1989年第6期

漆侠、郭东旭《关于王安石变法研究中的几个问题》《中国史研究》1989年第4期

李有明《略谈王安石的咏史诗》《广西师范大学学报》1989年第1期

杨国宜《王安石变法失败的历史教训》《江西社会科学》1988年第5期

张金龙《论商鞅变法与王安石变法》《沧州师范学院学报》1988年第2期

陈晓芬《王安石散文创作主体的形象特征》《楚雄师范学院学报》1990年第1期

顾全芳《青苗法研究》《西南师范大学学报》1990年第3期

葛金芳《王安石变法新论》《湖北大学学报》1990年第5期

邓广铭《王安石在北宋儒家学派中的地位——附说理学家开山祖问题》《北京大学学报》1991年第2期

吴自强《王安石教育思想评述》《抚州师专学报》1992 年第 2 期

许怀林、吴小红《荆公晚年耽于佛屠辨》《江西师范大学学报》1995 年第 3 期

丰宗立《简论改革家王安石的治水思想》《江苏教育学院学报》1996 年第 1 期

马茂军《"荆公新学"与王安石散文的风格》《华南师范大学学报》1996 年第 6 期

耿亮之《王安石易学与其新学及洛学》《周易研究》1997 年第 4 期

张仁木《略论王安石的法律思想》《江西社会科学》1998 年第 9 期

漆侠《王安石的〈明妃曲〉》《中国文化研究》1999 年春之卷

薛磊《半山体及其晚唐渊源》《北京师范大学学报》1999 年第 5 期

朱修春《近年来王安石新学研究综述》《中国史研究动态》2000 年第 2 期

王荣科《王安石提出"三不足"之说质疑》《复旦学报》2000 年第 1 期

肖永明《荆公新学的两个发展阶段及其理论特点》《湖南大学学报》2000 年第 1 期

金生杨《王荆公〈易解〉考略》《古籍整理研究学刊》2001 年第 3 期

王书华《荆公新学的学术渊源》《文史哲》2001 年第 3 期

刘成国《历代昭君诗与王安石的〈明妃曲〉》《古典文学知识》2001 年第 4 期

李华瑞《南宋时期新学与理学的消长》《史林》2002 年第 3 期

阮直《王安石变法没失败》《学习月刊》2003 年第 4 期

朱瑞熙《20 世纪中国王安石及其变法的研究》《安徽师范大学学报》2003 年第 2 期

刘成国《王安石的学术渊源考论》《四川大学学报》2003 年第 5 期

周建华《反理学——王安石变法失败的主要原因》《甘肃社会科学》2004 年第 3 期

李华瑞《九百年来社会变迁与王安石历史地位的沉浮》《河北学刊》2004 年第 2 期

李晓《王安石的市易法与政府购买制度》《历史研究》2004 年第 6 期

李华瑞《宋代笔记小说中的王安石形象》《中国社会历史评论》2004 年第 4 期

姜国柱《王安石的军事思想》《南昌大学学报》2004 年第 1 期

徐规、杨天保《走出"荆公新学"——对王安石学术演变形态的再勾勒》《浙江大学学报》2005 年第 1 期

刘文波《论王安石的人性观》《湖南师范大学学报》2005 年第 6 期

姚治勋《排斥异己是王安石变法失败的重要原因》《南京大学学报》2005 年第 2 期

杨天保、徐规《走近学术生成的社会知识背景——王安石学术渊源考中的一

种转向》《江西社会科学》2005年第4期

王亚军《论王安石的法律思想》《理论界》2006年第12期

李唐《论王安石的议政咏物诗》《地方论丛》2005年第2期

王叔华《苏轼对荆公新学的批判》《河北大学学报》2005年第3期

王宇《王安石诗歌的书卷气》《国际关系学院学报》2006年第5期

李唐《论王安石的寓言诗》《哈尔滨工业大学学报》2006年第2期

高建立《论王安石变法革新中的民本思想》《中州大学学报》2006年第2期

霍松林、张小丽《论王安石晚年的禅诗》《兰州大学学报》2006年第6期

杨天保、徐规《走近荆公新学——对王安石学术演变形态的再勾勒》《浙江大学学报》2005年1期

唐广《论王安石的理财思想及其现实意义》《商业研究》2007年9期

郑苏淮、秦红梅《"不加赋而国用足"——论王安石新财富观》《江西财经大学学报》2007年第3期

杨天保、徐规《王安石集的古本与新版》《古籍整理研究学刊》2007年第3期

杨天保《学路与出路——21世纪王安石学术研究思想研究理念之发微》《广西师范大学学报》2007年第2期

刘咏涛《也谈王安石〈明妃曲〉》《成都大学学报》 2007年第1期

刘文波《王安石义利观的时代特色》《湖南师范大学社会科学学报》2008年第2期

方笑一《论"经术"与王安石古文之关系》《文艺理论研究》2008年第3期

魏福明《论王安石兼收并蓄的思想特征》《江苏行政学院学报》2008年第4期

潘斌《王安石〈礼记〉学探论》《社会科学辑刊》2008年第1期

李华瑞《宋神宗与王安石共定"国是"考辩》《文史哲》2008年第1期

王友胜《论〈王荆公诗笺注〉的学术价值与局限》《中国文学研究》2008年第2期

李景寿《王安石经济改革思想析论》《怀化学院学报》2008年第6期

《王安石集》名言警句

△不畏浮云遮望眼，自缘身在最高层。(《登飞来峰》)(第005页)

△病身最觉风露早，归梦不知山水长。(《葛溪驿》)(第006页)

△庐山南堕当书案，湓水东来入酒卮。(《思王逢原三首(其二)》)(第011页)

△草草杯盘供笑语，昏昏灯火话平生。(《示长安君》)(第012页)

△春色恼人眠不得,月移花影上栏杆。(《夜直》)(第 021 页)
△爆竹声中一岁除,春风送暖入屠苏。千门万户曈曈日,总把新桃换旧符。(《元日》)(第 022 页)
△春风又绿江南岸,明月何时照我还?(《泊船瓜洲》)(第 023 页)
△江月转空为白昼,岭云分暝与黄昏。(《登宝公塔》)(第 028 页)
△柳叶鸣蜩绿暗,荷花落日红酣。(《题西太一宫壁二首》)(第 031 页)
△流莺探枝婉欲语,蜜蜂掇蕊随翅股。(《纯甫出释惠崇画要予作诗》)(第 032 页)
△山月入松金破碎,江风吹水雪崩腾。(《次韵平甫金山会宿寄亲友》)(第 034 页)
△儿孙生长与世隔,虽有父子无君臣。(《桃源行》)(第 035 页)
△重华一去宁复得,天下纷纷经几秦?(《桃源行》)(第 035 页)
△糟粕所传非粹美,丹青难写是精神。(《读史》)(第 037 页)
△何妨举世嫌迂阔,故有斯人慰寂寥。(《孟子》)(第 038 页)
△今人未可非商鞅,商鞅能令政必行。(《商鞅》)(第 040 页)
△江东子弟今虽在,肯为君王卷土来?(《乌江亭》)(第 044 页)
△一时谋议略施行,谁道君王薄贾生?(《贾生》)(第 046 页)
△君不见咫尺长门闭阿娇,人生失意无南北。(《明妃曲》其一)(第 047 页)
△可怜青冢已芜没,尚有哀弦留至今。(《明妃曲》其二)(第 049 页)
△豪华尽出成功后,逸乐安知与祸双。(《金陵怀古四首》其一)(第 051 页)
△众人纷纷何足竞,是非吾喜非吾病。(《众人》)(第 054 页)
△山鸟自鸣泥滑滑,行人相对马萧萧。(《送项判官》)(第 066 页)
△茅檐相对坐终日,一鸟不啼山更幽。(《钟山即事》)(第 070 页)
△纵被春风吹作雪,绝胜南陌碾成尘。(《北陂杏花》)(第 072 页)
△婵娟一种如冰雪,依旧春风笑野棠。(《梅花诗》其三)(第 075 页)
△一水护田将绿绕,两山排闼送青来。(《书湖阴先生壁二首》其一)(第 076 页)
△径暖草如积,山晴花更繁。(《即事》)(第 077 页)
△窥人鸟唤悠扬梦,隔水山供宛转愁。(《午枕》)(第 077 页)
△昨夜月明江上梦,逆随潮水到秦淮。(《江宁夹口二首》)(第 080 页)
△青山缭绕疑无路,忽见千帆隐映来。(《江上》)(第 081 页)
△晴日暖风生麦气,绿阴幽草胜花时。(《初夏即事》)(第 082 页)
△日净山如染,风暄草欲薰。梅残数点雪,麦涨一溪云。(《题齐安壁》)(第 084 页)
△细数落花因坐久,缓寻芳草得归迟。(《北山》)(第 087 页)
△离情被横笛,吹过乱山东。(《江上》)(第 088 页)
△若使当时身不遇,老了英雄!([浪淘沙]“伊吕两衰翁”)(第 090 页)
△无奈被些名利缚,无奈被他情担阁,可惜风流总闲却。([千秋岁引]“别馆寒

砧")(第 091 页)

△往事悠悠君莫问,回头。槛外长江空自流。([南乡子]"自古帝王州")(第 092 页)

△数家茅屋闲临水,轻衫短帽垂杨里。([菩萨蛮]"数家茅屋闲临水")(第 094 页)

△千里澄江如练,翠峰如簇。([桂枝香]"登临纵目")(第 095 页)

△至今商女,时时犹唱,《后庭》遗曲。([桂枝香]"登临纵目")(第 095 页)

△夫材之用,国之栋梁也,得之则安以荣,失之则亡以辱。(《材论》)(第 112 页)

△盖因天下之力,以生天下之财;取天下之财,以供天下之费。自古治世,未尝以不足为天下之公患也,患在治财无其道耳。(《上仁宗皇帝言事书》)(第 139 页)

△夫合天下之众者,财;理天下之财者,法;守天下之法者,吏也。(《度支副使厅壁题名记》)(第 151 页)

△且所谓文者,务为有补于世而已矣。所谓辞者,犹器之有刻镂绘画也。诚使巧且华,不必适用;诚使适用,亦不必巧且华。要之,以适用为本,以刻镂绘画为之容而已。(《上人书》)(第 171 页)

△如公器质之深厚,智识之高远,而辅学术之精微。故充于文章,见于议论,豪健俊伟,怪巧瑰琦。其积于中者,浩如江河之停蓄;其发于外者,烂如日星之光辉。其清音幽韵,凄如飘风急雨之骤至;其雄辞闳辩,快如轻车骏马之奔驰。(《祭欧阳文忠公文》)(第 180 页)

图书在版编目（CIP）数据

王安石集／（宋）王安石著；魏晓虹解评．—2版．—太原：三晋出版社，2008.10（2012.1重印）
（中国家庭基本藏书·名家选集卷）
ISBN 978－7－5457－0000－8

Ⅰ.王…　Ⅱ.①王…②魏…　Ⅲ.①宋词—选集②古典诗歌—作品集—中国—北宋③古典散文—作品集—中国—北宋　Ⅳ.I 214.412

中国版本图书馆CIP数据核字（2008）第157735号

王安石集

著　者：（宋）王安石　　**解 评 者**：魏晓虹

责任编辑：沈小燕　　**审 订 者**：魏晓虹
封面设计：敬人工作室　　**版式设计**：敬人工作室
责任校对：沈小燕　　**责任印制**：李佳音

出版发行：山西出版传媒集团·三晋出版社（原山西古籍出版社）
地　　址：太原市建设南路21号
电　　话：（0351）4956036（咨询）　　4922268（邮购）
传　　真：（0351）4922102
网　　址：http://sjs.sxpmg.com
邮　　编：030012
E－mail：sj@sxpmg.com

印刷装订：山西出版传媒集团·山西新华印业有限公司
（本书如有破损、缺页、装订错误，请与承印厂联系调换　0351－4120948）

开　　本：787mm×960mm　1/16
字　　数：232千字
印　　张：14.25
版　　次：2008年10月第2版
印　　次：2012年1月第2次印刷
书　　号：ISBN 978－7－5457－0000－8
定　　价：20.00元